中俄文学互译出版项目·俄罗斯文库

本书属于中国国家新闻出版广电总局和俄罗斯出版与大众传媒署批准的《中俄文学互译出版项目·俄罗斯文库》，由中国文字著作权协会和俄罗斯翻译学院负责组织实施。

НАЗЫВАЙТЕ МЕНЯ ПРОРОКОМ

请叫我先知

АНДРЕЙ ВОРОНЦОВ

［俄］安德烈·沃龙佐夫／著

吴萍　宋胤男／译

群众出版社

·北京·

图书在版编目（CIP）数据

请叫我先知 /（俄罗斯）安德烈·沃龙佐夫著；吴萍，宋胤男译 . —北京：群众出版社，2018. 4

ISBN 978 - 7 - 5014 - 5799 - 1

Ⅰ. ①请…　Ⅱ. ①安…　②吴…　③宋…　Ⅲ. ①长篇小说—俄罗斯—现代

Ⅳ. ①I512. 45

中国版本图书馆 CIP 数据核字（2018）第 022825 号

请叫我先知

［俄］安德烈·沃龙佐夫　著

吴　萍　宋胤男　译

出版发行：群众出版社

地　　址：北京市丰台区方庄芳星园三区 15 号楼

邮政编码：100078

经　　销：新华书店

印　　刷：天津盛辉印刷有限公司

版　　次：2018 年 4 月第 1 版

印　　次：2018 年 4 月第 1 次

印　　张：7. 5

开　　本：880 毫米 ×1230 毫米　1/32

字　　数：193 千字

书　　号：ISBN 978 - 7 - 5014 - 5799 - 1

定　　价：35. 00 元

网　　址：www. qzcbs. com

电子邮箱：qzcbs@ sohu. com

营销中心电话：010 - 83903254

读者服务部电话（门市）：010 - 83903257

警官读者俱乐部电话（网购、邮购）：010 - 83903253

文艺分社电话：010 - 83903973

本书属于中国国家新闻出版广电总局和俄罗斯出版与大众传媒署批准的《中俄文学互译出版项目·俄罗斯文库》，由中国文字著作权协会和俄罗斯翻译学院负责组织实施。

目录

第一章

1

我不知道还有什么比荒无人烟的街道更糟糕了。这仿佛是从我们的肉体中流失的生命。你沿着城市那“僵死的躯体”漫步，沿着血管似的街道走着。街道上空寂无人，有的只是信号灯和狗。你也能偶遇行人，但他们煞像幽灵。在死气沉沉的灯光的照射下，他们仿佛刚刚走出太平间。你们好，僵尸！我们的时间来临了！

深夜的城市，是褪去白天衣裳的城市。夜深人静时，你会明白，所有这一切都只不过是一个骗局：只有白天的奔波忙碌、公务缠身、热爱生活、煲电话粥。这是丘拜斯①分子们杜撰出来的一场戏剧。所有人都知道，等待我们的将是死亡。你刚刚砰的一声关上身后那扇一百公斤重的大铁门，便立刻失去了从视频广告中汲取的能量。回到家里，你对着镜子审视着自己，看到的是一张死人般的面孔。在一个战胜了资本主义的国家里，每一个“崭新的一天”都会在你的脸上残忍地刻下不可磨灭

---

① 俄罗斯统一电力公司董事长，被称为“俄罗斯私有化之父”。

的印迹，就像道林·格雷的画像①一样。你不相信任何人，也没有任何信仰。你的民族属性是无法确定的。你讲俄语，但是这种俄语仅仅是电子词典的词汇堆砌。你长着一副斯拉夫人的面孔，但是眼里却映出了非斯拉夫人的迷茫。你知道自己是一具活尸，但却既欺骗自己，也欺骗别人。他们把在死气沉沉的办公室里所表现出来的勤劳叫作“生活”，而面对这种勤劳，就连扎米亚京和奥威尔②的想象力都无从发挥。有时，你也会自嘲一下，说自己无非是办公室里的一只蜉蝣。不要再抱什么希望了——蜉蝣还活着，而你却已经死了。你是被生活毒化的河流里的一条死鱼。

我漫步在城市里，走过了一个又一个红绿灯。深夜里，一切都带有讽刺意味，甚至包括闪烁的红绿灯。空旷的街道上，一辆车都没有，但我还是把车停在了信号灯前，等着电子计时器读秒，直到可以穿过斑马线。一切都是骗局，并且是那么明显，但却没有人忍心揭穿这种骗局。瞧，我没有等到电子计时器清零就走过了斑马线。“这是什么？是自由吗？”我朝身边轰隆作响、飞驰而过的黑色别克轿车无声地呐喊着。你在无人的街道上奔跑，与我无意识地等信号灯毫无差别。几个小时之前，你和其他人一样，走出臭气熏天的办公室，脱下被汗水浸透的西服上衣，套上黑色皮大衣，戴上瓦罐般的头盔，发动自己那辆丑陋的摩托车，想用马达的轰鸣声掩盖一天的庸庸碌碌。山中无老虎，猴子称

① 出自英国作家王尔德的小说《道林·格雷的画像》。天生漂亮异常的道林·格雷因见了画家霍华德给他画的和真人一样大的肖像而发现了自己惊人的美貌，又听信了亨利爵士的吹嘘，开始为自己的韶华易逝感到痛苦。他希望那幅肖像能代替自己承担岁月和心灵的重负，而让自己永远保持青春貌美。后来，他的这个不切实际的愿望竟然莫名其妙地实现了。于是，他开始作恶了。最后，这幅肖像画成了他作恶的证据——他因肖像而生，也因肖像而死。

② 英国左翼作家。

霸王！

黑魆魆的房子里亮起了灯光，但我并不相信这些亮光。我不相信每一扇窗户里面都有家庭的温暖与舒适。那里就像城市的白天一样，有的只是对生活的模仿。你们吃晚饭、喝茶、看电视、上床睡觉，并且没有忘记戴上避孕套。你们简直可以被称作“避孕套中人”。我渴望遇见一个人，但我就连稀疏的行人的影子都没有看到，因为这些人都躲起来了。

* * *

无论如何，叶尼谢耶夫都试图看清楚坐在对面的妓女们的眼睛，但是她们那浓密的睫毛和眼影，使他什么都看不清。

“或许，他们认为您是一个躁狂症患者。”其中一个姑娘说。

旁边还有一个姑娘，留着孩子似的刘海儿挡住了眼睛。她的眉毛上挂着许多眉环，当她翘起眉毛扑哧一笑时，小眉环便叮当作响。可能是由于恐惧，她用一只手捂住了嘴巴。“唉，大概这个姑娘也认为我是个躁狂症患者。”叶尼谢耶夫想。不过，他对这种称呼还没习惯。

夜晚，他们坐在咖啡馆里。这里除了叶尼谢耶夫、妓女、领班、服务生和一个穿着足球衫（上面印有切·格瓦拉和法国总统萨科齐的头像）的人，就没有其他人了。这个穿足球衫的人已经醉了，大概已经连续喝了一两年酒了，所以对叶尼谢耶夫的话毫不在意。他一直盯着旁边隔板架的某个地方，好像那里藏着他的魂。邻桌的姑娘们不知道他们在笑什么，直到其中的一个胸脯平平、小腿粗壮的姑娘打断了叶尼谢耶夫的话。服务生在打瞌睡，领班在看电视里的足球比赛。叶尼谢耶夫已经不记得走进咖啡馆时，自己是否已经停止了内心独白，也许正相反——他进来时才开始内心独白。这里没有他在进行内心独白时经常想到的那些“办公室的蜉蝣”，但这并没有使叶尼谢耶夫发窘，因为只有普希金和陀思妥耶夫斯基的即兴作品才能立刻传到听众的耳朵里。而你，如果你想举妓女的例子，那么你无论想出什么招数，都永远不会找到这些妓女当听众，而关于办公室里僵尸的故事，也不会引起这些妓女的注意。

“眉环女孩”也不例外，同样觉得叶尼谢耶夫是个躁狂症患者，但她却对女友说：

“扎娅，你怎么能这么说呢？他可是个知识分子！”

叶尼谢耶夫在心里暗笑了一下，掏出香烟，抽了起来。知识分子——一生的标签！难道说有哪个著名的先知或是传教士是所谓的“知识分子”吗？

“这个‘知识分子’的称号还是给你们吧！”他对“刘海儿女孩”说道，“怎么，你们经常遇到知识分子？”

“平胸女孩”抢先回答说：“当然不是了。他们是穷光蛋，只想白睡女孩。他们像您一样，喜欢高谈阔论，玩做爱的游戏，然后拍拍屁股就走人了。”

“您想什么呢！难道我是故意让您喜欢我吗？”

“不好说。您大概是无处可去了，像这位一样。”她朝穿足球衫的人点了点头。

马尔梅拉多夫！永生永世的马尔梅拉多夫！有没有切·格瓦拉无所谓！您看到了没有？他们无处可去！况且，他们哪儿都不想去。她说我是躁狂症患者，把我给搞糊涂了。幽默——这是真理的敌人。幽默能扼杀任何一种启示。布道应该无懈可击才行，不能就这么让一句俏皮话给毁了。

“嗯，关于僵尸，您有什么要说的呢？”他沉默了一会儿，开口问道。

“我还记得‘避孕套中人’的说法。”妓女说，“您怎么样，想过夜……

练习一下吗?”

“好像是。”

“为什么?”

叶尼谢耶夫摆了摆手。为什么?她们好像知道为什么要坐在这里!怎么，她们有生活的目标?比方说，成为职业妓女?那她们到这儿干吗来了?

“他就是个躁狂症患者。”穿足球衫的人突然说道，照旧目不转睛地盯着这个“死神”。

“刘海儿女孩”的眼中又闪现出了一丝恐惧。叶尼谢耶夫向她使了个眼色，然后走到吧台前，点了二两伏特加酒和一杯番茄汁:“什么是先知呢?他们总是陷入这种境况，说什么‘没有任何百姓可以让他们来布道’。可是，当他们到达一座城市时，百姓们成群结队地向他们跑来了吗?根本不是这样。他们会自己走到人群聚集的地方，比如集市、酒馆。那里和这里一样，有许多喜欢搬弄是非的荡妇和打手。在上百个听众里面，哪怕有一个人心领神会都是好的。当然，他们还会去教堂和犹太教会堂。然而，那里的听众未必会对那些抨击他们罪孽的外来人表现出友善。诗人是怎么认为的呢?他说:‘我受到了亲友们猛烈的责难。’”

“而且，躁狂症患者是很危险的。”穿足球衫的人再次开口说道。

“在您看来，印在您球衣上的切·格瓦拉是什么人呢?”叶尼谢耶夫转过头来问道。

“一个危险的……躁狂症患者。”他以酒鬼的方式回答说，仍旧没有转移自己的视线。由于反应迟缓，大家没有立刻反应过来他指的是谁——不知是穿足球衫的人还是叶尼谢耶夫。

“您也是躁狂症患者吗?”

穿足球衫的人沉默了，大概是在思考问题。

"他不是一个可怕的人。"平胸妓女替他回答说。

门铃响了一下，两个警察走进了咖啡馆。

"哦，是异教徒。"其中的一个警察认出了叶尼谢耶夫。

"跟您讲过多少次了，"那个被指的人懊恼地回应说，"我不是异教徒，并且不属于任何教派——既不属于极权派，也不属于非极权派。"

"那你激动什么？既然不是异教徒……那就好。"

"不要叫我异教徒。您是执法者，应该使用准确的词语来表述。"

"那么，应该怎样称呼你呢？"

"他是个躁狂症患者。""平胸女孩"笑嘻嘻地说。

不知为什么，警察并不喜欢她插嘴："谁让你说话了？你没看见别人在谈话吗？喂，请出示一下你的职业资格证！"

"马上！都跑光了！你去找祖丽菲亚·伊兹梅尔罗夫娜要吧，她会付给你钱的。"

"什么？难道你是想歇业了吗？"

"切·格瓦拉可不是躁狂症患者，"从角落里传来了酒鬼的嘟囔声，"他是个真正的男子汉。"

"请叫我先知吧！"叶尼谢耶夫说。

2

以前，当伊利亚·叶尼谢耶夫还是个小男孩儿时，在一个阳光普照的冬日里，他在幼儿园的院子里围着小木屋跑来跑去——不知是在躲着什么人，还是在追赶着什么人。从院子里传来了孩子们响亮的喊叫声，小雪橇嘣嘣作响。头顶上的太阳在旋转，眼前闪现出了用圆木搭建的小木屋，脚下的白雪被他踏出了吱吱的响声。不知是因为醉人的白雪散发出了芳香，还是皑皑的白雪折射出了耀眼的光芒，抑或是眼前单调的圆木引起了眩晕，叶尼谢耶夫突然停下了脚步，毫不在意飘落在胸前和背后的雪花，慢慢地一字一顿地说："太阳、雪、房子、小鸟儿……"

说出这几个词语之后，他第一次清醒地意识到，他的舌头、嘴唇和呼吸以一种令人难以理解的方式发出的不仅是声音，而且是非常准确的某种名称。气流与舌头相互碰撞，打开了上颌，通过两片冰冷的嘴唇发出了一个音、两个音、三个音，将它们连起来就成了"人"。如果叶尼谢耶夫想说话，那么他现在就可以毫不费力地说"我站着，我在说话"。这是怎么回事呢？他不仅可以把太阳叫作"太阳"、把雪花称为"雪花"，而且可以想象出太阳和雪花的样子，从而立刻说出"我在思考它们"。头脑中出现的无声的想法，能够立刻通过气流和唇齿的运动发出声响。其实，他也不知道思想是怎样转化成恰当的声音的。当他能够思考并且知道自己在思考时，就会说出"我在思考"。那么，为什么这句话在脑海中是以"我在思考"的形式出现的，而不是以其他的表现形式出现的呢？其实，如果不知道这个词，也就不知道自己在思考什么了。

叶尼谢耶夫忽然明白了，他不仅可以说出自己所想的东西，而且可以想到他所说的东西——这是他的第二个发现。然而，他是用词语在思考，但并不能肯定，如果没有词语，还能不能思考了。他看见了天空，便能想到"这是天空"，并且说出"天空"这个词。然而，这个词语就像天空本身一样，是先于思维和声音存在的。在思考天空和说出"天空"时，他便和自己所见到的、在他出生之前人们就将其称为"天空"的事物打起了交道。他并不是借助气流、舌头和嘴唇来让发音构成词语的，而是让用眼睛看到的天空以词语的形式进入脑海，形成想法并借助舌头、气流和嘴唇发出声音。词语让他——伊利亚·叶尼谢耶夫与这个世界紧密地联系起来，因为世上的一切事物都有名称：太阳、天空、白雪、树木、房子、飞鸟、人。不妨想象一下：说"太阳"时，你便看到了太阳；说"天空"时，你便看到了天空……

他首先将世界分成了“自己的世界”和“别人的世界”。在自己的世界里，有爸爸、妈妈、爷爷、奶奶、叔叔、姑姑，然后是邻居，更疏远的是“别人的世界”。自家院子里的猫猫狗狗都是“自己人”，而别人家院子里的猫猫狗狗则都是别人的。叶尼谢耶夫的世界是呈圆形分散开来的，就像掷到水里的石头荡起的波纹——有最近的圈，也有较远的圈。此刻，他的感受即是围着小木屋奔跑时所体验到的那种感觉。围绕在他周围的是天空、太阳、飞鸟、树木、闪亮的雪堆、孩子、房屋……叶尼谢耶夫站在世界的中心。他周围的世界已经不再是一个圆圈了，而是向他拥来、赋予每个词语以生命的世界。只要他说出“太阳”、“云朵”、“飞机”、“天空”、“飞鸟”、“房子”、“白桦树”、“雪堆”、“孩子”、“我”，那么距离就不是问题了——他能够轻松地“战胜”距离。世界就像紧握在他手中的一条小链子，不知链子的另一端在何处，而词语则是链子上的一个个小节。

叶尼谢耶夫吸了一口气，仿佛周遭的世界和散发着西瓜味的寒冷空气一同被他吸进了肺里，就像他用双唇将杯中甘甜的果酱吸进嘴里一样。在心脏跳动间歇的瞬间，他与世界融为了一体，感觉世界是自己躯体的延续——只要他叶尼谢耶夫动一动手指，世界便会在他视力可及的远方向他发出回应。世界就像一台无比巨大、一刻也不停歇的机器一样，发出了低沉的轰鸣声。叶尼谢耶夫所感知的一切即是金灿灿的阳光、飞机的轰鸣声、麻雀的细语、孩童的尖叫声、冰雪覆盖的枝条、雪堆上泛起的钻石般的银光、踏雪的吱吱声、西瓜的芳香、雪橇碰撞的叮当声、街上传来的汽笛声、手心上小雪花融化成的小水珠……所有这一切都是因为存在着一种神秘莫测的、无时无刻不在震慑世界的神奇力量。他无法看到自己的心脏在怎样地跳动，但却能听到心脏在跳动。那个无形世界的心脏在跳动——他无法分辨是自己的心脏在跳动，还是整个世界共有的心脏在跳动。但是，毫无疑问，这两个心脏——叶尼谢耶夫和世界的心脏——是密不可分和协调一致的。

突然，好像是为了响应这一想法，他的心脏跳动得比平时剧烈了许多，而他却没有听到与之相应的“世界心脏”的跳动。叶尼谢耶夫和世界的联系突然中断了，他顿感苦闷至极——有什么地方不对劲儿了。他周围的世界仍然和从前一样，只是里面有些东西被破坏了。在略带甜味的寒冷空气中，突然散发出了钢铁、汽油和硝烟的味道，这是 11 月 7 日战场上坦克的味道。不知从哪儿产生了一个可怕的词语“战争”，随之而来的是不可动摇的信念：战争爆发了。

“战争爆发了!”他对朝他走来的幼儿园老师轻声说道。

“不，宝贝儿，战争结束了。”她开心地反驳道，“快归队！午饭和午休的时间到了!”

“战争开始了!”

“什么战争啊？上帝保佑!”她高声说，“你知道战争是怎么回事吗？你知道我们在童年时，战争期间是怎样挨饿的吗？不，党和政府绝不允许发生战争!”

可是，莫名地相信会爆发战争的想法一直萦绕在叶尼谢耶夫的脑际。所以，他回到家之后，又对爸爸说起了战争这件事。

“别胡说!”父亲不耐烦地说，“和谁打仗？你知道我们有多少核武器吗？就连美国都惧怕我们三分！美国马上就要举办冬季奥运会了，然后就该轮到我们举办夏季奥运会啦！奥运会期间是不会打仗的!”

然而，到了晚上九点钟，当叶尼谢耶夫被打发去睡觉时，电视里的《新闻联播》节目中提到，根据阿富汗新任领导人的请求，我方已向阿富汗派出了一定数量的武装部队。

其实，叶尼谢耶夫在自己的房间里并没有听到新闻报道。就算是听到了，他也未必会明白，因为在这次报道中根本就没提“战争”二字。夫妻俩面面相觑，然后同时向儿子的房门瞟了一眼。

“也许是在幼儿园的广播里听到的。”父亲打破了沉寂，“况且，这算是战争吗？已经讲了，是应阿富汗领导人的请求……是去帮助他们的军队。我们也向捷克斯洛伐克出过兵，但是并没有发生战争。”

* * *

从文尼察来的舅舅斯坦尼斯拉夫和维克多来家里作客时，叶尼谢耶夫在读五年级。他们把一大袋子胡桃和两个密封的铁桶拖到了走廊里——后来才知道，里面盛的是纯酒精。他们把小袋包装的胡桃和用漏斗从铁桶里倒出来的几瓶酒当礼物送给了叶尼谢耶夫家，剩下的都拿到集市上卖了。

对于这些，年少的叶尼谢耶夫感到很诧异。在他的印象中，大舅斯坦尼斯拉夫是身穿庄重的蓝色制服、佩戴“小铁锤”肩章的铁路工人，而小舅维克多则曾经是身着纽扣闪亮的海军制服在莫斯科郊区服兵役的海军士兵。后来，小舅退役了，来到了他们这儿。他们都曾经是苏联人：一个是驾驶大型机车的长途列车司机；另一个是祖国的保卫者——苏联军队的士兵。可是现在，他们酒气熏天，裹着羊皮袄，戴着乌克兰礼帽，拖着这些袋子和罐子，像电影《Y行动和舒里克的其他奇遇》里臭名昭著的尼古林、维钦和玛尔古诺夫一样。

叶尼谢耶夫的审美感受和伦理观念都受到了很大的打击。很明显，舅舅们身上散发着令人鄙视的“投机倒把”的气息。简直无法想象，舅舅们站在市场的柜台里，身后是成堆的胡桃和装满酒的大桶——实在是令他作呕。让叶尼谢耶夫感到惊奇的是，父母对待来自文尼察的舅舅们的态度也发生了巨大的转变，似乎一切都是理所当然的。他清楚地知道，父母并不喜欢在市场上做生意的人，并且时不时地还要骂上几句，因为他们认为那些生意人贪婪、不诚实。可是，为什么现如今他们对斯坦尼斯拉夫和维克多的一身商人打扮（至少表面上是这样）并不感到惊奇呢？

那时，叶尼谢耶夫心里根本藏不住事儿。他不假思索地问舅舅：

“您算什么？是投机倒把分子吗？”

斯坦尼斯拉夫和维克多对视了一下——他们并不喜欢这个问题。如果是别的小屁孩儿问这样的话，他们只需弹一下他的脑门儿，事情就了结了。可是，问这话的是他们的外甥——一个不平凡的孩子，甚至预言过阿富汗战争。

“你知道什么叫投机倒把吗？”稍微停顿了一下，斯坦尼斯拉夫开口问道。

叶尼谢耶夫是个富有好奇心的、博览群书的小男孩儿。他毫不犹豫地回答：

“投机倒把就是指那些靠食品短缺发财的人。”

小舅维克多把脸转过去，而从大舅斯坦尼斯拉夫的脸色来看，这个提问显然令他感到十分厌烦。

“你瞧，发了一份横财！”他大声说道，“我们怎么可能一夜暴富呢？你知道我们那个地方有多少胡桃吗？道路两旁长满了胡桃树，并且是无主的！就让它们白白地烂掉吗？可是，你们这儿却没有胡桃——国家没有足够的劳动力把这些东西运过来。你到商店里看一看，找一找胡桃！胡桃对健康是十分有益的。我们帮助国家把它们运到这里来，有什么错吗？”关于酒的事，斯坦尼斯拉夫明智地只字未提。

“可是，你们拿这些东西卖钱了呀！”

“那又怎么样？我也是花钱批发来的，而且要把货物运到这里！你认为做这些事情没有成本吗？”说到这儿，斯坦尼斯拉夫·瓦西里耶维奇又耍了个滑头——他是用公款来这儿的，并且没有为行李付任何费用。但是，他低估了小叶尼谢耶夫。

“书上说，在我们国家，”他直视着斯坦尼斯拉夫·瓦西里耶维奇的眼睛，响亮地作出了声明，“人们需要多少食品，就生产多少食品，不多不少。我们是社会主义国家，实行的是计划经济，所以我们国家并不需要栽培多余的胡桃树。那些生长在道路两旁的胡桃树并不是无主的，它们是老百姓的，是有用途的。也许，应该把这些胡桃运到我们的商店里去。可是，他们没有这么做，因为这些胡桃被一些人给摘走了，卖给了你们，而你们却把它们运到市场上去卖钱了。”

“我说的是道路两旁的胡桃！”斯坦尼斯拉夫·瓦西里耶维奇突然醒悟了，“这些胡桃树是长在花园里的！长在花园里的就是私有财产！苏维埃国家允许在市场上出售自家菜园里的产品！”

“那酒精也是菜园里出产的吗？”

“关于酒精，你知道什么？酒……”舅舅突然中断了谈话，没有就这一敏感的话题进一步发挥。他的脸憋得通红，像头公牛。他瞪着眼睛看着外甥，突然说道：“怎么，你断定我们是苏维埃政权的敌人？！”

叶尼谢耶夫没有避开他的眼神。

“是的，你们是苏维埃政权的敌人。”他低声回答道，又突然补充说：“因为，你们会扼杀苏维埃政权，也会扼杀你们自己。”

一秒钟之前，他并没有预想到自己会说出如此刻薄的话，并且根本就没有想要预言什么——这一切都是自然而然地发生的。令人感到奇怪的是，舅舅们并没有试图让这个放肆无礼的外甥变得安分守己。不知为什么，他们移开了目光，脸上露出了一种不愉快的表情。维克多先缓过神儿来：

“那排队呢？怎么解释？”

“什么排队？”

“如果有一个人很有钱，为了避免排队而打算多付一些钱呢？比方说，他没有时间……难道说应该给他这种特权吗？”

“对！”斯坦尼斯拉夫兴奋地支持着自己的兄弟，“要排队！我们的领导者说过，排队现象会随着时间的推移而消失。可是，你已经看到了，这种现象是不会一下子消失的。所以说，要不要我们干点儿什么呢？”

“不，不需要。如果领导者说将来不需要排队了的话，那么就是他没有讲真话。”

斯坦尼斯拉夫·瓦西里耶维奇好像是被噎住了。他没有想好该如何回答这个问题，尽管在内心深处完全同意外甥的说法。

“怎么会没讲真话呢？有关社会主义的话可是你自己说的！”

“在社会主义制度下物价低廉，所以永远都会排大队。但是，国家会考虑民众的需求。比方说，人均每年需要两双皮鞋，但是也会有人去买第三双或者第四双皮鞋。有人会买十双皮鞋，然后拿到别的地方去卖，就像您卖胡桃一样。这样一来，有些地方就会出现皮鞋紧缺的现象，人们便会排起长队去买皮鞋。”

“那共产主义社会还需要排队吗？”维克多好奇地问。

“当然啦！如果商品需要用钱来买，那么就得排队。如果商品免费发放的话，就更需要排队了。有什么办法呢？地球上的人越来越多，不可能不排队就一下子把所有东西都发放完毕。”

叶尼谢耶夫已经不记得那次交谈是怎样结束的了（好像是父母走进了房间），当然也不知道两个舅舅到底是不是破坏苏联政权的人。但是，他知道，几年以后，小舅维克多成了酒鬼，当起了运送“浆果罐头”的列车押运员。苏联解体后不久，他就去世了。斯坦尼斯拉夫在“不太平”的乌克兰退了休（乌克兰政府每月给他发放的退休金是五十四个格里夫纳①），没有体力再去做买卖了，最后死于癌症。不知道是不是叶

① 乌克兰的货币单位。

尼谢耶夫言中了他们的命运——在社会主义时期，小本儿生意确实没有给他们带来幸福的生活。

此后，叶尼谢耶夫对待排队这件事不再像童年时那样从容了。那时，他几乎没有排过队。总的来说，他履行排队义务的时间并不长，因为他成年后，已经进入了资本主义时期。突然有一天，他又鬼使神差地回到了社会主义年代。他走进一家大超市，买了些零碎的小东西。选好要买的东西之后，叶尼谢耶夫走到收银台前，遇上了排成长龙的队伍。在资本主义社会中，如果其他收银台因为某种原因没有收银的话，是要排长队的。可是，他惊奇地发现，六个收银台都在忙活，每个收银台前都排起了长队——绝大多数是老年人。正当他犹豫是离开还是继续排队的时候，突然听到了在“改革时期”人们常说的一句话：“每人限购两包！”这种话在市场经济时代是不可能听到的。人群中传来了阵阵不满的嘟囔声。叶尼谢耶夫理解了为什么苏联时期百姓想要买更多的东西，而不是“每人限购两包”。他看了看站在他前面的人们的购物筐和购物车……里面是一包包普通的方糖。叶尼谢耶夫觉得，自己碰上了断货期。他困惑地问站在他前面的大妈：

“怎么回事？难道是白糖脱销了吗？”

“没有脱销！”她激动地回答说——不知道她要怎么处理购物筐里多出的四包糖，“您听我说！这糖过期了，所以就卖十二卢布一包，而不是二十四卢布！”她突然扫了一眼叶尼谢耶夫的购物车，“您不买糖，能不能帮我买两包？我给您钱！”

叶尼谢耶夫没有再看她。这证实了他小时候关于社会主义政治经济学的观点——降低价格立刻就会激起排队的热潮。他立刻想起了很久以前自己同两个舅舅的争论，无意中自言自语（他经常这样）地冲着整个大厅讲道：

“也许，苏维埃政权在排队一事上没有过错。而你们呢？我看你们，退休的先生和同志们，好像就是为了排队而生的。你们因为香肠而出卖了苏联，自己却在排队买过了期的白糖。逻辑何在？你们不买社会主义制度下的那些看不上眼的熏肠……熏肠就摆在那儿，根本不需要排队！买吧！可你们却偏要到‘五分商店’来买大豆和淀粉做的廉价香肠——这种香肠在苏联时期是遭到鄙视的。抱怨物资紧缺和排队，引导我们偏离社会主义……而你们却仍然和从前一样，准备没日没夜地去排队。原来，这就是你们的生活。你们为什么不喜欢社会主义呢？你们教会了我们什么呢？你们现在又教会了子孙们什么呢？……”

没有一个人对叶尼谢耶夫的话作出回应。就像普希金的《鲍里斯·戈都诺夫》中的人物一样，民众沉默不语，对于他的抨击充耳不闻、视而不见。只有站在叶尼谢耶夫前面的大妈问道：

“尊敬的公民，您到底能不能帮我买两包糖？”

3

问题不在于这些预言是否能够成真，而在于人们是否可以运用这些预言。到目前为止，还没有人能够做到这一点。他们要么相信预言，要么不相信预言，但是没有采取任何措施去改变命运。当预言成为不可改变的事实时，他们才真正相信它的公正。那些相信并试图阻止预言发生的人的所作所为反而加快了预言的实现——从俄狄浦斯王统治的时期开始，一直如此。他们同厄运作斗争，但却加速了厄运的到来。通过诺查丹玛斯①可以预知未来这件事，我们能知道些什么呢？预言成真了，可是没有人能阻止这一切。

能否预见未来，也许没有任何意义。但是，我们清楚地知道，人们

① 十六世纪法国的犹太裔预言家。

没有对预言失去兴趣。对他们而言，重要的不仅是对未来的预测，还包括预测过的事情。如果人的命运可以预测的话，那么人们所在意的与其说是某个预言的实现，不如说是对预测某种可能性的把控——这就是预言无法避免的可怕性和彻底的封闭性。你上边有某个高人知道你人生的全部轨迹，而你自己却什么都不知道——简直令人无法忍受！

因此，人们和从前一样，需要预言家，而不是那些自诩为占卜者、布道者和命运预言家的骗子——损害预言人信誉的寄生虫。他们试图让我们相信，他们有一种凌驾于凡人之上的超凡能力，而他们在现实中却毫无作为。不存在什么祈求长命百岁的超凡能力——毫无寓意的预言，不比马戏强多少。预言在道德上有发挥积极作用的一面。犹太人耶利米被鞭笞并不是因为他的预言，而是因为他所奠定的道德基础。他无法改变事件的进程，但他却告诉了人们自己不幸的根源：

我开始高声宣告，
挚爱与正义的真谛，
但所有的亲朋好友，
却向我疯狂地投石。①

如果一个人不听命于良知，那么他的命运将是昏暗和悲惨的。如果他听命于良知，那么他的命运也有可能是悲惨的，但绝对不是昏暗的。“命中注定”是命运的一种形式，但不是它的内容。先知帮助人们认识内容，并且帮助人们把个人命运同整个部落、种族和国家的共同命运结合起来。大众不止一次对预言进行过嘲讽——不迷信，但却无意识地想重新获得已经丧失的“生活的理想形式”。当先知领袖走在最前面的时

① 莱蒙托夫的作品《先知》中的一节。

候，天堂里的上帝就把他派来了。

“不管我占卜了多少次，都不能点醒人们，使他们对道德问题感兴趣。”看手相的人说话的时候，叶尼谢耶夫在旁边思考着，“他们关心的只是个人前途。”

“前途？胡说八道！在日常生活的层面上，人们有可能会看到未来的模样。但是，他们当中的绝大多数人并不知道生活的意义和目的，也看不到道德与命运的联系。因此，他们需要先知。因为缺少这样的先知，所以他们才会去寻求那些骗子的帮助。”

看手相的人感到很委屈，或者说做出了受委屈的样子。这是个面孔黝黑而消瘦的中年男子，有点儿像希腊人或者格鲁吉亚人，但是俄语说得非常地道。

“如果预测前途像您说的那么简单，那么请您预测一下我的前途！”他提议道，“算算近期的运气也行。”

“还有我的运气。”手里拿着罐装啤酒的红脸膛儿男子说道。他站在算命先生的桌旁，一直在听叶尼谢耶夫和算命先生的谈话。

“您让我想到了沃兰德。”叶尼谢耶夫活跃起来，“好吧，这位先生……等我喝光了这罐啤酒……不排除会再来一罐。算命先生，等待您的将是和警察之间的一些不愉快……什么不愉快呢？显然，你没给好处费。”

正说着，就像事先安排好了似的，警察出现在了算命先生的身后。

“公民！请出示您的证件！”

惊诧不已的算命先生张大了嘴巴。

“我没有什么特异功能！”叶尼谢耶夫和蔼地解释道，“我只是看到他从后面向您走过来而已。上帝让我在几秒钟之内比您这个命运的预言家更了解您近期的情况，预言家会对您的未来知道得更多。在这种情况下，我只不过是扮演了一个玩弄骗术的角色。”

“啊，先知！”警察认出了他，“你怎么——击败了对手？即使你是靠算命挣钱，我也要给你开罚单。公民，跟我走一趟吧！”警察对算命先生命令道。

那个人恭顺地跟着警察走了。

“您也来点儿啤酒?”红脸膛儿的人咧着大嘴问道。

“不了。像预测的那样，您一个人喝吧。”叶尼谢耶夫拒绝道，“不要和命运开玩笑!”

* * *

叶尼谢耶夫坐在国家杜马副主席的接待室里。他刚一到，国家杜马副主席便走过来说：

“有两个代表来找我……一个来自乌拉尔，另一个来自乌克兰……我要接待他们。我想，时间不会太久。只好让您等我一会儿了。会见一结束，我就完全听您的吩咐了。”

副主席一接待起客人来，便是三个多小时。叶尼谢耶夫无事可做，于是就看起了有关杜马全体会议的实况转播节目。主席团中，副主席的位置空着。宣布中场休息时，他朝门里看了看，对秘书说：

“请把我的文件夹从议会大厅里拿过来!”

国家杜马副主席年纪不大，是个面带微笑、精力充沛的人。他率领着一个党派准备参加大选。不知名的叶尼谢耶夫以自己的语言教育背景勉强在一家报社谋到了一份差事，报社派他来采访副主席。选举基金会为这次采访出资，因此可以看出，政治家并不担心叶尼谢耶夫会等得不耐烦。

他终于把叶尼谢耶夫叫进了办公室。但是，某个党派的积极分子紧跟着叶尼谢耶夫走进来，向副主席解释说，参选名单上的两位竞选者发表了退选声明。政治家想了一下，然后用专治君主般的语气宣布：

“请转告他们，并不是他们退出了选举，而是我取消了他们的参选资格。无耻!”

副主席享有盛誉——首先是在否定爱国主义的圈子里，并且不会因为有两个叛徒而感到担心。积极分子莫名其妙地笑了笑，离开了。接下来，事情进展得非常顺利。政治家精明、自信、有理有据地回答了叶尼谢耶夫提出的所有问题。他主要谈了自己的政党在选举获胜后的初步想法。他对获胜深信不疑。副主席一直以能言善辩、针锋相对和沉稳著称。在他的职业生涯中，曾有过与选举组织和联盟关系紧密的时候。于是，他决定带领着自己的党派去参加竞选。作为政治家，他没有输掉一次次的选举，并如人们所讲，非常具有个人魅力。因此，他认为自己会以日里诺夫斯基①为榜样，成为党的领导人，并将自己的党派推进国家杜马。

叶尼谢耶夫总体上也是这么认为的。他刚开始和副主席交谈时，某些东西就引起了他的注意。问题并不在于临阵脱逃的那两个叛徒，他们在紧要关头从副主席的那一派脱逃了。其实，这种事情即使在国家杜马实力较强的党派中，也是时有发生——如果候选人在名单上比较靠后，不可能进入国家杜马的话。还在和副主席约定见面时，叶尼谢耶夫就请助理准备好了所有必要的材料：纲领、照片、党徽。可是，早上见到副主席的秘书时，叶尼谢耶夫什么也没有拿到。一个戴着眼镜、长得像年轻时的苏斯洛夫②的秘书无精打采地在窗台上堆得快到天花板的一摞摞文件中翻找着什么。也许，只有夏洛克·福尔摩斯才能根据纸张的颜色和薄厚判断出文件下发的时间。最底下的文件又黄又脏，随着这沓文件

① 俄罗斯政治家，自由民主党创始人，俄罗斯国家杜马副主席。

② 曾任苏共中央政治局委员。

的增高而颜色越变越浅。没有夏洛克·福尔摩斯也能明白，只有在这些文件从来都没有人用的情况下，这些纸张才会平稳地由黄色过渡到浅黄色。叶尼谢耶夫很清楚，再这样翻来翻去毫无意义。因此，他在等待接见时，请副主席直接给他的秘书下达命令，要求立刻找到需要的材料。

政治家的助理们没有投来不友好的目光，也没有到窗台上的那堆文件里查找，就非常迅速地找到了相册和政党的纲领。然后，遇到了一点儿波折，他们无论如何都找不到党徽。当时，从宣传的角度来看，党徽比副主席及其同事的照片重要得多，因为党徽要被印到选票上。对工作人员讲完这些话之后，叶尼谢耶夫就走回了接待室。突然，其中的一个助理喊道：

“我想起来了！有党徽了！”他说话的声调就像发现了新大陆。

他把身子探进了杜马办公室的柜子。那里堆放着奖杯、证书、三角旗等必备品，还有一个不小的镀金盘子。

“这个！”

“这是什么？”叶尼谢耶夫没有弄明白。

“党徽的标志呀！印在盘子上了！”

叶尼谢耶夫看了一眼，发现在这个显然是作为礼物赠送的盘子上，确实印着副主席所代表的党派的红色党徽。

“嗯……”他有些不知所措，含糊地低声说，“可是，我该怎样处理呢？我没有带相机。我把盘子带回报社，扫描一下——如果盘子可以放进扫描仪的话。”

助理们毫无愧疚地看了看盘子，同意了叶尼谢耶夫的想法，但是要叶尼谢耶夫保证按时归还这件珍宝。现在，这个盘子已经放在叶尼谢耶夫的手提包里了。正是这个盘子，让叶尼谢耶夫产生了怀疑。选进杜马的那些党派的标志都很醒目地挂在市郊的篱笆墙上，而不是印在作为礼物的盘子上。背叛者、窗台上堆放的文件、懒惰而不负责任的助理，以及由副主席亲自选拔的各区的候选人……所有这些都说明不了什么问题，因为这些问题在任何党派都有可能存在。但是，这个印有党徽的盘子，却使这些现象具有了某种一致性和完整性。

叶尼谢耶夫向副主席提了一些问题，并将回答的内容录了音。然而，那个决定成败的盘子却在他的脑海中挥之不去。那个盘子似乎使采访对象的话变得毫无意义了。采访快要结束时，叶尼谢耶夫忍不住问道：

“能允许我提一个不做笔录的个人问题吗？”

“请讲！”政治家亲切地点了点头。

“您真的相信你们这个党的支持率能超过百分之七吗？”

杜马副主席脸上的表情发生了微小的变化——这是通常只有在措手不及的情况下才会表现出的窘态。但是，这一表情转瞬即逝，使叶尼谢耶夫不易察觉到这几秒钟之内的变化。副主席突然意识到了这种微妙的变化，和蔼地笑了笑。

“我从政不止一年了。您认为，我在对获胜没有坚定信念的前提下，会作出这样的决定吗？”

出于礼貌，叶尼谢耶夫本想同意他的观点，然后向他道别，但他却用清晰的声音嘲讽道：

“过去，您戴着手铐卷入政治‘旋涡’的时候，获得了大选的成功。而现在，您想战胜内阁里的其他人。您把希望寄托在了同样坐在办公室里的助手们身上。但是，真正的党派，尤其是新党派，应该是为了某种共同的理想聚集起来的团体，而不是内阁的官僚们。我个人非常赞同您的宏伟目标，但请记住我的话：在大选中，您的党派连百分之一的支持率都不会得到，而您本人却将会代表党派进入杜马。”

从哪儿冒出了个“百分之一”呢？提出自己有“百分之七”的支持率之后，叶尼谢耶夫在停顿中观察着副主席的反应。突然，政治家脸上的笑容消失了。

“咱们走着瞧吧！”他毫无表情地讲道，然后点了点头，没有握手道别。

在离开杜马之前，叶尼谢耶夫到秘书处打了个电话。他刚挂上听筒，副主席就突然出现在门口，手里还拿着一束鲜艳的玫瑰花：

“我要去剧院。”他甩给助理们一句话，“我们应该庆贺一下。”他的目光只在叶尼谢耶夫身上停留了片刻——就像在看一件与他毫无关系的物体一样，一扫而过。

印有党徽的盘子可以放进扫描仪。但是，叶尼谢耶夫并没有将盘子归还给秘书处，因为在编辑部的第一次狂欢醉酒中，盘子发挥了直接的作用：盛放香肠和沙拉。况且，副主席的秘书们也没有再提这件事。可以看出，没有人再需要政党的徽标了。

在国会的选举中，杜马副主席领导的党派获得了百分之九的支持率——和叶尼谢耶夫的预言相差无几。政治家本人，也像预言的那样，被选进了杜马——当然，不再是副主席了。

一年之后，叶尼谢耶夫在莫斯科摄影节的开幕式上偶遇了前副主席。他们在过道里碰了面。政治家的手里拿着一束玫瑰花——很明显，他是打算去向什么人表示祝贺。叶尼谢耶夫走上前去，向他打了声招呼。在前副主席的眼神中，叶尼谢耶夫发现，他很不愿意认出这个“先知”的采访者。但是，他克服了几秒钟的软弱，超然地笑了笑，向叶尼谢耶夫伸出了手。前副主席想说“事实上，你是对的”，但是他没有这么做——向叶尼谢耶夫伸出的手间接地承认了叶尼谢耶夫预言的正确性。

4

叶尼谢耶夫还曾预言过弗拉基米尔·普京和尤利娅·季莫申科的政治前途。

当叶利钦任命普京为内阁总理，取代优柔寡断、无法阻止和回击巴萨耶夫①率领队伍入侵达格斯坦的谢尔盖·瓦季莫维奇·斯捷帕申时，叶尼谢耶夫正在读苏维托尼乌斯的《罗马十二帝王传》。书中印有来自大英博物馆的尤利乌斯·恺撒的半身像。看着这幅半身像，叶尼谢耶夫似乎突然看到了普京的面孔。

应该承认，虽然当时普京身居高位，但是没有人看好他这个叶利钦的继承人。他翻遍了所有资料才发现，叶利钦对此深信不疑。叶戈尔·盖达尔在1999年8月谈及普京成为总统的可能性时说："到目前为止，很难想象。"盖达尔的盟友谢尔盖·尤申科夫说："要知道，总统关于继承人的言论可以理解为'试图在政治上打击普京'。"叶利钦的前助理格奥尔吉·萨塔罗夫评论说："任命普京为继承人，对其他候选人有利——首先是普里马科夫……"卢日科夫－普里马科夫的"祖国——全俄联盟"的参加者奥列格·莫罗佐夫说："不，我认为弗拉基米尔·弗拉基米罗维奇②可能并没有意识到这一点，但是他不得不接受这种游戏规则。"当时，日里诺夫斯基的老战友阿列克谢·米特罗法诺夫解释了为什么"俄罗斯妇女活动家"叶卡捷琳娜·拉霍娃说"普京实际上不是被选上的"。政治家伊戈尔·蒲宁认为，叶利钦的这种效劳可以毁掉任何一个政治家的前途。

---

① 车臣恐怖分子。

② 普京的名字和父称。

仔细端详普京和恺撒大帝的肖像，叶尼谢耶夫发现他们有越来越多的共同点。这并非偶然，尽管普京过去从未同情过他所鄙视的索布恰克。

思考了这些问题之后，叶尼谢耶夫作为杂志的评论员，撰写了一篇题为《只有发现，才能获胜》的评论文章，副标题为《再见，傀儡们!》：

> 普京的快速升迁令人们不知所措，因此没有被政治家们称为“真理”。这完全是那些“政治精英”的孤独无助、不能自主和软弱无能的结果——普京被任命为总统之前也是如此。这些政治精英们瞪圆了眼睛看着普京，仿佛在政治的天空中出现了飞碟，一下子遮住了渐渐变暗的光亮。竟然得逞了？这些“政治色狼”得逞了，并且在欺骗大众……真是无耻！

您注意到了吗？电视秀《玩偶》① 节目在俄罗斯独立电视台刚一播出就火了。我认为，等待我们的将是这些“玩偶”的逐渐消失，至少质量上不如从前了。叶利钦的戏台已经被拆除了。再见，木偶剧！木偶剧彻底崩溃的前期症状在于，普京的玩偶形象并不属于“皮楚拉－申杰洛维奇节目秀”中人们所习惯的人物类型。这是什么概念呢？玩偶被分为两类：叶利钦和其他人。从整体上讲，这样区分没有错。其中，只有叶利钦一个人是受到负面评价的人。在节目中播出卢卡申科时，毫无疑问，也将他描绘成了漫画中的人物，目的是不让他“获胜”。而在“普京的漫画”中，除了一档以“抢占茅坑”为主题的节目外，在独立电视台策划的《玩偶》节目中并没有找到其他看点，因为普京不属于他们

① 含有“政治讽刺”意味的电视节目，1994 年至 2002 年在俄罗斯独立电视台播放。“玩偶”一词在俄语中有“傀儡”的含义。

的人物类型。

您在这里可以看到两张肖像——恺撒大帝和弗拉基米尔·普京的肖像。令人感到惊奇的是：他们虽然相隔两千年，但却非常相像，如同一个人在镜子里的影像，几乎分辨不出来谁是恺撒，谁是前克格勃上校普京。这使人们想起了“相面术”的创始人之一亚里士多德。他的相面术告诉我们，外貌相近的人，其性格特点有着不可分割的联系。比较恺撒和普京的肖像，我们在试图制作一种智力和心理的拼图。

总而言之，恺撒和普京的发型完全相同。与普京不同的是，恺撒的头发是从后往前梳到前额的。他的头发不多，但事实证明“头发长，见识短”。如果有人建议恺撒用月桂树枝遮住额头的一部分，那么他应该会欣然接受。恺撒的额头和普京的一样——所有的专业相面师都给了最高评级。高高的宽额头说明他们都毋庸置疑地具有天赋。

现在，让我们来看看这两位掌权者的耳朵。如果耳朵的位置高于眉毛，就说明智商极高，而如果低于眉毛，那就只能谋得一个市杜马议员的职位了。如此看来，普京的耳朵长得比恺撒的耳朵还要好。

对政治家来说，没有一个长长的大鼻子将一事无成（卢日科夫就是一个例子）。鼻子是战略思维和性格的标志。过去，人们常常开玩笑说，鼻子大的人可以到达别人无法企及的地方。可以传情的“大鼻子”是一个人珍贵品质的外在表现，能够对事件的进程作出精准的反应。猎人和革命者最赏识这样的鼻子。

请留意观察一下恺撒和普京的人中。一个人的人中越深，棱角就越分明，也就越有可能是一个坚定、果断、刚毅、自信的人。这样的人愿意尝试新生事物，并且有理由认为，只有这样才能够超越平庸和平凡。我们普京的人中，丝毫不逊色于恺撒。

颌骨是可以抓住机会和守住成果的器官。普通人想通过不断地咀嚼把颌骨变大，也有些人生来就有着大大的颌骨。恺撒和普京的那种结实的、近乎方形的颌骨说明他们永不言败。

不要试图去打量恺撒和普京这类人的眼睛，这会关乎您的福祉。瞳孔不断地收缩，说明会时刻准备采取积极的行动。这说明他们的眼神像箭一样，具有穿透力——不要自愿成为靶子！

基于上述这些特征，我们有充分的理由认为，当选为总统的普京与他的前任叶利钦相比，总统生涯会更加成功。可以肯定地说，普京会像恺撒大帝一样，仁慈地对待自己的政敌。关于恺撒，有这样一个传说：当他落入海盗手中，成为俘虏时，面对海盗们的侮辱，他发誓要将他们钉死在十字架上。后来，海盗们成了恺撒的俘虏时，他却开始怜悯他们了——命令用匕首杀死他们，然后再把他们钉在十字架上。

我们希望，古希腊英雄与当代英雄的这种相似性不会让普京落得和恺撒一样的命运，也被自己最亲密的朋友用匕首捅二十三刀之后身亡。这让我们想起了罗马历史学家盖乌斯·苏维托尼乌斯·特兰克维鲁斯的话："他死后，没有一个杀手活过三年，并且没有一个人是正常死亡。他们命中注定死于非命……而有些人甚至就是用刺杀恺撒的匕首自刎的。"

叶尼谢耶夫向杂志的主编提交了自己的文章，并附上了照片。这篇文章是当时叶尼谢耶夫写的文章中最好的一篇。他没有刻意追求体裁以取得成效，因为他觉得这样很无聊。但是，众所周知，俄罗斯媒体的命运不值得羡慕。主编读过文章后，挠了挠后脑勺，删掉了文章后面叶尼谢耶夫的署名，写上了"报社评论"四个字。他为什么要这么做，只有上帝知道。也许他认为，并不是叶尼谢耶夫对普京进行了讽刺的"面相分析"，并且预言了总统大选的结果。

当时，这篇评论文章并没有引起人们的注意。不过，2000 年 3 月 26 日以后，普京在总统选举中获胜，再次征服了车臣，并且打击了传媒大亨古辛斯基、金融寡头别廖佐夫斯基和石油大亨霍多尔科夫斯基之后，才出现了正面报道普京的文章——只是严肃认真地进行报道，并且没有将他与恺撒相提并论。

2002 年 12 月 29 日，电视节目《玩偶》停播了。

* * *

关于季莫申科的预言也应验了。2009 年，乌克兰大选的前一天，叶尼谢耶夫正和妻子一起在克里米亚度假。整个半岛上都挂着没有政党标识的白色海报与条幅："他们在休息，而她在工作"、"他们在偷窃，而她在工作"、"他们在背叛，而她在工作"……

非常明显，作者的行文完全符合商业广告文书的规范。在此之前相当长的一段时间里，让人看不明白却能引起好奇心的词语在消费者的脑海中留下了印象。最后，在售罄之前，他们才会解释这一词语到底指的是什么。从这一逻辑出发，叶尼谢耶夫认为，在选举之前，"她"直接变成了季莫申科。叶尼谢耶夫把这种"公关示意图"简化成了一个环节，着实是犯了个小错误。事实上，口号的示意图有两个：首先是"她——乌克兰"，然后是在大选前的一个月出现的"乌克兰——季莫申科"。顺便说一句，再后来，就什么都没有出现了。

当然，在"她"这个方案里，口号交替的次数并没有改变其营销的实质。在季莫申科的总部坐镇的都是些目的性很强的招摇撞骗者。就像在俄罗斯一样，这种"政治广告"的噱头早已被试用过了，不过并没有获得明显的成效。叶尼谢耶夫记得，几年前，在莫斯科的一个地铁站，连续半年免费发放具有神秘名称《米德》的周报。选举前（好像是国家杜马的选举），报纸上刊登了一行粗体字"米·德——米哈伊尔·德沃尔尼科夫"。随后，多个频道对该地区的议会候选人德沃尔尼科夫进行了专访。他后来落选了，这件事曾经轰动一时。看来，选民对议会代表候选人姓名的第一个字“米”和“德”不感兴趣。然而，狡猾的杂志在半年的时间里靠这个“米·德”和德沃尔尼科夫先生赚了个盆满钵满！

当季莫申科来到克里米亚时，叶尼谢耶夫还在那儿。她接见了选民，然后举行了新闻发布会。一家报社的记者给叶尼谢耶夫打来电话，请他确认出席会议并收集相关的材料。额外的费用并没有难住他，他自信地为这些材料申请了预付款。钱立刻就到账了，于是叶尼谢耶夫就从南海岸去了辛菲罗波尔。在途中，除了臭名昭著的“她”，他不止一次地遇见另一种“公关骗子”的设计方案：用肮脏的褐色斑点在广告牌上印出了前乌克兰最高人民会议主席阿尔谢尼·亚采纽克的头像及口号“阿尔谢尼，拯救祖国”。天晓得为什么这个长得像家兔的秃顶律师被他们用迷彩服的颜色显现了出来。笑归笑，这个敷衍了事的口号和条幅花了热衷于宣传鼓动的奥斯塔普·本德尔不少银子，因为它被挂在了克里米亚通往南岸的交通要道上。

在新闻发布会上，季莫申科像在集会上一样，发表了演讲。随着右手手指的竖起，她还会竖起左手手指，好像在向人们展示，她捕捉到了一条什么样的鱼。叶尼谢耶夫得到了提问的机会，尽管他对此并不十分期盼。他提了自己的脑海中最先出现的问题：

“如果您落选了，您会做什么?”

“是谁对您说我会落选的?”季莫申科反问道。她用滑稽的语调反问的问题并没有暗示出答案。按理说，这种风格的对话会引起哄堂大笑，然后就结束了。无论如何，乌克兰的记者都会这么做。但是，叶尼谢耶夫利用季莫申科给他的机会，马上回答说：

“至少有两件事可以说明。首先，您那极其明显的‘视觉宣传’是按照商业广告的模式进行的，而这并不是政治宣传。要知道，借助新的生僻的词让商品在消费者的脑海中印象更深，会遭到竞争对手的耻笑。

从这一观念出发，‘她’这个字可以被人们轻而易举地看穿。众所周知，‘她’至少代表女性，并且和季莫申科有联系。其次，您来到讲俄语的克里米亚，却只说乌克兰语。如果您坚持他们的立场，在克里米亚讲俄语的话，那么您在乌克兰西部的那些支持者就很容易原谅您了。对克里米亚地区的那些讲俄语的支持者来说，您说俄语这一点非常重要。虽然您问候了利沃夫，但是在这种情况下，这对他来说并不是那么重要。于是，您便失去了克里米亚。请您注意，至此，我都没有提及黑海舰队，也未提及北约。事实上，您和亚努科维奇在选票上的差距仍然对您不利。总的来说，您缺少的正是在克里米亚支持亚努科维奇的这部分选民。所以，您将会落选。”叶尼谢耶夫没有意识到自己已经开始预言了，并且已经停不下来了。他对季莫申科进行了预言：“以后您再也无法返回政坛了，等待您的将是审判。”

大厅里突然静了下来。有那么一瞬间，尤利娅·弗拉基米罗夫娜①低下了头。当她重新抬起头时，眼中并没有流露出什么，就好像往眼睛上戴了一副透视镜一样。她那丰满的嘴唇之间露出了超然的微笑。季莫申科没有露出手指，仍然讲乌克兰语。她不害怕成为笑料，因为众所周知，笑到最后的人最美。然后，她伸出手指，宣称在克里米亚讲乌克兰的“国家语言”比讲俄语更受尊敬，并像亚努科维奇一样，承诺把俄语作为第二官方语言，但并未兑现。对乌克兰的民众来说，在即将到来的大选中还有比第二官方语言更为重要和迫切的问题，比如反腐败斗争。因此，审判不会让她感到惊慌。至于大选的结果，她不相信凭空的预测，而相信乌克兰人民的健全思想。于是，乌克兰人给她鼓了几下掌。

两个月后，“她”的谜底被揭开了。最初，有个任何人都不知晓的姓氏“她”被登记在了乌克兰总统候选人的名单上，这让民众兴奋不

---

① 季莫申科的名和姓。

已。随后，亚努科维奇的支持者发起了第二次攻势，彻底摧毁了“她”长时间精心搭建的“建筑物”。人们已经开始使用这个广为流传但却没有产生的词了。“地区政党”的公关人员拍摄了电视短片，并以被毁的乌克兰工厂、无家可归者、妓女、吸毒者为背景，最后打出的口号是：“既然她这样做事，那就让她休息吧！”这口号就像通常所说的，既简单又有品位。群众哈哈大笑起来——在季莫申科身上花了数百万美元，但事情却没有进展到最后那一步：“乌克兰——季莫申科”。

在竞选的第二轮，季莫申科输给了亚努科维奇887909张选票。

在克里米亚，亚努科维奇获得了821244张选票，赢得了大选。

2011年8月5日，季莫申科被捕，并上了法庭。

5

我们知道很多人类历史上的先知，但我们并不知道他们是如何变成先知的。这是否像普希金诗歌里所描写的那样呢？

我忍受着精神上的煎熬，
缓缓地走在阴暗的荒原。
此时在一个十字路口处，
六翼天使出现在我面前。
他用梦幻般轻柔的手指，
在我的双眼上轻轻一碰。
于是我像受惊了的苍鹰，
睁开了未卜先知的双眼。

莫非先知们培养自己的才能时，就像口齿不清的演说家德漠斯蒂尼斯一样，嘴里含着石头，苦苦修炼？

我富有某种“预见”的天赋，但我不知道这是为什么。我善于使人们听信于我，但不善于点亮他们的心灵。这是什么？是偶然的天分的回光再现，但并不注定会发展成真正的天赋。真正有天赋的人是不是具有走在路上能够即兴作诗的本领呢？还是正相反，我并不具备超凡脱俗的能力呢？我该怎么做呢？我应该用自己的事例来证明自己有权成为先知，就像莱蒙托夫的诗中写的那样吗？

我只怀着深沉的悲痛，
像乞丐似的走出了城市。
我就像鸟儿一样生活在荒野里，
靠着上天的恩赐。

可能应该穿着破衣烂衫，以蝗虫为食，请求别人的施舍，向别人展示腐烂的溃疡。然而，在俄罗斯，崇尚圣愚的时代已经过去了。今天，衣衫褴褛的预言者会无条件地被认为是地痞无赖，而那些被五角星、插着七支蜡烛的烛台和镜子环绕着的巫师们则从未被归入此类。

我的“德漠斯蒂尼斯的石头”是什么呢？

或许，我是在不恰当的时候帮助了那些不需要帮助的人。可是，怎样才能找到需要帮助的人呢？怎样才能正确地选择时间呢？如果通过电视或收音机就能够预言的话，那么有需求的人就会自动找上门来。但是，大众电子传媒和网络就是为了使这个世界不再回到预言的时代而存在的。打开自己的微博，想怎么预言就怎么预言。不过，这是那些写文章和出书的人做的事情。我并不是作家，而是一名极其普通的记者。我喜欢写的东西很少能够发表，而出版社喜欢的稿件又极其令我生厌。甚至连他们自认为最好的评论文章都缺少激情——我直截了当地讲出了让人始料不及的事实。况且，和预言比起来，写作是最低级的创作形式。正如人们认为的那样，在任何情况下，他们都只认同普希金、莱蒙托夫、古米廖夫的创作……写作其实是一种古老的预言艺术，是与“看手相或算卦取代预言”相同的一种变化。我们熟悉那些已经成为作家的先知（从这方面来讲，他们写下了自己的灵感），但我们却不知道已成为真正先知的那些作家。然而，揭开那些“更高技巧的替代品”的秘密又有什么意义呢？

也许，我根本就不是什么先知，而是一个所谓“喜欢分析问题并且善于分析问题的人”，只不过是一直没有找到和利用自己的潜能罢了。但是，从哪里能产生这些数字呢？副主席所在党派的支持率不足百分之一，季莫申科在克里米亚地区没有足够的选票……任何分析都不能让我正确地得出这些结论。大选过后，我浏览了乌克兰中央选举委员会官方网站上的数据。我的预言变成了事实：季莫申科丢掉了 887909 张选票，这个数字几乎和克里米亚支持亚努科维奇的票数相当。根本没有理由断言说，是克里米亚决定了乌克兰大选的结果。季莫申科在这里仍旧获得了 181715 张选票，所以他们之间大概是 7∶10 的比例。季莫申科想要获得的可以让她反败为胜的票数，应该绰绰有余，比方说在利沃夫州。在整个乌克兰，“她”少得了 887909 张选票。我的预言突然变成了醒目的字眼。不过，从另一方面来看，当时力量均衡的“克里米亚砝码”完全有利于亚努科维奇……超乎所有的分析，能准确地预感到千百万人的愿望，而不是我们所说的“预言”，到底是什么呢？

我在童年时关于阿富汗战争的预言，以及舅舅们危害国家并自我毁灭的预言是基于什么样的分析呢？

这些预测和其他我不经意间作出的预测说明，我并没有丧失天赐的灵感。这是什么呢？是神灵的火花还是猫捉老鼠的游戏呢？我需要一个像手电筒一样的信号灯来照亮我前进的道路，但却没有这样的信号灯

（也有可能是我没有看到信号灯）。我徘徊在黑暗中，不知道什么时候才能走向光明。

“您做过招魂术吗？”神父问前来请教的叶尼谢耶夫。

“做过，但我不是所谓的通灵术士。我试图和朋友们重复这些法术的时候，却什么结果都没有。况且，这是很久以前的事了——在少年时期。”

“这么说，您确实有某种能力。”神父说道，“我提到的是招魂术作法，而实际上指的是通灵术——您一下子便猜到了问题的实质。”

“这只不过是一种逻辑罢了，跟折磨我的东西毫不相干。”叶尼谢耶夫忧郁地说，“我所预言的事情，超出了逻辑学的范畴。”

“说实话，除了几位长老，我还从来没遇到过真正的先知呢！我有幸遇到过一些试图拯救祖国却毫无说服力的通灵者、占星家，甚至向他们忏悔，但他们根本就不是先知。这是怎么回事呢？我们这些有罪的人，应该向先知忏悔，而不应该让先知向我们忏悔，正所谓‘人无法看见上帝，但也不敢轻视天使般的祈祷仪式’。就连上帝都是以某种形象与圣经中的先知们进行交谈的。对于您的预言天赋，我能说什么呢？据我猜测，您是个信徒吧？”

“我想成为一个信徒。”

“是什么妨碍了您成为信徒呢？”

“没什么，我只是说说罢了。我的信仰需要支柱，而我却在苦苦地挣扎。我不知道自己到底是个先知，还是个高傲的躁狂症患者。”

“噢……您在生活中是什么形象？”

“在思想意识里吗？”叶尼谢耶夫没有弄明白他的意思。

“圣经中的先知都是圣人。您是圣人吗？”

“总的来说，如果不去尝试预言的话，我就是个最普通的人。”

“可是，普通人是不能成为先知的。”

“我知道。我就是向您讨教来的——谁会成为先知呢？如果我没有理解错的话，您会回答说：‘他们需要成为一个圣人。’是这样吗？”

“我认为这是必要的条件。”

“您是说，如果不算长老的话，甚至在严守教规的人当中，您也没遇到过先知吗？”

“是这样。”

“也许，我应该立志做一位圣人，而不是先知。”

“您认为这是一种过分的牺牲吗？引领人们走向公正的生活，并信仰上帝……上帝迟早会让您知道，您是不是一个先知。至少，发生过这样的事。”

“至少在我看来，这件事做得不是很地道。”

“何出此言？”

“其实，就我而言，公正的生活只不过是为了成为先知的一种手段罢了。而公正的生活，也许就是这一目的本身。这算什么？我将年复一年地过公正的生活，并一直想着：我什么时候才能最终成为先知呢？”

“您想要做什么呢？”

“我想培养自己具有一种公正生活的天赋，但却没有成功。为此，可能需要一种超越极限的生活。但是，这究竟是什么样的生活呢？”

“我不是您的教父，不建议您过某种超越极限的生活。我不知道您对这种生活准备得如何了。”

“我已经准备好了。但是，我不准备用意识来使自己备受折磨，超越极限的生活并不能帮助我培养自己的才能。我现在该怎么办呢？”

神父若有所思地看着叶尼谢耶夫。

“您知道这是怎么回事吗？”神父终于开口说道，“为了解决这个问题，让我们来启用您的神力吧。依您之见，我现在就会告诉您。”

“这很简单。请您大致地告诉我以下内容：如果教堂之外没有救赎的话，那么超越教堂的任何天赋就都不可能得以培养了。我好奇的是，接下来我应该做什么。假设明天已经来到，我是寻求安静的、波澜不惊的生活，还是尝试着去预言呢？”

神父感到很惊讶，但是凭经验，他似乎感到很满意。

“是啊，您不是一个普通人。”他咳嗽了一声，然后承认说，“我认为，您拯救自己灵魂的时刻尚未到来。请您预言吧！”

“神父，我已经开始这么做了，但是没有可预言的人啊！”

“您的预言尚未开始。如果上帝真的赋予了您预言的天赋，那么他就会让您开始预言。不要去寻找那些愿意听信于您的人，而要去寻找那些不愿意听信于您的人。”

“也就是说，我在黑暗中所走的道路是正确的？”

“您怎么知道自己行走在黑暗中？也许，您是闭着眼睛在行走。”

6

深夜。空寂。路灯。交通信号灯。地上与天上的一切都静止不动了，只有遥远的上空，飞机的航行灯像亮晶晶的星星在闪烁。叶尼谢耶夫的妻子正在夜晚飞行的某架飞机上——她是一名空姐。他不知道她是否爱他，甚至不清楚她是否相信他。但是，她不在的夜晚，他每次仰望天空中像星星一样闪烁的飞机时，都在想：“这是娜佳”。

有一次，他坐飞机去伊尔库茨克出差时，飞机上有指定的吸烟区。吸烟区一般是在卫生间旁边。登机之后，叶尼谢耶夫朝那个方向瞄了一眼，发现没有人在那里吸烟。这时候，从另一个方向——被帘子隔开的座舱里，隐约飘来了一股烟味。他决定去那儿看一下。在厨房旁边狭小的衣帽间里，一位年轻的空姐正坐在靠窗的座位上吸烟。刚才，她为乘客倒水时，叶尼谢耶夫便注意过她。她彬彬有礼、身材匀称，在为乘客倒水时，动作娴熟——手中的杯子永远都不会抖动。叶尼谢耶夫当时就想，自己无论如何都学不会这门儿手艺。

“我可以在您这儿吸烟吗？”他问。

“可以。”她微笑着轻声回答。

叶尼谢耶夫点燃了一支烟，心想，如果能向这位漂亮的姑娘请教点儿什么就好了，以便再次看到她的微笑。可是，他想不出该问些什么。难道要和她说，她递杯子的动作很迷人吗？叶尼谢耶夫脸部轮廓分明，长着栗色的头发，额头前面的刘海儿都快遮住眼睛了，很讨女人喜欢。但是，他绝对不会毫不拘束地与姑娘们交谈，而常常是姑娘们主动找他聊天。就在这时，空姐掐灭了烟，站了起来，轻声地提议说：

“如果您愿意，请坐下吧！”

“不，不用，不用！”叶尼谢耶夫用手把烟按在胸前，难为情地回绝说，并且用力摇了摇头，就像她要塞给他一包海洛因似的。

姑娘善意地笑了笑，走进了配餐室。叶尼谢耶夫吸完烟之后，回到了自己的座位上。过了一会儿，他感觉飞机上好像有些不对劲儿。发动机单调的声音渐渐地变弱了。仔细听过之后，他明白了，是左边的蜂鸣声变小了。叶尼谢耶夫看了看邻座的乘客——一位空军中校，发现他正坐在那里，把耳朵靠近飞机的左翼。从叶尼谢耶夫的眼神中，中校读懂了他的意思，于是低声说道：

“我们是用右侧的发动机在飞行。请您别声张，不要制造骚乱——我们靠一个发动机也可以飞行。”

叶尼谢耶夫点了点头。他想起来了，好像大多数将要坠毁的飞机，用一个或者两个发动机仍然能够持续飞行一段时间。他又想吸烟了，并且烟瘾异常强烈。面对那位空军中校警示的眼神，叶尼谢耶夫回应说：

“我不说。”然后，他起身走到了屏风后面。

那个面带微笑的姑娘坐在自己的位置上，脸色煞白。坐在她对面的那个空姐闭着眼睛，仿佛在祈祷。她们的表情痛苦不堪，显得异常疲惫。叶尼谢耶夫忘了吸烟的事，突然对她们说：

“不要害怕！二十分钟后，所有的发动机都会恢复正常——我们的飞机会准时、平安地降落。飞机在伊尔库茨克进行检测和维修期间，你们就惬意地休息一个星期吧。”

空姐们目不转睛地看着他，就像看着幽灵一样。第二个姑娘强忍着悲痛低声说道：

“这位乘客，请您回到自己的座位上。”

叶尼谢耶夫像个梦游者，顺从地走了回去。途中，他看了一下手表。二十分钟！这是什么？秘密使命又来了吗？好吧，他愿意相信，左边的发动机会运转起来。但是，从哪儿得来的这“二十分钟”呢？不可思议的是，当他去吸烟时，还备感恐惧，而现在却一点儿都不害怕了，连烟都不想抽了。叶尼谢耶夫舒适地坐在椅子上，闭上了眼睛。他感觉既舒服又安宁，不再去想那无法运转的发动机了。他甚至打起了瞌睡，在昏睡中迷迷糊糊地感觉到了左侧熟悉的蜂鸣声。叶尼谢耶夫看了一下手表，正好过去了二十分钟。

飞机按照飞行时刻表准时着陆了。

“我说什么来着？”额头上布满了汗珠的中校对叶尼谢耶夫说。

“我本来就没有争辩啊！”

除了他们，似乎所有旅客都没有注意到左侧的发动机曾经出现过故障。走出机舱时，叶尼谢耶夫的目光和一位空姐那喜悦的、有点儿不知所措的目光相遇了。于是，他笑着对她说：

“您注意到了吧，正好过了二十分钟！”

她严肃地向他点了点头。“唉，向她要电话号码就好了！”他想。可是，后面的乘客拥上前来，并且过道上还有其他空姐。那位皮肤有点儿黑的空姐看到叶尼谢耶夫之后，极力想要吸引他的目光。对待预言成真这件事，叶尼谢耶夫已经习以为常了，而皮肤白皙的女孩眼中那崇拜的目光，他还是第一次遇到——这就是所谓的“成功”。

晚上，命运为叶尼谢耶夫准备了礼物：他得知，他和飞机乘务组的人员入住同一家酒店。在大厅里，他几乎和面带微笑、身穿便装的一个姑娘撞了个满怀。她身穿牛仔裤和T恤衫，少了身穿制服的空姐那种高不可攀的感觉。姑娘认出了叶尼谢耶夫，于是拍了拍手，开门见山地说：

“飞机确实被送去检修了。我们要在这里待上一周左右。”

叶尼谢耶夫根本就没有想过要对这件事进行预言，并且无法确定其发生的根源。他即便能够确定乘务组在伊尔库茨克逗留几天，也无法实现发动机在二十分钟后再次运转的愿望。在这种情况下，叶尼谢耶夫内心深处隐藏的愿望大概是：想和乐观开朗的空姐再见一面。他怎么会知道自己和她入住的是同一家酒店呢？在此之前，他在这家酒店里从未见过俄罗斯航空公司的飞行员和空姐。他以为他们会下榻航空公司下属的某个专门宾馆，就像统一管理时期的“俄罗斯国际航空公司”一样。

叶尼谢耶夫尽量掩藏心中的疑问，谦和地说：“我很高兴，一切都很顺利！”

“可是，您是怎么料到这一切的呢？”

“您对这个感兴趣吗？”

“非常感兴趣。”姑娘承认道，“我一直对这类事情很感兴趣。不过，我从来没有遇到过这种事，这是第一次。您知道我的朋友是怎么想的吗？这一切都是您的邻座——那位空军飞行员告诉您的。”

“应该对她的观察力和逻辑性表示赞许。我确实和那位飞行员讲了发动机熄火的事，但他只是对我说，靠一侧发动机也能飞行。咱们坐下聊好吗？”叶尼谢耶夫指了指大厅里吧台旁边的扶手椅。

“好吧。”姑娘立刻就同意了。

瞧！这是他的第一个对话题真正感兴趣且没有敌意的听众！或许应该把一切从头到尾地讲给她听。让叶尼谢耶夫备受折磨的是，他不能向人们讲出他感觉到的，而人们却感觉不到的事情。此刻，他第一次明白了自己的处境。说点儿什么呢？说他童年时准确地预测了阿富汗战争？这场战争开始的时候，恐怕这位姑娘还没出生呢！对那些听到预言的人来讲，他在飞机上的预言是最有效和最令人感到愉快的。另外一些预言，尤其是政治方面的预言，总是由于事件初期的复杂性而变得失灵和令人感到不快。有一个例外，那就是对普京的预言。如果没有恺撒半身像的照片，这种预言就显得难以取信于人了。对叶尼谢耶夫本人而言，政治方面的预言之所以特别珍贵，是因为他自己的预言与道义上的谴责密切相关——这种联系只有他本人能够看透。并且，他越是希望揭示预言与道义上的谴责之间的联系，就越想去见证一下。实际上，预言的主要问题就在于此。他能对这位期待着不同寻常的解释的姑娘说些什么呢？他那隐秘的梦想和那些人的梦想一样，就是相信，假如上帝派来的先知领袖成了人民的首领，那么他会帮助人类重拾已经丧失的理想生活。那时候，她会认为，她和某个教徒扯上了关系，比如说，一个地段民警就找他谈过话。

叶尼谢耶夫有些沮丧。他驼着背，坐在小桌子前面，眼睛盯着烟灰缸。姑娘默默地看着他。

“喝茶还是喝咖啡？”叶尼谢耶夫醒了过来。

“茶……还是咖啡，并不重要。您答应要给我讲……”

“是的，也就是说……不是。我什么都没有答应……我只是想使您感到惊奇，吸引您的注意力，可……”

“我不明白您在说什么。请您讲一讲，您是怎么猜到二十分钟和一个星期的。您通晓航空知识吗？”

“根本不懂。”叶尼谢耶夫想了想，笑着承认道，“我是先知。”

“什么？先知？像格洛巴似的先知？”

“格洛巴是占星家，而我是先知（或者自认为是先知）。如果您认为我知道怎样推算出二十分钟和一个星期，那您就错了。其实很简单：大概是因为我喜欢您。”

姑娘对这种模棱两可的调侃根本不感兴趣。

“这和发动机的运转有什么关系呢？”她再次刨根问底。

“似乎是有联系。您感到很奇怪，世界上的一切事情都是相互联系的，就连人的喜好都与航空发动机的运转紧密相关。只是，应该看到这些事物的交叉点。当然，并不是每个人都具备这种能力。”

“那您具备这种能力吗？”

“唉，我不具备。正是这一点使我备受折磨。看见你们担惊受怕的表情，我只是想安慰一下您和您的朋友罢了。不过，一切都像我说的那样发生了。这种事情在我这里时常发生，但是说实话，这与摆脱某种厄运没有任何关系。我还应该告诉您，向您预言了飞机上的理想结局之后，我立刻增添了‘一切都会变得更好’的信念。还有，要是不考虑在伊尔库茨克待上一周……这话我只是随便说说而已，马上就忘了。不过，很高兴，我的预言都成真了。”

“那么，您从未专门从事过占卜？”

“专业的——从来没有。当然了，我的预言总是与我所做的事情密切相关，但是没有人特意请我来预言。况且，我本人在预言之前的几秒钟，任何类似的想法都没有。”

“妙极了……”姑娘陷入了沉思，浓密的柳叶眉变成了三角形的剑眉，“也许，您的预言就是由于为我和女友的祈祷而成真了！”

“您暗示说，善良的愿望对我来说是必要的动因。我让您失望了——前面的成功预言根本不是由美好的愿望唤起的。尽管您说的话有一部分可能是对的：目前的经验表明，良好的感情会对远见起到促进作用……”

“真遗憾，您所做的这一切都只不过是偶然为之!”姑娘感叹道，“听我说，也许您应该参加《超人大战》节目。”

“不，没必要——那只不过是走秀。”

“莫非，您认为那里的一切都是不真实的?”

“是不是全部，我不知道。但是，我很清楚，参与者会出现在其他电视节目中，甚至两个节目在同一天播出。再说，我又不是超人，并且不打算让自己有这种微不足道的能力——去猜谜语或者去揭露罪行。我想成为先知……当然，如果命中注定的话……魔术师或尘世间的占卜职业根本就诱惑不了我。”

“有什么区别吗?先知是做什么的?”

“我所从事的不是那种说教。较之其他普通人，先知们是以一种不同的方式去感知这个世界的。他们用全部的洞察力去探析世间所发生的一切事件的本质。一切——您明白吗?这里还包括其他人看不见和听不到的东西。也许，您还记得普希金的一首诗，是中学时学的：

我的两只有预见能力的眼睛突然睁开了，
像受了惊吓的雌鹰一样。
他又触碰了我的耳朵，
使它们充满了喧闹的声响。
于是，我就听见了天体在战栗，
天使们在高空中飞翔。
蛇虫在水底潜行，
深谷的葡萄枝在蔓延伸长。

“只是在童年，在预言阿富汗战争之前，我才有幸感受到了这些……”

“我终于明白这首诗描写的是什么了!”姑娘承认道，“我说这些年来怎么总有一些大海的蛇虫在纠缠我呢……”

叶尼谢耶夫和这位叫娜佳的空姐成为了朋友。命运出人意料地赐予了他们一周的假期——再也没有比这更好的假期了。安卡拉河岸边的夏日餐馆、无忧无虑的感觉、河面上泛起的粼粼波光、河水倒映的晴朗天空中的云朵……宽阔的街道上怪异的石头房子，还有西伯利亚那惹人喜爱的花坛……娜佳攀登贝加尔铁路周围的花岗岩陡坡时那轻盈、优雅的身姿……一望无际的贝加尔湖，以及平静的水面上突然出现的长着胡须的鱼儿和脊背油亮的海豹……

正午的客房里窗帘紧闭，衣物散落在各处。枕边是娜佳喜悦的脸蛋儿和她那光滑的身体显露出的曲线美。叶尼谢耶夫抚摸着她的身体，呼吸立刻急促起来。她像小鸟一样，心儿怦怦直跳……

白天转眼就过去了。娜佳躺在叶尼谢耶夫的怀里，静静地喘着气。夜里，她突然在被窝里坐了起来。

“几点了？手表在哪儿？手机呢？我的包呢？”

叶尼谢耶夫闭着眼睛，在床头柜上摸索起来，找到了夜灯。灯一下子亮了。赤身裸体的娜佳立刻站起身来，扑向散落在房间各处的衣服。叶尼谢耶夫望着她的背影，呼吸又急促起来。

“十二点多了！我不是来睡觉的！我的室友会怎么想？”她因失去平衡而慌了神儿。

叶尼谢耶夫抓住了她的手：

“别走了。”

“如果我现在不回去，编一些谎话，那么明天机长就什么都知道了。不，我得走！”

“这样吧，为了不让你撒谎，我给你预言点儿什么吧。”

“行了吧，伊留什卡①，你让我走吧！我真的该走了。”

“等我们飞回莫斯科，你就嫁给我——这样你就不需要向任何人做任何解释了。”

姑娘扬起眉毛，呆住了。她盯着叶尼谢耶夫看了几秒钟，脸上露出了笑容：“这是真的？可是，你什么时候向我求婚呢？到了莫斯科，还是现在就求婚？”

“当然是现在了。”

“这不是预言吧！”

“为什么是预言？但是，是否能成就取决于你了。”

娜佳双手叉腰，扭了扭纤细的腰肢：“让我想一想。”

不过，她并没有在叶尼谢耶夫那儿过夜。

早上，她送来了一杯咖啡，就像在飞机上一样，以标准的优雅姿势递给叶尼谢耶夫，然后说了声“好的”。后来，娜佳不止一次重复了这句“好的”：当她充分地享受爱情的甜蜜时，双手在颤抖……

从此以后，他们再也没有像这一周这样甜蜜过。准确地说，他们的关系还不错，但并不是那么强烈地相爱。生活渐渐地使叶尼谢耶夫和娜佳生疏起来。从本质上讲，他们除了亲密以外，就没有什么共同的生活了。况且，这种奇怪的生活也是时断时续：因为娜佳没有辞去空姐的工作，所以他们在一年里有半年的时间见不到面。最初，叶尼谢耶夫坚持要她辞职，可娜佳总是问他每个月挣多少钱。得知他这几个月挣的很少时，她说：“瞧你，就挣这么点儿钱！”于是，她就又去飞机上轮岗了。娜杰日达②下了飞机，回到家里，叶尼谢耶夫还没来得及很好地适应她，她就又要离他而去了——准确地说，就像他们在伊尔库茨克的宾馆

---

① 伊利亚的小名。

② 娜佳的大名。

里第一次亲热的时候那样。

在家庭的收支状况中，显得可笑的是，他们几乎不需要共同的支出。因为只是偶尔见面，所以他们几乎没有共同消费的机会——甚至包括吃喝，因为冰箱里塞满了娜佳从飞机上带回来的“无需求乘客”的套餐和小的瓶装酒。至于衣服，她会在飞国际航线时买廉价的打折商品，并且会拿到航空公司的自助洗衣房去洗。叶尼谢耶夫“默默无闻”地做着其他家务，而家里的保洁工作则花钱雇人来做。对那些哭诉“为一日三餐犯愁”的人来说，这是一种理想的生活！但是，叶尼谢耶夫惊讶地发现，正是这种烦琐的日常家务才能巩固家庭生活，缺少家务活儿的家庭生活就像失重状态下松散的物体。

他们住在叶尼谢耶夫的房子里。对他们而言，这个住所足够大了，但是娜佳为未来的孩子着想，要攒钱买更大的房子——这已经是家庭生活的一部分了。然而，一谈起要孩子的话题，娜佳便以“生活要自立”为由逃避了。不过，什么是“自立”，叶尼谢耶夫并不十分清楚，因为他在职业生涯中一事无成，而一名空姐的职业生涯也是非常有限的。娜佳并没有强迫他采取防范措施，而她自己却像会计那样非常精准地每月按时服用避孕药。叶尼谢耶夫不敢问她在和自己相遇之前是不是也定期服药，因为这意味着，在他出现之前，她就过着有规律的性生活。那么，她是和谁在一起呢？有传言说，空姐常常和飞行员生活在一起。显然，这一传言并不总是空穴来风，因为新婚之夜以后，娜佳承认过去曾有个和她相好的飞行员，不过她早就把这个人“从自己的生活中删除了”。嗯，这个飞行员是“删除”了，可是还有很多其他飞行员呢！飞行员和空姐的工作十分繁重，并且经常生活在其他城市，在航班之间的空闲时间也过得并不十分快乐和丰富多彩，所以最可靠的放松方法便是性爱。叶尼谢耶夫并非醋意过浓，他从未在自己的脑海中描绘娜佳不忠的画面。但是，只要一想到有某个飞行员与他一起分享娜佳那纤细的手指，他便感到浑身不舒服。有一次，他开玩笑地问妻子是否在航班之间的空余时间背叛过他，和别的飞行员厮混。她以同样的腔调回答说“不敢”，因为她和一个立刻便会知晓一切的先知生活在一起。

然而，玩笑归玩笑，叶尼谢耶夫的“超能”并没有帮助他得知，妻子对他是否忠诚。就算有这事，他也不知道该如何使用自己的“超能”。如果他真有这种能力的话，可能立刻就慌神儿了。他在飞机上结识的那个乐观、开朗的娜佳不可能背叛他，但是那个在另一座城市里打着官腔在手机里回答他的问话的年轻貌美的女人，可以做自己想做的一切事情，有可能认为有这个需求或者向往舒适的生活。叶尼谢耶夫是这么想的，但是他没有得出任何结论，因为没有什么能够向他暗示这种结论，如同他以往预言时所得到的那种突然的提示。

叶尼谢耶夫心里明白，他的怀疑与某种期待有关。这种期待既有来自他自己的，也有来自娜佳的。她嫁给了一个不平凡的人——至少她当时觉得叶尼谢耶夫是这样一个人。但是，在几年的共同生活中，叶尼谢耶夫并没有成为比在伊尔库茨克时更加超凡绝伦的人，他仍然是一个没有名望和无所作为的“先知”。并且，他在其他领域——教师、哲学家或者编辑——也一事无成。他的所谓“天赋”，妨碍了他在日常生活中实现自我价值，而他的工作又妨碍了他的天赋。他越来越觉得自己是在扮演契诃夫的《樱桃园》里的大学生角色。所有这些，娜杰日达都不可能感觉不到——这就是女性的第六感吧。这恰恰说明，女人只爱我们的成功。女人爱男人对成功的追求——如果男人不轻言放弃，并去实现自己的目标的话。她们认为这才是真正男人的品质，并且情愿原谅男人在这条道路上没有收获，但却不能原谅他们无所事事，哪怕他们用双倍的力量向她们证明，都是徒劳无益的。

叶尼谢耶夫明白，自己和那些坚定不移地追求某种目标的人不一样——问题不在于是否参加《超人大战》节目或是其他电视节目。面对自己的才能，他没有走火入魔，没有陷入恍惚，没有辗转反侧，更没有用喇叭去广播。简而言之，他的言谈举止并不像大家所认为的那样。他会先沉思一会儿，然后突然开始讲话。娜佳是他几次预言的见证者，但预言的效果并不像那次在飞机上那样立竿见影。每一次预言，不管多么令人惊异，都没有比前一次的效果更好，平添了某种平淡的色彩。叶尼谢耶夫觉得，自己的奇特能力对娜佳而言已经习以为常了，因此娜佳对他已经不抱更多的期望了。在他看来，除了这些能力以外，他身上已经没有什么独特之处能吸引女人来爱他了。叶尼谢耶夫越发地相信，年轻貌美的妻子是由于某种惯性而和他生活在一起的。在她心目中，他未必像那些雄壮威武的飞行员或者坐商务舱的乘客那样有魅力。他已经习惯了这种想法，因此不再追问娜佳在其他城市休息期间都做些什么了：他害怕她在回答问题的时候会撒谎，而这必然会成为点燃他心中醋意的火花。只要娜佳一谈起工作，叶尼谢耶夫就会立刻转移话题或者找借口离开房间。结果，他们的交谈意犹未尽，因此他们的关系中再也没有无拘无束和坦诚相待可言了。在伊尔库茨克那难忘的一周里，他们成为了真正的朋友。而现在，几年的夫妻生活之后，他们却更像是一般的朋友了。

但是，当娜佳从班机上返回时，他们仍一如既往地为能见到对方而由衷地感到高兴。叶尼谢耶夫永远都不会忘记，她是第一个信任他的人。每当看到夜空中飞机那闪烁的尾灯，他都会思念她，并感到阵阵的温暖。

7

从机场的跑道上传来了飞机发动机低沉的轰鸣声，玻璃跟着轻微地颤动起来。叶尼谢耶夫和摄影师从软椅上站起来，伸直了僵硬的四肢，哈欠连连地向小接机厅低矮的隔离栅栏走去。一个睡眼惺忪的士兵从人群中走过来，看到他们之后，伸出双手阻止他们。他们向他出示了采访证。

“好吧。”他点了点头说，“不过，只能站在这儿，不能再往前走了。”

摄影师准备安装摄影器材了。叶尼谢耶夫将胳膊支在矮栅栏上，透过浑浊的玻璃窗望着跑道。浓雾中，隐约能看到微亮的天空。他既看不到飞机，也看不到乘客。大约十五分钟后，人们终于在雾中出现了。奇怪的是，走在前面的既不是安保人员，也不是代表团的领导，而是拿着摄影器材的电视台记者。为了抢镜头，电视台记者冲在前面是常有的事。可是，这些人什么都不拍，甚至连摄像机都没有打开，就吵吵嚷嚷地进了机场。根据他们讲话的声调来判断，他们应该是波兰人。在电视台记者的身后，终于出现了几位“贵宾”，也就是容光焕发的、穿着昂贵的西装的人。但是，矮个子莱赫·卡钦斯基及其夫人并没有出现在人群中。人群被叶尼谢耶夫和其他摄像师的“长枪短炮”团团地围住了。可是，卡钦斯基本人在哪儿呢？

一头雾水的叶尼谢耶夫只好等待着。抵达的乘客一个一个地通过了海关。在旋转门的出口处，他抓住了一个浅色头发、大鼻头的波兰小伙子的风衣袖子：

“请问，先生，你们的总统在哪儿？你们的政府代表团在哪儿？这是波兰代表团吗？”

“在我们后面呢。”小伙子用带着点儿口音的俄语回答说，“据内部消息，”他使了个眼色，“再过半个小时或一个小时就会到。所以，你就等着吧。”

“再过半个小时或一个小时？”叶尼谢耶夫很是惊讶，“雾气越来越重，能见度不足二百米！你们的飞机都很难降落，更何况他们的飞机了。”

“别担心，他们的飞机加满了油，闭着眼睛都能着陆。请问，这里有酒吧吗?”

“没有——这是军用机场。”

“免税店呢?”

“也没有。”

浅色头发的男子显然有点儿失望。

“我该为‘内部消息’买个单。”叶尼谢耶夫从口袋里掏出一小瓶味道清淡的“芝华士”白兰地，递给了那个波兰人。

对方激动得改口说起了波兰语：

“哎……呀！谢谢！谢谢！谢谢！昨天上飞机前，我喝高了，而飞机上又有不近人情的规定！看看，你们俄罗斯人真会收买波兰人!”

“不只是波兰人。”叶尼谢耶夫更确切地说。

浅色头发的男子哈哈大笑起来，立刻拧开瓶盖，一口气喝了半瓶酒。

“你要不要也来点儿?”

“你喝吧，我还有。”叶尼谢耶夫掏出一瓶“杰克丹尼”威士忌，也喝掉了半瓶。

“原来，你的口袋里装满了威士忌!”波兰人羡慕地感叹道，“还说俄罗斯人不实在呢，我就没想到要随身带着酒!”

“我仍然在想，他们不会来了……”叶尼谢耶夫眯起眼睛看到，浓雾已经遮住了机场的窗户，“就算飞机加满了油……能在这样的大雾天冒险吗？他们也许已经离开了，去备用机场了。”

“你说什么？什么备用机场？只能是斯摩棱斯克！典礼即将在上午进行！卡廷那儿早就聚集了很多人!”

叶尼谢耶夫的后背好像被什么东西碰了一下。一种熟悉的、不祥的感觉使他的心往下一沉。他没有说什么，但却仿佛听到了来自其他地方的自己的声音：

“四十分钟后，卡钦斯基的飞机会在降落的过程中坠毁，机舱里的所有人都会遇难。”

波兰人呆住了，随后咧开嘴笑道：

“我懂，这是玩笑话——黑色幽默！或者，您所说的……是无稽之谈！”他做了个恐吓的手势，“您不喜欢卡钦斯基！哦，您不喜欢他！或者，您想要轰动的效果？您等不到他们，自然会有轰动的效果。好吧，我到自己人那儿去了。谢谢您的威士忌！”

他走了。叶尼谢耶夫用失神的眼睛望着他的背影，然后看了看手表：十点零一分。

“你干吗吓唬他呢？”摄影师不解地问，“怎么能开这样的玩笑？飞机上可是有人的啊！好吧，就算卡钦斯基是个恶棍……飞机上的其他人有什么过错？比如说空姐吧——你的妻子就是空姐啊！她偶尔也会在飞机上吧！我敢跟你打赌，现在这个新闻记者要告诉‘自己人’，什么是俄罗斯‘嗜血的狗仔队’。”

叶尼谢耶夫什么都没有回答，走到一边去了。他万分惊恐，因为他从来没有对人们的遇难进行过预言，也不想看到遇难的画面。他不希望再发生那样的事情，比如在童年时预言舅舅们会死亡！如果预言的是人的生命，那么卡钦斯基是不是混蛋、是不是仇视俄国，对他来讲就都没有什么意义了，因为和卡钦斯基在一起的有许多无辜的人。并不是他赋予了他们生命，因此他无权剥夺他们的生命。叶尼谢耶夫读过有关巫师和有特异功能之人的书——他们心怀邪恶的意念，并试图让其变成现实。然而，不管是在来斯摩棱斯克的路上，还是在这个简陋的机场上等待的过程中，他丝毫也没有让卡钦斯基乘坐的飞机坠毁的愿望，甚至连类似的想法都没有过。这个跟大雾有关的话题，也只是几分钟前才谈到的。叶尼谢耶夫闭上眼睛，想象着飞机坠毁的场面：血迹斑斑的座椅和物品飞出去几十米，面目全非的遗体……他的后背冒出了冷汗。

在自己的预言生涯中，叶尼谢耶夫即将采取第一次必要的行动。阿富汗战争发生与否完全不取决于他，值得纪念的飞往伊尔库茨克的飞机马达是否会重新发动也与他无关。他只是说，会发生战争、二十分钟后发动机会重新工作。他不能对普京的未来做任何改变，普京的未来也不取决于是否和尤利乌斯·恺撒走同样的道路。他只是写道，普京和恺撒是同一类人，无论是恺撒还是“政治小丑”都不是他的竞争对手。但是，如果相信那个波兰记者的话，卡钦斯基的飞机现在还在天上，那么还有不到半个小时的时间了。预言中已经提到了，飞机在降落时会坠毁。也就是说，当飞机还在空中时，仍然可以做点儿什么加以改变。尽管在人类的预言史上有人明确地提出，去尝试不该尝试的预言，必将导致可怕的后果，但他不能就这样坐在这儿等待。就像摄影师确信的那样，娜佳也有可能正在空中飞行。现在，什么都不做就是变节行为。或者说，至少这种愚蠢的预兆有可能应验在她身上。要知道，他们相识时，他所作的预言与现在的预言正好相反。

可是，应该到哪儿去呢？去找飞行主任？去找调度员？这宝贵的半个小时，他只能用来找他们。就算他找到了他们，他们也要花时间来搞清楚，他是不是个疯子。叶尼谢耶夫用颤抖的双手从口袋里拿出一瓶威士忌，喝了一口。时间正无情地流逝着。他起身向那个波兰人走去。

浅色头发的小伙子看到他之后，向他挥了挥手：“嗨！‘威士忌仓库’正向我们走来！为了换您的酒，还需要一些内部消息吗?”

“咱们借一步说话!”叶尼谢耶夫提议说。

“好，咱们往旁边靠一靠!”波兰人随声附和道。显然，甘甜的酒水使他意犹未尽。“如果你要说的是卡钦斯基乘坐的飞机……它还没有掉下来。”他调侃道。

“我要说的正是飞机的事。”叶尼谢耶夫压低了声音说道，“要知道，我不是在开玩笑。人命关天，我无心开玩笑。只是，有时候，我讲的话，不知为什么……会成真。你明白吗？”

“你能预知未来？就像诺查丹玛斯那样？”

叶尼谢耶夫把一小瓶威士忌放到了他手里。

“你再喝点儿，但是要专注、认真地听我讲——我们的时间不多了。我并不是诺查丹玛斯，也不是专门预测未来的，但是我有时候说的事会应验。我和妻子是在飞机上相识的，当时有两个发动机突然不运转了。我当时就说，发动机二十分钟后会恢复正常——连我自己都不知道为什么会这么说。整整二十分钟过去了，发动机真的又开始工作了。并不排除这是个意外，但是发动机的确运转了！我对尤利娅·季莫申科说了她会因为差多少票而落选——我不知道自己为什么会这么说——结果她正好得了那么多选票。而现在，当我以同样的方式说飞机会遇难时，我问自己：然后会发生什么呢？我回答说，飞机在降落时会坠毁。也就是说，还有时间防止飞机失事。但是，随着时间一分一秒地流逝，防止失事的机会越来越少了。”

听着叶尼谢耶夫的讲述，浅色头发的波兰人甚至忘了喝威士忌。

“你想让我做什么？”他终于回过神儿来。

“什么？你一定和总统乘坐的飞机上的人有某种联系！应该劝飞行员把飞机降落在备用飞机场。应该告诉他，这里伸手不见五指。只要飞机不降落，哪怕撒谎都无妨！更何况真的是如此……你看看窗外！”

波兰人沉默了。犹豫不决中，他反复拉着防风上衣的拉链。

“还等什么？这可是你们的总统——你们的领导人！”

“我能说什么呢？谁会相信你的预言？大雾的事，谁都知道。更何况，这类消息一般是会被传播的。你为什么不自己去找他们呢？”

“我来找你，是因为你是一名记者，能帮助别人相信我，而那些军事指挥官只会把我赶跑！时间在消逝，要想改变什么已经不可能了！”

浅色头发的男子想了想，不情愿地同意说：“好吧……我们这儿有从安保局来的……一个指挥员……我和他说说。”

“一定要快点儿!”

波兰人离开了。几分钟后，他和另外一个人一起回来了。此人身体健壮，脸圆圆的，头发灰白，目光专注。

“先生，我想问问您，”他对叶尼谢耶夫说——和浅色头发的人一样，他的俄语说得很地道，“预言飞机坠毁的美国大片，您是不是看得太多了?”

“我本人曾经成功地预言过摆脱空难的事。因此，我对讲出的预言非常担忧。更何况，还有些现实的理由。难道您没有看到这雾有多大吗？现在还有改变的可能性，否则一切就都来不及了。好好想一想吧!”

“我在想，一个俄罗斯人劝说总统专机的驾驶员把飞机降落到备用机场，取消在卡廷的庆典活动，这是否合适?”

“可是，如果飞机坠毁了，还会有庆典吗?”

指挥员矜持地笑了一下。

“可是，我怎么知道您不是在为克格勃工作呢?”

“克格勃早就不复存在了！而联邦安全局的人，大概没有我也会想办法让总统的专机降落到备用机场——他们只要关闭这个机场就万事大吉了。”

波兰人盯着叶尼谢耶夫的眼睛。叶尼谢耶夫没有回避，也直视着他的眼睛。

“那好吧，”指挥官若有所思地点了点头，“就算您不是奸细……这雾的确是越来越重了。俄罗斯的‘伊尔-76’四十分钟前没有在这里降落。确实，这是个大型运输机。总之，不管您是否有预言，我们都有理由和我们的‘雅克-40’的飞行员通话——他们能和总统的专机取得联系。”

“只是，您要记住，剩下的时间不是四十分钟了，而是二十二分钟。"

"这一点我会考虑的。"指挥员微微一笑，离开了。

叶尼谢耶夫和浅色头发的记者留了下来。后者想起了手里的威士忌，几口就喝干了。接着，他谨慎而又好奇地看着叶尼谢耶夫。

"你听着，"他说，"我并不知道该怎样预测未来。但是，如果您预见到了飞机会坠落的话，那么您能不能不让它坠落呢?"

"不，我不能。"叶尼谢耶夫回答。他浑身发冷，血直往脑门儿上涌。"我不是魔法师，不知道这些预言是怎么产生的。有一种东西突然向我袭来，然后就消失了。童年时，我预言过阿富汗战争。有一次，我在尤利乌斯·恺撒的画像上看到了普京的影子。几个月之后，他便成了总统。我预言的都是身外的事情，但是要控制这些事情的发生，我不会。"

"您试试，也许能成功呢!"

"不会的，这不取决于我的意愿——我没有改变事件进程的天赋。我虽然能够揭示预言，但是却不能像先知伊利亚那样堵住水源。"

叶尼谢耶夫又看了看手表：十点二十六分，还剩下十五分钟了。这意味着，飞机已经开始降落了。见鬼，那个指挥官到哪儿去了？和一个人交谈，又和另一个人交谈，再和第三个人交谈……四十分钟就这样毫无意义地过去了……也许，只需默默地为人们祈祷？莫非真正的先知就是"祈祷的先知"？难道他们的预言都是靠祈祷实现的吗？而我不会祈祷，所以就只能如神父所言，闭着眼睛行走了。

叶尼谢耶夫尝试着祈祷了一下，可是除了"上帝啊，救救他们"以外，就想不出其他的词了。"上帝啊，把他们带到备用机场吧!"他想起来了——第九十首圣诗不就是现成的祷告词吗？可是，他不能全部背下来。这是先知写的！那首诗是怎么说的来着？"不要恐惧刀，不要恐惧箭……"

就在这时，那个波兰指挥官出现了。

“我们多此一举了，先生。”他解释说，“几分钟前，总统专机上的飞行员的确与我们的飞行员取得了联系，已经通知他此处的天气条件极其恶劣了。总统专机的指挥官并没有排除飞往备用机场的可能性，想等飞机降落时再作决定。”

“也许飞机已经开始降落了！告诉他们，让飞机立刻掉头！”

“朋友，”指挥官不耐烦地咂着嘴说，“您忘了吗？只有指挥官才可以改变航向！顺便说一句，波兰空军指挥官也在飞机上。也许，这些人比您更清楚自己目前的处境。所以，我们还是让专家们去作决定吧。更何况，就像已经查明的那样，他们已经掌握了有关天气条件的信息。我谨代表我们的代表团向您表示衷心的感谢，感谢您对波兰领导人的担忧。目前，波兰与俄罗斯之间的关系处于这样的状态，您的关心实属罕见。您真是一个高尚的人！”

叶尼谢耶夫无精打采地握了握波兰人的手，然后离开了。听完上了年纪的波兰人的通报之后，他并没有感到轻松。从半个小时前他预言飞机失事到现在，有什么改变吗？根本没有。确实，总统专机的飞行员们已经知道有大雾了，但是他们并不知道有关预言的事。要知道，他根本就不是因为有了大雾才来找波兰人的！有一种神秘的力量让叶尼谢耶夫在口头上预测了灾难，而飞行员却仍像先前一样，只知道大雾以及“雅克－40”在这种大雾天也可以降落。对他们来说，后者比前者更重要。也许，他们觉得自己比“雅克－40”上面的飞行员更专业。说服他们飞往备用机场，可能比掌握任何信息都有意义。但是，恰恰是这一信息没有传达给他们！

只剩下八分钟了。他想再去找那个波兰人，但却感到力不从心——这是人在命运面前的无能为力。他平生第一次感到命运就像是束缚其运动的某种东西。不管是全部预言还是一半预言，对叶尼谢耶夫来说，

“命运无情”的概念从未像现在这样清晰。而现在，与波兰人的谈话让他感觉到，违背命运的尝试是何等地徒劳无益。显然，问题并不在于原则上的不可能，而在于本质上的不可理解，是在自然、理念和习以为常的范畴里展开的预言。为了冲破命中注定的东西，需要立即超越这些限制。但是，我们都不愿意抛弃所熟悉的一切。要战胜命运，就意味着坚定地、义无反顾地转向另一个方向——卡钦斯基专机上的飞行员就应该这样做。但是，他们同样屈从于已经习惯的惯性并受制于别人（包括那些被提醒的与叶尼谢耶夫交谈过的人）的决定。然而，他们没有听别人的提醒。这样看来，为了适时地相信预言，必须相信定数的存在。现代人认为，预言——这是像万加·季米特洛娃①这样的为数不多、才能超群的人要做的事情。

他开始胡思乱想了。无论怎样，他都无法集中注意力，也不再试图祈祷了。叶尼谢耶夫看到，人们在小机场里有闲聊的，有踱步的，有打瞌睡的。在角落里，有一只耳朵发痒的小狗，把耳朵贴近玻璃窗——窗外是一片大雾。在电子时钟的指针上，他仿佛看到了巨大的命运机器在运转。所有的一切：人、物以及现象……都是命运的螺丝钉，无法阻止其到达自己的期限。

预言正在应验吗？答案一会儿就会揭晓。最后几分钟，叶尼谢耶夫的目光就没有从时钟的指针上离开过。还剩下两分钟……一分钟……他仿佛已经听到了飞机发动机越来越近的轰鸣声，但还是不能肯定——雾就像棉絮一样，减弱了外面的声音。当秒针走完最后一圈，分针无法挽回地指向刻度盘上的“41”时，什么都没有发生。但是，只过了两秒钟，缩成一团的叶尼谢耶夫便听到了从远处传来的撞击声和金属的摩擦声，就像沉重的轮船撞击着码头、生锈的船桨吱吱作响——玻璃发出了

① 二十世纪保加利亚传奇式的盲人预言家。

轻微震颤的声响。他吃力地将目光从表盘上移开之后，发现什么都没有改变，窗外依然弥漫着大雾。叶尼谢耶夫试图捕捉到一些其他声音，但却什么都没有听到——四周只有大雾，一片寂静。人们有的走来走去，有的在打盹儿。角落里的狗摇着尾巴一跃而起，暗淡的眼睛突然一闪，耳朵竖了起来。就在这时，大雾的幕布被扯开了，传来了可怕的警笛声和士兵们跑向出口的脚步声。

叶尼谢耶夫已经不记得自己是怎样来到飞机场的了。他和其他人像幻影一样，走在闪着光的大雾中。他们的幻影勉强能够让人辨认清楚，就像在地上滑行。幻影此起彼伏，就像森林里的蘑菇。事实上，他们根本无暇顾及彼此，而是争先恐后地冲着手机喊叫，急急忙忙地向遥远的编辑部汇报这一轰动的消息。杂乱的喊叫声淹没在乳白色的烟雾中。叶尼谢耶夫的手里也拿着一部手机，但他只打给了娜佳，确认了她还健康地活着。关于波兰飞机坠毁一事，他只字未提。当叶尼谢耶夫转过身去的时候，他已经看不见飞机场了。四周一片模糊，他只好跟着那些人影往前走了。难闻的焦煳味和愈加明显的难闻气味混在了一起。他们顺着这种气味朝前走，一直走到飞机的跑道上，才近距离地看清了“伊尔－76”运输机那生了锈的机翼。巨大的马达像悬挂在机翼上的原子弹一样。他们围着这架表皮脱落的大型飞机走了一圈儿，遇到了另外一架“伊尔”型飞机。这是堆放废弃运输机的场所。它们笨重得像飞艇的机身，朦胧地从雾中浮现出来。在飞机场上，它们像苏联空军葬礼上的仪仗队一样，垂头丧气地站成了一排。大雾中，人们走过最后一架“伊尔”型飞机时，一排惊慌失措的士兵挡住了他们的去路。他们就像孩子一样，骂起娘来。

叶尼谢耶夫退回到大雾中，走向生锈的“伊尔”型飞机，从另一侧绕过这些飞机，独自一人朝前面走去。他仿佛走在云层里，看不见任何人和任何东西，有的只是独享自己的命运。落在后面的是另一些人，他们听凭命运的摆布，没有人能与命运抗争。此刻，人类仿佛是行走在雾中，去迎接死亡的孤独者。

只有脚下的混凝土能证明，叶尼谢耶夫仍然在飞机场上。他走着，闻着越来越重的焦煳味。透过大雾，隐约可以看到太阳的轮廓——起风了。叶尼谢耶夫仿佛走在柔软的土地上，看到了光秃秃的白桦树的黑影。

突然，在几秒钟之内，一切就都莫名其妙地变亮了。云开了，雾散了，就好像从来没有发生过什么一样。一个可怕的画面出现在了叶尼谢耶夫的眼前。他与已成碎片的失事飞机相距不到二百米。

……几个小时以后，当叶尼谢耶夫勉强挪动脚步返回飞机场时，又遇到了那个浅色头发的波兰人——此人好像是在等他。

“对不起，”他握着叶尼谢耶夫的手说，“我当时没有立刻相信你说的话，以为你是在开玩笑……”

“你已经尽力了，没有必要自责。”

“我只是向那位先生转达了从你这里听到的话，根本就没有劝他相信——这原本是能做到的。你确信……如果飞行员知道了你的预言，飞机就不会坠毁了吗？”

“为了使飞机不至于坠毁，他们应该相信这个预言。但是，如果他们知道了那个预言，也许就情愿飞往备用机场了。”

“我当时想，我们有整整四十分钟的时间，足以改变这一切……”

“问题不在于时间……只要十分钟就够了。但是，对这件事而言，确实应该改变所有的成见。更确切地讲，就是改变一下自身的态度。你们的指挥官不要神经过敏，不要认为这是破坏你们的庆典……破坏之事在任何条件下都不会发生。就算我在二十四小时之前预言飞机失事，也是徒劳无益的。”

“是的，你说的对……但是，为了获得信任，你还应该预言点儿什么……比方说，预测一下我们的命运，以便让我们相信你……”

“就像你们的指挥官说的那样，这种事情只有在美国大片里才会有，抑或是与其他的预言相关。有一种不为我左右的管控力，让我对这架飞机的命运感到担忧。但是，我对你们的命运并不关心。对不起，我该走了。”

“我可以写你的预言吗？”

“写吧。但是，没有人会给你发表的，因为你们会按照老一套的说法来指责我预言的偶然性，而我的预言与这种说法是对立的。”

“可以把你的电话号码给我吗？”

叶尼谢耶夫塞给了他一张受潮的名片，然后便离开了。

*　*　*

叶尼谢耶夫不知道浅色头发的记者都写了些什么关于他的预言的文章。网络上关于波兰“伊尔－76”飞机失事的消息持续发酵，但有关他的预言却没有写。显然，他是正确的——这种消息对波兰人不利。叶尼谢耶夫从一开始就毫不怀疑那个安保局的指挥官会像鱼一样地保持沉默。

当然，摄影师在编辑部里讲了他的预言，但是他没有听到叶尼谢耶夫和波兰人的对话。因此，在他的讲述中，这次不幸的空难并不是那么富有戏剧性。叶尼谢耶夫以前也预言过人们将要遭遇类似的不幸事件，但是在那场大雾中预测空难，任何人都有可能做到——我们的调度员就严肃地警告过波兰飞行员。叶尼谢耶夫对自己的预言只字未提，他也不打算提及此事。这件事情的发生为他指明了一个正确的方向。

“还记得吗？”他对娜佳说：“你说过，在认识我之后，你才明白普希金那首诗的内涵：

我的两只有预见能力的眼睛突然睁开了，
像受了惊吓的雌鹰一样。
他又触碰了我的耳朵，
使它们充满了喧闹的声响。
于是，我就听见了天体在战栗，
天使们在高空中飞翔。
蛇虫在水底潜行，
深谷的葡萄枝在蔓延伸长。

“而我却到最后都没有弄明白！什么是‘喧闹的声响’？‘我就听见了天体在战栗’是什么意思？这说明，先知和我一样，无法选择地看见了未来，一切都毫无例外！他听见了所有‘喧闹的声响’和‘整个地球的震颤’！他不仅知道波兰飞机遇到的灾难，而且知道在这一天之内，甚至在这一个小时之内所有的灾难！他会因此而疯掉的！重要的是，他想帮助别人减轻痛苦和不幸，但却束手无策。他该何去何从呢？该抓住什么呢？该拯救谁呢？该帮助谁呢？”

“该去帮助亲近的人。”娜佳严肃地回答说。

“那么，如果和他疏远的人更值得帮助呢？先知负有拯救人类的使命，就像我在斯摩棱斯克无谓的尝试一样！接下来，普希金在诗中说：

摘下我那颗跳动的心，
再把那炽热的炭火，
塞进我被割开的胸膛。

“只有‘跳动的心’才有能力去爱别人、恨别人，去和不同的人一起享受人世间的喜怒哀乐。并且，只有‘跳动的心’才希望改变命运。但是，天使却将其摘除了。你明白吗？他把它换成了炽热的炭火，而炭火对所有人都一样，不再跳动了。可是，我不想这样。”

叶尼谢耶夫再也没有和别人讨论过卡钦斯基的专机坠落的事——这一话题成了他的禁忌。但是，浅色头发的记者显然没有保持沉默。劳动节过后不久，自称是波兰外交部工作人员的采哈诺维奇给叶尼谢耶夫打来电话，强烈要求见面。

他们在莫斯科市中心的一家不大的餐厅里碰了面。采哈诺维奇十分消瘦，并且秃顶。他穿着考究，双手冰冷。他的俄语讲得和浅色头发的记者及他们的“指挥官”一样好。采哈诺维奇没有拐弯抹角，举杯庆祝他们相识之后便说：

“我之所以知道您，是因为有消息称您相对准确地预言了波兰领导人的专机失事事件。此人还说，您也曾预言过普京总统大选获胜和季莫申科的落选。我们查阅了近几年的报刊，找到了一篇显然是您写的题目为《只有发现，才能获胜》的匿名文章。还有一篇文章的落款是您，题目是《她开始行动了，但却不会赢》。这些东西使我们确信，您讲的都对。遗憾的是，叶尼谢耶夫先生，在北方机场这件事上我们没有听取您的建议。”

“您认为，如果听从了我的建议，就会管用吗？”

“难道不会吗？”

“您大概听说过著名的‘霍登惨案’吧。原来，有人向莫斯科的高层预言过此事。阿列克谢·苏沃林①在1896年的日记中写道：‘一位去莫斯科参观加冕典礼的妇人在火车上听到两位先生用英语交谈，说在莫斯科全民节日当天会有重大伤亡事件发生。’她当即就向市长伊万诺夫

① 阿列克谢·苏沃林（1834—1912），俄罗斯剧作家、戏剧批评家。

汇报了此事，然后给谢尔盖·亚历山德罗维奇大公发了电报。结果怎么样呢？毫无结果。霍登广场上仅有数百名警察……”

“真的吗？我没有料到这段历史中还有英国人。叶尼谢耶夫先生，您也许会同意再帮我们一次。当然，是有报酬的。”

“我不是专门从事预言工作的。”

“我们不要求您做这种事。我们认为，如果您对飞机失事的预测能准确到分钟的话，那么您就能够知道真正的原因。”

“你们的官方调查还不够吗？”

“我们有理由怀疑俄罗斯方面调查的客观性。您在机场的所作所为证明，您是个品行端正的人，不受政治偏好的影响。我们想知道您的不带成见的看法，并且想让您的看法在波兰家喻户晓。”

“不，这办不到。”

“为什么？”

“原因是整个波兰社会对我的预言一无所知。请不要认为我想在波兰出名。但是，如果您需要的话，我们可以推心置腹地交谈。我很清楚为什么波兰方面对机场的事绝口不谈——这您也应该清楚。您怎么能确信，我告诉您的‘失事的真正原因’不会令人窒息呢？”

“这么说，您知道失事的原因？”

“我认为，大家都知道。我得出的结论是，真正的预言是高层对人们违背道德准则的反应。因此，灾难的原因只有道德方面的。”

采哈诺维奇目光暗淡地盯着叶尼谢耶夫，就像拿着象棋一样，用细长的手指拿着高脚杯，慢慢地转动着。他走了个弧线，将高脚杯放到了叶尼谢耶夫的高脚杯旁边——他们四目相对。站在远处角落里的服务生走过来，要给他们倒酒。但是，波兰人做了个手势，让他回去，自己倒起了酒。

“请您不要向我们隐瞒原因。”他说。

“您确实想听吗？”

“是的。”采哈诺维奇点了点头。

“好吧，这是对卡廷惨案的报复。”

采哈诺维奇坐着的转椅吱吱地响了起来。他放下高脚杯，挺直了腰，目光变得严峻起来。

“是对卡廷惨案的报复？您怎么能这么说呢？要知道，在卡廷惨案中被杀害的是波兰人！”

“对。但是，你们说，杀害波兰人的全部是俄罗斯人。”

“我们可没这么说。在内务人民委员会的刽子手中，也许会有其他民族的人。”

“好吧，假定您说的只是俄罗斯人……但是，我要讲的不是这个问题。您非常清楚，在这个地方杀害他们的是德国人。”

“我们并不知道这件事！”

“您只是不想知道而已。这是典型的集体自我暗示的例子。在坟墓中现存的是德国制造的子弹、弹壳和德军制服上的胸章，以及戈培尔日记中的记号，这都是经过专家证实的无可争辩的事实——这就是最好的证据。这些东西是从哪儿来的？”

“是内务人民委员会的人偷偷放在这儿的！”

“目的何在呢？您是否认真地想过……1940 年，内务人民委员会不就是被斯摩棱斯克的德军拿下的吗？这意味着，这一历史事件是内务部的领导人与德国人勾结……没有别的解释。但是，荒谬的是：为什么当时要用德国的武器杀人并将德国的纽扣扔到坟墓里呢？……”

“而您却不认为有这样的可能性……一切都很简单。1939 年，他们用各自的武器杀害波兰人……”

“也有可能是肃反的工作人员没有足够的力量和经验来应付大规模的处决，于是他们便从西部边境出发，穿过整个白俄罗斯，将德国的围剿部队运了过来……”

“这跟武力和经验有什么关系呢？假设让德国人惴惴不安的是，被软禁的波兰军官将来有可能会被人利用来反对他们……而苏联方面并不想把他们留在大后方。那么，消灭波兰军官对双方来讲都是有利的。”

“您怎么能想象有这种合作呢？……”

“可能是这样吧。”

“事实和他们公正的结论表明，杀害卡廷波兰军官的既有肃反工作人员，也有德国人。只是，您认为他们是共同谋杀，而我认为有一部分波兰人（主要是年迈的将领）是在1940年被肃反人员枪杀的——另一部分人则是1941年卡廷集中营遭到占领时被德军杀害的。但是，不管怎样，德国人也杀人了。按照您的说法，这件事正是他们提议干的！但是，关于德国人，你们却缄口不谈，并且一如既往地把所有罪行都算到了俄国人头上。”

“不只是我们，你们不也承认自己的罪过了吗？”

“别被他们迷惑了！事实上，这种承认一文不值，只不过是你们强加给我们的谎言的一部分罢了。我们的政治家为了在西方寻求声誉，从上个世纪八十年代末开始，承认了太多的事情，其中就包括在卡廷、斯塔罗别利斯克和奥斯塔什科夫的数千人无辜死亡的事实。”结果，这个事件并没有被证实。

“那又怎么样呢？在你们出版的文献《绝密文件》中也没有证实这些呀！”

“从我们发表文献到现在，已经过去十七年了。但是，这个文献至今没有增加主要内容：根据1959年谢列平写给赫鲁晓夫的信，执行死刑的命令确实存在。但是，从这封奇怪的信中竟然可以发现，肃反人员在1940年杀害的波兰人要比贝利亚最初提供的数字少四千人。剩下的人是谁杀害的？难道是火星人吗？如果您对真相感兴趣的话，那么您就不应该为我们的政治家们同意纳粹的说法而感到高兴，尽管1943年德国人根本就不是你们的盟友。您还坚持毫无根据的观点，并将其上升到国家政策的高度——谎言就像癌症一样，在社会的机体中扩散。在飞机失事之前，我就在机场上思考，人们即使在有能力改变已经言中的命运时，也会在精神上进行抗争，因为人们早已习惯于偏离正常的思维了。但是，灾难过后，我觉得这种解释还不够。问题不在于通常所说的概念，而在于概念的性质。如果这些概念以谎言为基础，那么最邪恶的预言便会成真。不是那场大雾导致总统专机失事，其原因是在卡廷事件中产生的'魔咒'。如果卡钦斯基和其他高层人物能按时到达卡廷，参加反俄罗斯的庆典，那么飞行员就一定会把飞机开往备用机场，也就不用等待谁来预言了。我提醒您一下，莱赫·卡钦斯基2008年在第比利斯就有可能摔死。当时，他冒死去声援被我们军队的进攻吓得惊恐万分的萨卡什维利。不肯让步的飞机指挥官顶着政治压力，将飞机迫降到了巴库。飞行员因此而遭到了解雇，并以叛国罪被送交了法庭！很明显，这名新飞行员不敢效仿自己的前辈。重复第比利斯事件①即意味着总统专机的毁灭。无论什么样的预言，哪怕是一年前的预言，都不能拯救飞机——任何东西都不能迫使飞行员改变方向。唯一的办法就是卡钦斯基幡然悔悟，意识到在卡廷事件中反俄的危害。但是，这种可能性，您自己也清楚——几乎没有。"

采哈诺维奇认真地听着，不时地眨一下眼睛。随后，他抿了一小口酒，又吃了一小勺乳酪，表情神秘莫测。他正了正领结，弹了弹昂贵的西服上衣翻领处看不见的灰尘，说道：

"当我问您原因时……我指的是其他的事。我想，您完全能够运用

---

① 1988年11月，第比利斯的局势趋于紧张，反对派在政府大楼前举行几千人的集会，要求独立，被称为"第比利斯事件"。

自己的才能，让我知道调度员在灾难中的作用、机场工作人员的专业技能，以及俄罗斯人在维修飞机方面的能力。如果可以的话……我想知道……”采哈诺维奇有些犹豫，“联邦安全局在这次事件中的作用。”

叶尼谢耶夫笑了起来。

“有什么好笑的?”波兰人惊讶地问道。

“您根本就没弄明白我说的是什么意思。在这场悲剧中，一切都是命中注定的，包括大雾、我的预言、调度员和机场服务人员的工作、飞机的技术条件、我所不知的联邦安全局的工作，以及飞行员的行为。我不想再评论卡钦斯基的行为了。这里的一切都服从于一个‘世界体系’，其中心就是波兰人遭到俄罗斯人迫害的象征——卡廷。‘卡钦斯基’的发音和卡廷很相似。卡廷听起来就像是‘卡廷斯基’！你瞧，你们的民族被刻上了更加明显的标记。”

“什么标记?”

“我认为，针对卡廷事件，应该停止歇斯底里的喊叫了。”

“没有人给您权利去讽刺我们的民族。”采哈诺维奇平静地说。

“也没有人给我权利来预言飞机失事。我没有请求，却得到了应验。至于原因嘛，您问我——我就回答了。我并没有特意讨好您和您的人民。”

采哈诺维奇把目光移开了。他们沉默了一会儿。

“我看出来了，您很失望。”叶尼谢耶夫笑着说道，“您希望我说什么呢？希望我说‘是调度员指挥失误，才造成了飞机失事’，还是‘联邦安全局炸毁了飞机’?”

采哈诺维奇又倒满了一杯酒。

“可以再问个问题吗?”他试探着问道。

“好吧。不过，您也看到了，我没有能力提供给您想要的答案。很明显，您需要的是第二个卡廷——更准确地说，是永恒的卡廷。我给您的只能是斯摩棱斯克附近的‘波兰人的百慕大三角’。”

“谁会成为波兰的下一任总统呢？”

“啊！”叶尼谢耶夫用一根手指做了个威胁的动作，“我知道了，原来您和亚罗斯拉夫·卡钦斯基是一伙的！”

“您是怎么看出来的？”波兰人有些不知所措，但还是饶有兴趣地问道。

“这与我平凡的预言能力毫不相干。如果您是中间派或是左派，那么您就会针对卡廷惨案跟我争得面红耳赤。可是，您只是有所保留地反驳了我。所以，您是右派。你们非常清楚，一切都像我讲的那样。你们是神话的创造者，狭隘的想法使你们将罪过强加在了俄罗斯人身上。你们天真地认为，卡廷是波兰在任何情况下都不能放弃的……”

“叶尼谢耶夫先生，就算您是先知，也不会知道我们的全部原则。顺便提一句，已过世的莱赫·卡钦斯基一直在公开要求德国对杀害六百万波兰人进行赔偿，可是您却说，我们对德国人的罪行缄口不提。”

“面对卡廷惨案，你们是沉默的，目的是让俄罗斯给你们与德国相同的赔偿。就算斯大林确实枪杀了数千波兰人，他的罪过也不可能与德国人相同，因为六百万已经是个天文数字了。事实上，我们把你们从德军的魔爪中拯救了出来，但是你们向我们提出的赔偿金额最大，因为你们害怕德国人。”

“我们也害怕你们。”采哈诺维奇撇了撇嘴，笑着说道，“那么，谁会成为波兰的下一任总统呢，叶尼谢耶夫先生？”

“亚罗斯拉夫·卡钦斯基肯定不会。”

“为什么？”

“原因包括四月惨案……卡钦斯基的时代一去不复返了。但是，您不会丢掉自己的饭碗。西科尔斯基仍然是外交部长——他可是美国的奴才。”

采哈诺维奇从膝盖上取下餐布，站起身来，整了整上衣。

“就这样吧。非常感谢您，叶尼谢耶夫先生。我该付给您多少钱？”

“一分钱也不要。别以为我是个不贪图私利的人……只是仿佛有一种神秘的直觉在暗示我，依靠所谓的预言在这个血腥事件中赚得的钱，对我没有任何好处。况且，您也没有从我这里得到您想要的东西。”

“为什么？关于我和西科尔斯基先生，您已经讲了……这就应该得到酬金。别不好意思，拿着吧。”

“我并不喜欢你们的西科尔斯基先生，您也没能使我感到高兴。我敢打赌，您为我准备了一个厚厚的信封，但现在您想从里面拿出一部分，为您和西科尔斯基的预测付费。可以看出，您只接受良好的预言。想想看，您还付给了我伏特加酒和小吃的钱呢！”

“好吧，我也不便强求。”采哈诺维奇笑了笑。从他那狡猾的面部表情可以看出，他对与信封有关的话题不感兴趣。“我可以把您的预言转达给西科尔斯基先生吗？”

“可以转达给西科尔斯基，也可以转达给亚罗斯拉夫·卡钦斯基。”

“我们会努力挽救亚罗斯拉夫·卡钦斯基！”采哈诺维奇笑着说。

“您还没有弄明白我的预言是怎么一回事。你们可以尝试，这是你们的事情。只是，不要再飞到斯摩棱斯克了。”

“这也是预言吗？”

“这是祝愿——同样是免费服务。”

他们握了握手，然后就分道扬镳了，就像曾经的波兰与俄罗斯一样。

8

为了拜访著名的长老，叶尼谢耶夫在他的隐修院里排了半天的长队。神父曾经是哲学和数学博士。他眯缝着眼睛，听出了叶尼谢耶夫的声音。随后，他直视着叶尼谢耶夫的脸说道：

“‘预言的天赋’是少数人的宿命。上帝从数百万人当中选出了一些圣者。他们具有敏锐的视觉，能预示我们的未来。我们不知道上帝为什么要这么做，但是，根据‘人类思想的匮乏’可以推测，我们从预言中获得有关未来的推测没有任何实际意义。什么才是有意义的呢？比如说，在汽车加油站不准吸烟，或是禁止在规定的地方横穿铁路。基督徒认为，不仅要在尘世里生活，而且要在永恒的未来世界里生活，就像信条中所说的那样。我们信仰的本质就是这样的。我们虽然生活在一个狭小的现实世界里，但是它可以变成更加广阔的世界。在那里，住着上帝本人和成群的无形、无肉体的灵魂。我们的肉体是世界尽头的符号，而灵魂则是无尽世界的象征。只有当我们的灵魂世界与肉体世界不再对立时，我们的存在才是和谐、美满的。如果人的肉欲占了上风，那么寻求更高精神境界的能力就不可避免地变弱了。众所周知，有个从不抬头仰望天堂的家畜。它不仰望天堂，并不是因为不喜欢天堂，而是因为一直在尘世里寻觅食物。这个家畜还不知道，他们喂它，仅仅是为了冷漠地宰杀它。在这种情况下，它根本就没有丧失所谓的‘要杀它的直觉’。有时候，它甚至能感觉到，隔壁的屠夫要来屠宰它。那些只关心面包而缺少信仰的有特异功能的人和魔术师是不是也这样呢？我们为自己的生活操劳，关心自己的肉体和不远的将来，不敢去思考永恒的生活，尽管应该明白，过于关心自己的肉体，与前面所讲的那个过于关注食物而被送到屠宰场的畜生没有什么区别。可是，恰恰相反，如果它吃得很少，秋季没有达到所需的重量，就有机会被延迟屠宰。一切都看似简单明了，但有时人要明白这个道理竟像猪抬头仰望天堂那样难。基督徒中也有这样的人：遵守一切礼仪，定期去教堂祷告和接受圣餐，但所作所为和多神教的教徒一样，只铭记着上帝的福祉。他们信奉的不是灵魂，而是肉体。也许，正是为了唤醒他们对不朽灵魂和永生生命的回忆，先知们才来到世间——就像旧约中的耶利米先知一样，来到了那些早已忘记所罗门圣殿和多神教神庙之间的区别的犹太人这里。可敬的拉夫连季·切尔尼戈夫斯基不止一次地说：‘灵魂走向地狱，就像人们从教堂里走出来参加节日的庆典；而灵魂走向天堂，则像人们平日走进教堂一样。’他坐在那儿哭了，为那些死去的人感到惋惜。‘地狱里，人多得就像水桶里的鲱鱼。’圣人说。臣民们安慰他，而他却含着眼泪回应道：‘你们看不见。如果你们能看到……不知会有多难过！近来，地狱里全是年轻人。’”

长老垂下头，默默地思考起来。

“这位预言者，你见过地狱吗？”他突然问叶尼谢耶夫。

叶尼谢耶夫感到很茫然，回答说：“我只见过尘世间的‘地狱’。我曾经被监禁过，有幸看到那里关着许多少男少女。”

“不，亲爱的，那里不是地狱——在尘世间找不到能和地狱相比的地方。那里并非平白无故地被称作‘地狱’。恶魔会把这个‘地狱’指给拉夫连季吗？”

“不会。恶魔大概还不敢吓唬他。”

“我也这么认为。原来，拉夫连季不是恶魔转世的神，而是上帝派来的先知。不过，你是谁派来的先知，我还不知道。但是，有一点是肯定的，”神父微微一笑，“没有神的旨意，什么都无法进行。”

“神父，请原谅我的无知——拉夫连季是什么人？”叶尼谢耶夫小心翼翼地问。

“你不知道？神父，”长老对站在角落里的修士说，“把关于拉夫连季的书给他拿来！幸好，我想起了他。上帝没有赋予我预知未来的能力。就像你曾经请教过的那个神父一样，我既不会对你说‘不要预言’，也不会对你说‘请预言’，因为我不知道你的预言会导致什么样的后果。”

“神父，我有时候能预言人的死亡!”叶尼谢耶夫答道。

“我说的不是这个……我们都得死。有的预言起到了恐吓作用，让人远离真理，而有的预言则能使人们的信念更加坚定。如果连你自己都不知道预言是什么样的，那么我问你，你信教吗？为了获得预言权，你就得远离人们，过苦行僧的生活吗？这个我也不知道。据说，敌基督①以前也过着隐居的生活，把自己装扮成圣人。”

“如果和你谈话的神父说的对，上帝也考验了你，那么你就相信上帝吧。起初，上帝和圣母玛利亚引领了拉夫连季，直到他成为修士和隐居者。一百多年前，拉夫连季是个农民的儿子，名叫卢卡·普罗斯库拉。当时，他在尼古拉·雷赫洛夫斯基修道院里是一名安静的见习修道士，担任合唱的指挥，因为他有着良好的听觉和嗓音。但是，主教切尔尼戈夫斯基·安东尼下令，要卢卡去切尔尼戈夫斯基三位一体埃利亚斯修道院当合唱的指挥。就要离开拯救过自己的地方了，卢卡感到十分难过。他在这里学会了平静、感恩地与上帝交流。他做了一个梦，梦见了一座教堂。教堂门前的台阶上放着一个圣母像，圣母在向他祝福。卢卡醒了，内心平复了一些。大清早，他便毫不迟疑地去了‘圣三一’修道院。抵达城里之后，他便立刻去找大主教安东尼了：‘圣洁的大主教，我来了。’‘好，’大主教安东尼回答说，‘你就在这里教男学生们唱歌吧。’卢卡走进教堂，一眼就在诸多的圣像中认出了自己梦见的圣像。拉夫连季是个温顺的先知——温顺的人总是有好的口碑。那么，你是个温顺的人吗？”

“不是。我虽然不会攻击人，但是一点儿也不温顺。旧约中的先知也是个温顺的人吗？”

“他们活着的时候，世上还没有所谓的‘温顺’呢。你能和旧约中

① 圣经中的语言，意为“取代基督”，指否定基督的人。

的先知相提并论吗？你要在城市里的草垛上传教吗？”

“嗯，有时……对那些……驴唇不对马嘴……”神父对我说，“去找那些不想听信于我的人。于是，我就去找波兰人了……”

“你读一读拉夫连季·切尔尼戈夫斯基的故事吧！他去世没多久……恰巧我是那时候出生的。他是当代的先知，与古代的先知有什么不同吗？任何时代的先知都是一样的。没有什么可大惊小怪的！早在远古时期，基督徒里就有先知、巫师，还有骗子。我想，你不是巫师，也不是骗子，更不是先知。要知道，就连我在前面提到的那个家畜，都预感到自己要被宰了。然而，我们从来都不认为它是先知。预测死亡不足为奇……如果像预言的那样，我不是今天死，而是明天死，那又怎么样呢？我反正是要死的。我们应该思考的是永恒的生命，而不是不久的将来要发生什么。飞机总是要失事的，不是这架，便是那架。飞机飞得那么快，时不时地就会坠落。但有一点是肯定的：所有飞机都是在神的庇护下幸免于难的。并不排除上帝以其无与伦比的仁爱，在某一天选择了你，为波兰人寻找逃离灾难的机会。你警告过他们，但是他们不予理睬——这就是他们的命运。不要再想他们了，想想你自己吧！上帝让你成为其意志的见证者，原因何在呢？”

“我想从您这里得到答案。”

老人突然开怀大笑起来，笑得白胡子像扇子似的扇动起来。

“从我这里？依你看，我为什么会在这里得到拯救呢？”

* * *

“末日之时，地狱中将不再有魔鬼。一切都会来到世上和人间……”叶尼谢耶夫读着拉夫连季的预言，“世上会出现极度的物质匮乏，甚至连水都会短缺。随后，将会爆发世界大战，使用能让铁块燃烧、让石头融化的炸弹。火光冲天，大地枯竭，存活的人寥寥无几。于是，人们开始呼唤：‘消灭战争，选出一个国王！’……”

在神职人员和主教在场的情况下，敌基督在耶路撒冷的大教堂里被加冕为王。所有人都可以随意出入耶路撒冷，但是尽量不要前往，因为一切都是诱惑。

“第十二支派”的一个淫荡的女子生下了敌基督。还在少年时期，他就能力超群、冰雪聪明，特别是发生了那件事以后。当他还是一个十二岁的少年时，和母亲一起在花园里散步，遇到了来自深渊的撒旦——后者附在了他身上。小男孩儿由于恐惧而瑟瑟发抖。撒旦对他说：“别怕，我会帮你的。”于是，这个小男孩儿就长成了人面兽心的敌基督。加冕时，撒旦没有让敌基督在诵读信条时正确地读“耶稣基督是神的儿子”这句话，因为他拒绝承认这一点，而要他们只承认自身的存在。在这种情况下，牧首惊叹道：“这个人是敌基督，应该处死他。”加冕时，敌基督会戴上手套。他摘下手套画十字时，牧首察觉到了，他的手上长的不是手指，而是魔爪。这更加使牧首确信，他是个敌基督。先知以诺和以利亚从空中下了凡。他们向所有人阐明了事实，并呼吁：“这是个敌基督，不要相信他！”于是，敌基督杀掉了他们。但是，他们的灵魂复活了，并且升上了天堂。

撒旦把所有的骗人招数都教给了敌基督……不是在教堂里，而是在每家每户。在每个摆放圣像的角落里，都摆放着用来引诱人的东西。有很多人说“我们需要看新闻”，而敌基督就在这种新闻当中……给自己人“盖上印章”。他们仇视基督徒……

基督徒被杀害或被流放到了荒郊野岭。不过，上帝会帮助并且扶持自己的信徒，将犹太人撵到同一个地方。那些真正按照摩西戒律生活的犹太人并不接受敌基督的印章——他们等待并关注着他的行动。他们知道自己的祖先并没有承认基督是他们的救世主。但是，就在此时，上帝让他们明白了事理，所以他们不会接受撒旦的印章。他们承认基督，并且和基督一起统领世界……

对拒绝接受撒旦印章的基督徒的迫害就要开始了……通过印章可以分辨出哪些人接受了、哪些人没有接受。对基督徒而言，任何东西都不能买卖……

但是，不要沮丧——上帝不会抛弃自己的孩子……上帝会带走弱者，而其他人则被疾病带走了。那些在战场上用鲜血洗涤罪孽的人将充当受难者。上帝让那些最强壮的人留下来，以便和他们相见。在天使数量下降、目睹上帝的见证者不足时，上帝是不会进行审判的。

1949 年，在修道院的唱诗班时，拉夫连季・切尔尼戈夫斯基就这样预言过。

“长老说的对，”叶尼谢耶夫想，“这才是真正的先知，并且是具有果戈理精神的先知。这个故事讲的是未来敌基督与撒旦在花园里见面的事……是关于电视的预言！‘在这种新鲜事中也有敌基督……’！这种‘诱惑人的东西’——角落里的电视机，拉夫连季生前绝对没有见过！类似季莫申科竞选失利的这种预言，我并不感兴趣！他的预言比督主教菲拉列特・杰尼先科的预言还早半个世纪！……在乌克兰曾经发生过激烈的交战，反对合乎教规的东正教教会及其统一性与聚合性。政府支持这些异教徒，没收了东正教教会的教堂，大批宗教人士被杀。当时，基辅的督主教（他配不上这一称呼）和主教、神父等志同道合者一起反对俄罗斯教会。他自己像犹大一样，走向了永恒的灭亡。我很想知道，菲拉列特的支持者们是否知道他‘像犹大一样走向了永恒的灭亡’。也许他们会知道，就像波兰人在机场上从我这里得知卡钦斯基的飞机将要坠毁一样……”

关于神圣的罗斯，拉夫连季都说了些什么呢？他说：“三位一体不可分割，圣父、圣子和圣灵是统一的整体。因此，俄罗斯、乌克兰和白俄罗斯不可分割——它们只有在一起，才能组成神圣的罗斯。”“俄罗斯、乌克兰和白俄罗斯不可分割——它们只有在一起，才能组成神圣的罗斯”这句话，叶尼谢耶夫早在2008年就在基辅的未来主教基里尔那里听到过。当时，基里尔正站在广场上面对乌克兰的青少年进行演讲。

可是，长老说的“这本书对叶尼谢耶夫很重要”指的是什么呢？他像拉夫连季·切尔尼戈夫斯基一样，并不知道有这样的先知（书里也没有写）。他的一些预言已经应验了，而另一些预言——谢天谢地，尚未成真，尤其是关于“反基督时代”的预言。还有什么呢？拉夫连季是个非常虔诚的人——一个真正的基督徒。苏联时期，他生活在洞穴里（这一点，叶尼谢耶夫无法和他相比）。读不读这本书呢？总之，叶尼谢耶夫无法成为拉夫连季那样的人。也就是说，就算叶尼谢耶夫拼尽了全力去模仿拉夫连季的生活方式，也不会有像拉夫连季那样的预言天赋。拉夫连季只是成为了先知（这甚至并不是他所希望的），而某些人还没有成为先知就开始奢望了。

或许，问题不在于此，而在于拉夫连季将自己惊人的天赋用于何处。他不仅对敌基督和伪主教进行了预言，而且毫不犹豫地帮助老百姓——不管你具有什么样的倾向，都应该燃起心中的希望。

“有一次，与十二位修女一起坐在桌前喝黏土瓦罐里的菜汤时，神父拉夫连季突然抬起头来，对端饭的见习修女说：‘去看看谁来了，让他到这儿来！’修女出去之后，看到了一位哭泣的妇人。修女对她说：‘神父在吃饭，你一会儿再来吧！’修女回来之后说，外面什么人也没有。神父拉夫连季用木勺子在瓦罐里舀了几下，说：‘要是有人来，就把他领进来！’修女回答说：‘您安心地吃吧，没有人。’神父说：‘不对，那儿有个妇人在哭。快把她带过来！’神父站起身来。这时，一个妇人走了进来，满脸泪痕。于是，神父把她领进了修道的小屋。十分钟后，她走了出来，并且不再悲伤了。神父拉夫连季回到桌旁，轻声对修女说：‘看到别人哭泣，你也能吃得下饭？’”

也许，这就是拉夫连季的秘密。在看见院墙外哭泣的妇人之前，他就已经感觉到她在哭泣了。当你看到在大街上哭泣的人们的时候，是否也想了解他们的不幸，试图去帮助他们呢？在拉夫连季的胸膛中跳跃的是心脏，而不是燃烧的煤块！所有信基督教的先知都有一颗忐忑不安的心！多亏有了这样的心，他们才成为了先知。而你却在寻找把自己的一颗心变成冰冷石头的方法，只有在看到四处飞溅的鲜血时，才开始怀疑是否需要这样一颗心。总而言之，没有人期待你所讲的话。这些话语就像篝火中的火花一样，很容易被人们忽略。它只会在人们的衣服上烧出一个小洞，给他们增添烦恼。但是，它不会灼痛任何人的心灵。

电话铃响了，叶尼谢耶夫拿起了听筒。

“衷心地向您表示祝贺！”听筒里传来了一位男士的声音，“亚罗斯拉夫·卡钦斯基——就像您预言的那样，没有成为波兰总统。拉多斯拉夫·西科尔斯基的确被任命为外交部的部长了。”

“您是采哈诺维奇先生吗？”叶尼谢耶夫问道，虽然对方的声音明显和采哈诺维奇的声音不一样。

“我不是。但是，他听取了您的预言……我们必须见个面。”

“为什么？”

“最好当面说……这对我们来讲是双赢。”

“您是哪位？”

“就像诗人说的那样，我是那种永恒求恶却永远行善的力量之一①——开个玩笑啦！您能不能借助您的神功奇力猜出我是谁呢？”

“真是个蠢货！”

听筒里传来了嘿嘿的笑声：“这是心里话。一比零对您有利。我是

① 《浮士德》中魔鬼靡菲斯特所讲的一句话。

斯图巴尔——您听出来了吗?”

“听出来了——如果您不是在开玩笑的话。植物人①——这是对外界的刺激没有任何反应能力的一种状态。我有什么能帮您的吗?”

“嘿嘿!您真是个刺儿头!‘斯图巴尔’是我的姓,中间的那个字母是‘a’。您能听清我说的话吗?”

“有些能听清,有些听不清——鬼知道是怎么回事!”

“我是公共政策预测咨询公司的董事长。”

“哦……我不做政治预测。”

“您别谦虚了!还要怎样预测?根据我们的观察,您的绝大多数预言都恰恰与政治有关。但是,问题不在这里——更准确地说,是不仅仅在这方面。我们有事需要和您探讨。据我们所知,您的工作并不繁重。那么,您能否把精力分散到我们这里一些呢?我保证,您一定会对此非常感兴趣。”

叶尼谢耶夫本想拒绝,但是没有这么做,因为他觉得斯图巴尔引荐自己与采哈诺维奇会面也不无乐趣,尽管会由此带来一些不愉快。更何况,多年以来,除了娜佳和采哈诺维奇以外,斯图巴尔是这个世界上第三个把他当作先知并且对他感兴趣的人。所以,他回答说:

“好吧,那我们就见个面吧。”

9

斯图巴尔的咨询机构是一个有几台电脑的普通公司。只有斯图巴尔本人的哥特式小屋算是有些特色:雕有花纹的木制椅子;未必好用的高大的壁炉,里面并没有煤块或烟灰的痕迹;嵌到墙里面的书柜,里面是

① 俄语中的“植物人”与“斯图巴尔”的发音相同。

金黄色的旧版书（走近一看，原来是知名的布罗克豪斯和叶夫龙主编的杂志《涅瓦》和希罗多德的《历史》，还有布雷姆的书）。墙上挂着叶尼谢耶夫熟悉的几幅画，描绘的是十九世纪人们的服饰，但是人的鼻子被鸟嘴、动物的长鼻子等似是而非的东西取代了。

“是舍米亚金①的真迹。”斯图巴尔炫耀道。

这是一个肩膀滚圆、头发红褐色的男子，从光秃的额头到尖鼻子的两侧长满了雀斑，又尖又长的鼻子就像在表明他对舍米亚金的喜爱。他请叶尼谢耶夫坐到角落里的真皮沙发上，自己则坐在对面的转椅里。他把双手放在肚子上，头向后仰着。斯图巴尔端详了叶尼谢耶夫一会儿，鼻子抽动着。

“您是怎么成功的？”最终，他开口问道。

反过来，叶尼谢耶夫也想问问他是如何做到“只抽动鼻子，嘴唇和脸颊纹丝不动”的，但是他克制住了。

“您指的是什么？是有关亚罗斯拉夫·卡钦斯基、西科尔斯基和采哈诺维奇的预言吗？让您失望了，这根本就不是什么预言，只是我用命令的口吻说出的猜测而已。”

“那么，我们就研究这种猜测好了。关于莱赫·卡钦斯基的飞机失事一事，又怎么解释呢？”

“关于飞机坠毁的事，我不想再提，请您原谅。当然，这并不是推测，未必取决于我的预见——至少我是这么认为的。”

“在波兰人的意识当中，预言是有预谋的，而且具有道德和历史的含义。他们认为这是在仇视波兰。”

“我并不在意他们会对此产生什么印象。不是他们，而是我——一个‘仇恨波兰的人’，试图挽救总统的飞机。他们要是有想法，就应该

---

① 俄裔艺术家，拥有美国公民身份，现居住在法国。

设法去解救自己的总统和他的领导班子，而不应该只想着卡廷庆典。”

“当然，我并不认为您的预言与您无关。也就是说，我认为您实际上在某种意念之下是能作出有意识的预言的。对季莫申科进行预言，您也不是出于本能！您当时参加了她的新闻发布会，所以就一直想着这件事。”

“确实如此。但是，我突然说出的那个数字是在此之前从未想到过的。”

“所以，您是个预言家——这就是您与普通人的不同之处。在我看来，当您开始非理性地行事时，您可以合理地把自己带入一种状态——预测未来的状态。”

“也许吧。”叶尼谢耶夫耸了耸肩，“不过，我不是专门的预言家。”

“也许，现在是时候了。您打算一辈子混迹于业余爱好者之列吗？”

“专门的又怎么样呢？有人会付给我钱吗？”

“那当然啦！任何劳动都应该有所回报，尤其是预言这种既耗神又费力的事情。”

“付费的预言有一个特点：说的都是当事人愿意听的信息——这个不适合我。”

“伊利亚·彼得罗维奇，您真是一点儿也不了解公共政策预测咨询公司。首先，我们不仅进行政治方面的预测，而且进行其他方面的预测。其次，我们的‘筹码’恰恰在于：我们给出的都是真实的预测，并不取决于当事人的意愿。他可以从其他地方获取有保证的‘高级谎言’。关于这一点，我们会开门见山地提醒当事人。我们的座右铭是‘除了真实，还是真实’。您根本找不到第二个这样的机构，就连一些有影响的公司都要根据客户的需求进行问卷调查——第一个问题便是‘您是怎么认为的’。到目前为止，我们进行的都是纯粹的分析，还没有将知名的占卜大师或者预言大师吸纳进来。占卜市场有自己的行情，神秘主义最近开始盛行了。其中的原因，我并不清楚——也许是痴迷于暴发致富，也许只是对‘章鱼保罗’的足球进行预测而已。我们进行过统计，占星家诺查丹玛斯预言成功的概率是百分之五十，这连大街上的普通人都能做到——‘章鱼保罗’成功的概率要比这高得多，比那些‘灵通之战’的决赛选手成功率都要高。但是，他们进行的预言通常都是‘游走’于政治、商业和法律等方面，不像有特异功能的人那样准确。然而，您的预言（尤其是政治方面的）却十分精准。所以，我们认为，我们应该向圣人求教，因为这样的人比您英明。不过，目前还没有找到这样的人。”

“我不这么认为。职业占卜者和超人是家喻户晓的，而我却不为人知。顾客是慕名而来的，预言成真的概率就显得无足轻重了。重要的是让客户付钱，对吧？”

“……倒也不全是。有名的预言家和占卜大师的知名度是一种资源，早就被他们自己利用了。我们正是为了推销他们，才利用了这种资源。这样一来，预言的成功就提升了他们的形象。如果预言不成功，那么首先要怪罪我们的机构——他们可以允许自己犯错误，但我们不能。我们的公关靠的就是那些得到过正确预言的顾客的推荐，根本不需要人们带着‘您建议把钱投到哪里’之类的问题蜂拥而至。您也看到了，我们并不准备接待大量的顾客。对我们来说，重要的不是顾客的数量，而是顾客的质量，也包括他们的支付能力。‘薄利多销’对我们来说不适用——准确地说，还会有损失。有身份的人根本不会因为看了《共青团真理报》或是第三频道的电视广告而到我们这儿来——只有听了同样有身份的人在私下里的建议，才会来找我们。对我们而言，重要的是公司的声望，而不是某个人的名声。”

“这么说，我根本就没有办法到您这儿工作。既然我不知道自己能否进行预测，那么怎么能保证预测的结果是正确的呢？”

“我们不要求您做到这些。当然了，如果顾客需要的话，他们既会拿到数据分析，又会拿到神赐的预言。如果预言有出入，那就更好了——反正其中有一种会成真！为此，我们需要的正是没有名气的预言家。人们总是把知名预言家的预言看得比数据分析更为重要，因为大家都有迷信倾向。如果分析师的预测和预言家的预言相吻合，那么顾客就会想：我为什么要付双倍的费用呢？于是，下一位顾客就会只让普通的诺查丹玛斯为他服务。还有一种情况：顾客既不知道分析师的名字，也不熟悉预言家的名字，只知道公共政策预测咨询公司的声誉。那么，一般来说，他希望得到预言家和分析师的服务。”

“真狡猾！不过，在强调我的默默无闻时，您的表达不是很委婉。实际上，您给我的提议就像彼得·彼得罗维奇·卢仁对杜妮亚·罗曼诺夫娜·拉斯科尔尼科娃①的预言一样，认为没有嫁妆的诚实姑娘可以成为最好的妻子。您明白我的意思吗？”

“您这是在歪曲我的想法！”斯图巴尔咧嘴笑了笑，马上引用了卢仁的一句话，好让人知道，他读过《罪与罚》这本书，“不，这不是我。况且，您也不是一个有身份的人。您在暗示我是个‘古怪的人’！人人都读过陀思妥耶夫斯基的作品！看，就在那儿！”他指了指背后的书柜，“我是在1894年版的《涅瓦河》杂志的增刊里读到的！恕我直言，认为自己无能的是您，而不是我。我更喜欢坦诚的人，并且确实相信您的能力。您从我的面部表情可以看出来，我更愿意保持沉默。我为什么要要滑头呢？”

“好吧，想象一下，我这个无名小卒来您这儿工作，然后作为预言家成了名，就把您给炒了……难道您会让我签一个条件苛刻的合同吗？”

“当然要签合同了，不过条件并不苛刻。在工作时间，您为我工作。在空闲时间嘛，如果您愿意，可以为自己工作。至于咱们的契约嘛，就

① 《罪与罚》中的人物形象。

是一般的协议。如果您想离职，那么悉听尊便。只是，寻找顾客会把您累得筋疲力尽。知名度需要持久的广告效应——您有钱做大型广告吗？”

“您这是什么意思？打算只付给我戈比①吗？”

“不，不是戈比。好的广告的确需要上万美元的广告费，但是付给您的工资也有几千美元了。您就尽情地挥霍吧！”

“那又怎么样？”叶尼谢耶夫靠在沙发背上回应道，“我从您这里听到了很多与预测有关的趣闻。至于您的提议，从开始谈话到现在，我一直认为荒谬绝伦。您还是另请高明吧！”

“为什么？您想也好，不想也罢，都是要对这件事进行预言的。也许您不想再进行预言了，但是要知道，预言凭借的是一种神秘的力量。至于您所取得的成就，从整个事件来看，颇具偶然性。您不是很了解自己的潜能，因为您没有培养过自己的才能，也没有合适的机缘来验证自己的才能。如果有人给您这样的机会，那么您应该感激他才是，因为您自己很难找到这样的机会。我不仅给您提供了机会，而且准备为您的工作付酬。您还觉得我的提议荒谬吗？请记住，我们所讲的工作，是诚实的工作，没有丝毫的欺骗。您预见到了什么，就告诉顾客什么。您要是干烦了，就辞职。在我看来，您会获得一些宝贵的经验。您不但没有任何损失，而且会收获颇多——包括金钱。”

“我不想要。我是个自由人，而您却想将我囚禁在卡珊德拉②的团队里。兴趣一旦成了责任，就会变成一种折磨。”

“我根本就不会强迫您在团队里工作。您待在家里等通知就行了。对待我分配给您的工作，您要像进行必不可少的练习一样。”

---

① 俄罗斯的货币单位。

② 希腊神话中特洛伊国王普里阿摩斯的女儿，能预卜吉凶，但无人相信她的预言。

“好吧，让我想一想。”叶尼谢耶夫为了摆脱他，随意地回答道。但是，他低估了斯图巴尔。

“我建议您现在就来试试自己的功力。”后者提议道。

“什么?”

“难道您没有兴趣主动尝试一下吗?我们可以根据测验结果作合理的决定。我想，这样的测试是便于您作出决定的。”

“嗯，好吧。”叶尼谢耶夫说，“那就让我们来消遣一下吧！有可能只有失败的结果才会让您相信，您对我实施的计划是徒劳无益的。现在，我该做什么?”

斯图巴尔看了看表。

“有一位女士要来。我想，她大概已经坐在接待室里了。她会对您讲明一切的。”

* * *

一个健壮的女人大步流星地走了进来。她梳着“假小子”的发型，把头发染成了淡黄色，身上穿着宽松而又昂贵的衣服。显然，她是想用衣服遮住自己健壮的身体。她的脸就像一副假面具——之所以这么说，不是因为她的脸上涂了一层厚厚的粉，而是因为在她脸上留有外科医生整形的痕迹。现在，女主顾害怕多余的面部表情会使新的皮肤失去弹性。斯图巴尔迅速地起身迎接，吻了吻她的手。很明显，她那模型般光滑的手也整了形。

“这位是克谢尼娅·阿尔卡季耶夫娜。这位是伊利亚·彼得罗维奇——我们常说的占卜大师……”他动作夸张地介绍着叶尼谢耶夫，“非常非常‘先进’的占卜大师。分析师已经对您的问题进行了分析。不过，我们最好不要仅凭逻辑和信息来进行分析，还需要听听能够超越逻辑和信息预见未来的大师的高见。这就是通常所说的‘能够看穿彼岸’。”

叶尼谢耶夫站起身来，冲她点了点头。

“您过奖了。”他低声说道。

“很高兴认识您!”女士低声说道，然后坐了下来。真皮沙发在她的重压下变了形。“我不相信什么占卜，但您和您严谨的咨询公司给我留下的是好的印象，想必您是知道该怎么做的。”

“我绝对是个诚实的人。”斯图巴尔保证道，“作为一个诚实的人，我知道预言不是杜撰出来的。只是，我们不懂得预言的套路。但是，这并不妨碍我们在工作中将数据分析与预言结合起来加以利用，不是吗?您随后自己决定听信于什么：是数据分析还是占卜预测。如果数据分析与预测相吻合，那么结论就应该是准确无误的了。”

“就按您说的办吧。”克谢尼娅·阿尔卡季耶夫娜点了点头。

“棒极了！您是喝茶还是喝咖啡?”

“给我来杯‘羽毛’牌矿泉水……有吗?”

“当然有了，克谢尼娅·阿尔卡季耶夫娜！您呢，伊利亚·彼得罗维奇?”

“咖啡。”

斯图巴尔打电话叫人拿来了“羽毛”牌矿泉水和咖啡，然后坐到写字台前，不去打扰“占卜法事”。

“伊利亚·彼得罗维奇对您的问题一无所知，所以请您和他说一说您的情况——别不好意思。”

女士还没把表情僵硬的脸转向叶尼谢耶夫，就开口说道：“我丈夫收到了一封匿名信，内容是我背叛了他。信是通过邮局、短信和互联网发送的——不仅发到了他们单位的电子邮箱里，而且发到了社交网站上。要知道，我丈夫在那里交际很广。”

“难道没有顺利地找到发件人的 IP 地址吗?”叶尼谢耶夫问道——

与其说是在问克谢尼娅·阿尔卡季耶夫娜，倒不如说是在问斯图巴尔。

“当然，”他说，“都是通过其他地方的网络发送的，比如餐厅……”

“周围的人开始议论纷纷，对我和丈夫的生意产生了负面影响。”女人接着说道，“合作伙伴们开始犹豫了，考虑是否继续和我们合作。他们担心我们离了婚之后，公司会濒临倒闭。”

“请问，写信的人是否已经抓住了您背叛丈夫的把柄呢？”叶尼谢耶夫模仿赫尔克里·波洛①的语调好奇地问。

“没有。”克谢尼娅·阿尔卡季耶夫娜矢口否认，“我没有留下任何蛛丝马迹……更何况，刚一发现这些信，我就解雇了别墅的年轻司机和保安。”

“我可以看一看这些信吗？”

“当然可以。”斯图巴尔回答说，“信件的复印件在办公室里，需要拿来吗？”

“对，但不是现在。您的丈夫相信这些信的内容吗？”

“我觉得他不会相信。不过，我的丈夫……比我小。虽然我们彼此相爱，但他也能感觉到外人在暗地里议论我们的年龄差距。现在的商人都应该拥有一位年轻貌美、大胸长腿的妻子，而他却被那个被称为‘妻子’的老女人背叛了。他焦虑不安，把自己封闭起来……和我一样，感觉所有人都在嘲讽自己……这种状态已经持续了两个月。”

“这么说，您的丈夫比您年轻。你们是初婚吗？”

“不，不是初婚。”

“会不会是他的前妻或者情人写信报复呢？”

“我丈夫来自阿德列尔。他的前妻在市场上经营一个摊位。别说上网了，她连电脑都不会用。即使她真的会用电脑和网络，信也不会是她

---

① 英国女作家阿加莎·克里斯蒂的侦探小说《阳光下的罪恶》中的人物。

寄到这儿来的，因为列夫·达尼洛维奇帮我查明了，”她朝斯图巴尔点了点头，“信件是通过莫斯科的网络发过来的，而打印的信件投放到了莫斯科的邮筒里。”

“您以前嫁过人吗？”

“嫁过。”

“您的前夫会写这些信吗？”

“他去世了。”

“对不起。这么说，您是想知道这些信是谁寄来的、目的是什么。”

“当然。可是，列夫·达尼洛维奇说，这根本就不归您管——您又不是侦探服务社的人。我想知道，在这种情况下，我该怎么办。”

“您报警了吗？”

“什么？”克谢尼娅·阿尔卡季耶夫娜害怕脸上的皮肤失去弹性，所以面部表情十分怪异。叶尼谢耶夫立刻就明白了：她不是那种会为了这种事去报警的人。

“好吧……刚才您提到了侦探服务社……您去过了吗？”

“去过了。”女人简短地回答道。

“怎么样？”

“毫无结果。他们查明，通过邮局寄出的信纸和信封上都没有指纹，但是所有的信件都是用同一型号的‘惠普’打印机打印出来的。在莫斯科的地图上，密探们在邮筒和网吧所在的位置上画了圈，表明这些信件是通过这些网络和邮筒送出的。根据他们的推测，在这个范围内，应该能够找到类似的打印机、纸张、信封并且查明这些东西归谁所有。”

“嗯，这需要很长时间，就像在荒原上捕捉狮子。您自己的公司也在这个范围内吗？”

“是的。”

叶尼谢耶夫靠在沙发背上，眯起了眼睛。他这样做并不是为了集中精力去“揣摩状态”，而是不知道该怎么办。仅仅根据克谢尼娅·阿尔卡季耶夫娜的陈述，他想不出什么办法。他既不了解她，也不了解她的对手。叶尼谢耶夫并不想亲眼看到未来的某种迹象，况且这封匿名信多半涉及的是过去，而不是未来。“这样的话，”叶尼谢耶夫心想，“我还不如去猜一猜是谁给普希金写的诬陷娜塔莉娅·尼古拉耶夫娜的匿名杂文呢！此类信息要比诽谤克谢尼娅·阿尔卡季耶夫娜的多得多，并且研究普希金和娜塔莉娅·尼古拉耶夫娜要比研究克谢尼娅·阿尔卡季耶夫娜有趣多了。再说了，我能得出什么结论呢？肯定是毫无结果。总之，我听了斯图巴尔的话，钻到愚蠢的圈套里去了。出于礼貌，我应当和她说点儿什么，这样就轻松了。可是，说什么呢？我和她第一次谋面，而且没有见过她的丈夫——我能给她什么建议呢？”

“您有您丈夫的照片吗？”叶尼谢耶夫问道。

女人惊讶地挑起了眉毛，想起了那些禁忌之后，马上恢复了正常的表情，极不情愿地从包里掏出钱包，从里面取出照片，递给了叶尼谢耶夫。

从这张照片上看，克谢尼娅·阿尔卡季耶夫娜的丈夫有三十多岁。他有着库班人的面部特征：鹰钩鼻、小眼睛、招风耳，下巴上有个酒窝，浓密而整齐的鬈发向后梳着。照片上的这个人虽说是个美男子，但也不见得被克谢尼娅·阿尔卡季耶夫娜这样的女人看上。此人肩膀很宽，不是个无名之辈。虽然照片上没有出现他的身体，但是从他那藏在衬衫领子里的粗壮的脖子可以看出来，他的身材很好。“准确地说，是他的某位‘前任’写的信……”叶尼谢耶夫有了主意，“或者是‘现任’。他绝对是个精明强干的人！一双含情脉脉的眼睛……鼻子又直又尖……嘴唇宽厚、紧实……库班的壮汉！而这位——有些虚胖的克谢尼娅·阿尔卡季耶夫娜，为了不破坏自己整过容的脸，甚至不敢让人亲吻。这家伙一定有个情妇！当然，他并不打算娶她为妻，因为他觊觎的是现任妻子的财产。于是，那个女孩就写了这些信，为的是让他和克谢尼娅·阿尔卡季耶夫娜之间的关系破裂。你看，他们因为这些信而吵架，导致了离婚。小壮汉会拿走这位富婆一半的财产，然后就可以迎娶那个情人了。真有趣！那么，他是怎么和克谢尼娅·阿尔卡季耶夫娜相遇的呢？”直截了当地问她自然会显得不太礼貌，于是叶尼谢耶夫就兜了个圈子。

“您丈夫以前在阿德列尔是做什么的？”

“民警。”

“民警？”叶尼谢耶夫感到很惊讶，“难道他就没有调查一下是谁写的这些信吗？”

“他不是侦查员，在交警大队任职。”

“哦……你们是怎么认识的？您是莫斯科的女老板，他是阿德列尔的交警……你们是在路上认识的吗？”

“是的，在路上。”克谢尼娅·阿尔卡季耶夫娜简短地回答说，“因为超速，他拦截了我的车，责备了我，但是没有给我开罚单。原来，我们是邻居。我在阿德列尔郊区有一所房子。我们就这样相识了……难道和这件事有关系吗？”

“有直接关系。写这些信的人既认识您，又认识您的丈夫，不是吗？写匿名信的人与您不是生意上的竞争对手，但他们却做出了这种事。显然，这里面掺入了暧昧的情趣。所以，从理论上讲，是情敌所为……我知道，您没有背叛自己的丈夫，但是在这些信的背后一定有背叛的行为。我应该了解一下您生活的其他方面，否则我对您和您的丈夫就缺乏了解了。总之，我知道多少就会对您讲多少。我不是心理分析师，不会因为解决了这些问题而得到满足，甚至恰恰相反……但是，我又不得不问：您和您的丈夫多长时间亲近一次？”

斯图巴尔一直坐在那里，默不作声。这时，他坐的转椅发出了吱吱的响声。于是，他摸了摸鼻子。克谢尼娅·阿尔卡季耶夫娜如蛋壳一般光滑的脸涨得通红。她向叶尼谢耶夫投来了炽热的目光。她高高地挺起胸脯……但是，她控制住了自己的情绪，低声回答说：

“大概……一个月一次吧。”从她的眼神可以看出，她在说谎，“这些信……并不能促进……您明白……”

“我懂。在那以前，在阿德列尔呢？”

女人转过头去，微微一笑：“在阿德列尔时，一天会有好几次。”

“啊哈……那么您认为，对于您的这位精力充沛的先生来说，每个月一次够吗？”叶尼谢耶夫指了指照片，“就算不考虑这些信件……”

克谢尼娅·阿尔卡季耶夫娜的脸又涨得通红。

“您指的是什么？您是说我的丈夫背叛了我吗？”

“正是这样。不要向我保证，您从未想过这件事。共同生活之初，你们每天有好几次……而现在，每个月只有一次！反差是不是太大了？是不是应该让他自己来解释这些愚蠢的信件呢？”

“这些信是谁写的？”

“比方说，是您丈夫的情人……”

“目的是什么？”

“很简单。在回答您的问题之前，我想问一下，您和您的丈夫有婚前协议吗？”

“没有。”

“在生意方面，您的丈夫掌管什么？”

听到这个不愉快的问题，女士挺直了腰身。

“他什么都不管，”她笑着说道，“全都记在我的名下——生意和财产都是。我丈夫只领取总经理的工资……真的，一大笔工资。”

“他对自己的处境满意吗？”叶尼谢耶夫追问道。

“以前，我们从未谈及此事。现如今，在这些信件的影响下，他越发经常地说，我使他处境尴尬，不让他支配财务……他说人们越来越相信信里所写的内容了。他发现自己作为总经理，毫无实权……他说这非常影响他的生意，因为合作伙伴总想和我谈，不想和他谈，而我又经常在公司……失去了有效解决问题的能力……有损他的威望……”

“那么，您是怎么回答他的这些问题的呢？”

“以前，我会打断他的话，因为我不可能放手不管自己的生意，但是现在……由于这些诽谤信……”说完，克谢尼娅·阿尔卡季耶夫娜沉默了。

“也就是说，您既没有赞成，也没有反对……”

她点了点头。

“您的丈夫有没有暗示过，他怀疑您对他不忠？”

女人没有立刻回答。

“您看这算不算暗示……有一次，他说：‘难道你不明白吗？如果不让我成为你生意上的伙伴，你就让别人有了把柄，说你只想把我当成你的情人，而不想让我变成你的丈夫和伴侣。’”

“您是怎么回答的？”

“我说，我能理解他……也希望他能理解我……我已经不年轻了……我很害怕再次遭受打击……我已经无法东山再起了……但是，让我考虑考虑……”

“克谢尼娅·阿尔卡季耶夫娜！”叶尼谢耶夫惊叹道，“这是不是您最担心的呢？”

“不知道……也许……”

“您总是这样吞吞吐吐！和生意人打交道太难了，尤其是和女生意人打交道！如果我们不了解情况，怎么可能进行预测呢？”

痛苦的表情突然从克谢尼娅·阿尔卡季耶夫娜圆圆的脸上消失了，她的脸上又露出了笑容。

“我想，你们这里如果是个严肃的服务机构，肯定能查明真相。在你们面前暴露自己——这十分简单。”

“列夫·达尼洛维奇，”叶尼谢耶夫对斯图巴尔说，“对这样的顾客，你们应该收取高额的酬金。”

斯图巴尔咧着嘴说：“一言为定！”

“不过，我们的事情还没有结束。我们刚才说到哪儿了？”

“您说，信是我丈夫的情人写的。”女人提醒说。

“我现在把话收回，因为证据不足。信有可能是您丈夫自己写的，并且亲自把信寄出来了。”

“什么？”克谢尼娅·阿尔卡季耶夫娜打了个冷战。

“正是如此。也许，他的情人也帮了忙。既然您说他曾经谋求财权，那么我就对此确信无疑了。他没有遭到您的断然拒绝，就没有理由再提这个问题了。他的情人嘛，我想，是个年轻的女子，根本就察觉不到这种心理上的细微差别。随便问一下，您是否怀疑过公司里的某个年轻女子？也许，您明知道是谁，却没对我们说……”

“没有。”克谢尼娅·阿尔卡季耶夫娜坚定地说，“我们结婚以后，公司里就再也没有漂亮的姑娘了。”

“对，您就应该从这里开始讲……而您却是这样开始讲的：‘我丈夫被这些恐吓信吓坏了……可怜的丈夫，你不敢冒险把漂亮的姑娘留在办公室里。’好啦，克谢尼娅·阿尔卡季耶夫娜，解决这个问题有两种办法。第一种办法：请侦探机构的人来检查您公司和家里的打印机。不过，只要您的伴侣足够细心，就不会在信纸和信封上留下指纹。当然，也不排除他根本就没有使用过这些打印机——是请他的情人帮忙打印的。这样一来，我们就应该跟踪他，拍下他和情人幽会的照片。然后，了解了姑娘的工作单位，我们就应该检查她的工作单位或者家里的打印机。也许，这需要一定的时间——不会太短。第二种办法（与第一种办法并不冲突，只是速度更快一些）：告诉您的丈夫，您已经完全清楚他在这件事情中扮演的角色了。您要马上和他离婚，一定要让他感觉到您已经下定了决心。不要听信他的任何解释和表白，并且要阻止他再次谈起这个话题，否则您讲话的效果就会大打折扣。斩钉截铁地说要和他一刀两断，然后就离开，锁上门，关掉手机。您瞧吧，会收到预期的效果的！您最好到一个他不知道的地方待上二十四小时。在您和丈夫谈话时，最好有保镖在不远处候着——您一招呼，他就能立马赶过来，有备无患。不知道您的丈夫知道您的决定之后会有什么反应。”

克谢尼娅·阿尔卡季耶夫娜不太喜欢叶尼谢耶夫的这个提议。

“为什么给我这样的建议？”她耸了耸肩。

“这是——检验。我不能百分之百地保证我的预言是正确的，但是可以检验出预言是否正确。如果您的丈夫在自己导演的这出与信件有关的戏里表现出十分期待离婚，那么他在潜意识里就有可能更加害怕离婚。在现阶段，他无论如何都不可能是您生意上的合作伙伴，并且无权支配财务。对他来说，现在离婚就意味着失去一切。二十四小时之后，当您重新出现在办公室里或者家里时，他会跪在您面前承认一切错误。他有两条路可走：希望得到原谅，或者把您杀了。”

“您这是出的什么馊主意啊！”女人尖叫道。

“没什么可怕的！第一次谈话时，告诉您的丈夫，您已经立了新的遗嘱，在里面写明了，如果您遇害或者意外身亡了，他一分钱也拿不到。这样，他就会立刻打消杀害您的念头。”

“如果他是无辜的呢？”

“即使他是无辜的，他也不会后悔。哪怕是受到了离婚的威胁，他也要为自己进行辩解。难道您为了改善财政状况，会把诽谤安到自己头上吗？最好的结果就是查明您的丈夫确实对您很忠诚。我认为，对您来说，当务之急就是找到写信的人。我甚至认为，到时候您就会放弃了。

当您不去追究时，这些匿名信就会莫名其妙地消失。”

克谢尼娅·阿尔卡季耶夫娜陷入了沉思，然后抖动了一下短发，从扶手椅上站了起来。

“好吧，我按照您的建议去做，然后告诉您结果。谢谢！”她转向叶尼谢耶夫说，“我喜欢您的工作。虽然有些难堪……也许就应该这样。我会介绍熟人来的……您可以把账单寄给我。”

“那您已经预订的分析报告怎么办呢?”斯图巴尔有些不安地问道。

“也算到账单里吧，他们确实付出了。不过，我已经明白了一切。再见吧!”

她离开了，步伐和刚进来时一样矫健有力，就连书柜上的玻璃都被震得晃动起来。

“我可不羡慕她的丈夫，”斯图巴尔含糊地低声说道，“即使这些信不是他写的。”

“我也不羡慕她的……”叶尼谢耶夫说，“这哪里是生活啊，简直就是地狱！我相信，她知道自己丈夫的一切事情。她有可能早就猜到了这件事情的来龙去脉，却跑到这里来，只是为了证实自己的猜测。”

“我接着说两句，说说您的工作吧！我得对您刮目相看啊！真正的大师级别！您今天至少赢得了三千美金!”

“是吗？可是，我并没有进行什么预言，只是从您的分析师那里分了一杯羹。我连预言时的感觉和状态都没有体验过，您就聘我为预言师了!”

“千万别这么说！您已经从侧面观察得很准确了！还没拿到照片，您的预言就和分析师分析的毫无二致了。您好像突然间得到了点化，一下子就找到了真相，像坦克袭击一样，正中要害。拿到照片之后，您更像是战场上的超人，所向披靡。根据您以往的预测经验，对您来说，用照片来进行预测简直是易如反掌。但是，对常人来说，能借助照片进行预言已经相当了不起了。我的伙伴们也见过这个人的照片——不是这张，是另外一张。那又怎么样呢？我忽然明白了，只有像您这样有神秘天赋的人，才能担负起这样的重任。您真的还不清楚自己具有的潜能，所以您一定要在这儿工作，以便展露自己的天赋。”

“您也许是对的。总的来说，这件事情还是挺有趣的。我们来约定一下吧！我会根据需要工作的。您不用付给我工资，只要从顾客所付的酬金中按比例分成就行。对了，比例是多少？”

“百分之六十。”

“您得的可不少！您这百分之四十——收的是什么钱？客户的注册费，还是我的‘保护费’？好了，不跟您争了。此外，如果我预言到顾客将有生命危险或是健康有问题，那么我将拒绝收取这百分之六十。不过，这钱也不归您所有——您也不应该收取这笔钱——这是我的条件。”

“怎么？这是道德律令吗？好像生命和健康有问题的人通常会去别的地方。这样的话，我们的损失也不会太大。成交！”斯图巴尔抽动了一下鼻子，搓了搓手，“咱们准备合同，开始工作吗？”

“准备合同吧，不过要等克谢尼娅·阿尔卡季耶夫娜和她丈夫的事有了结果之后再签合同。如果我错了，那么我在这里将无所作为，干吗还要把别人引入歧途呢？”

“错不了，请相信我的经验！您揭开这些信件的作者之谜后，其他假设就都不存在了。”

“不过，咱们还得等一等。”

10

克谢尼娅·阿尔卡季耶夫娜的丈夫承认了一切。更可笑的是，他根本就没有什么年轻的情妇，至少没有参与了这场骗局的情妇。这个人根本就没有抛弃在阿德列尔市场上有个摊位的前妻。恰恰相反，他想在和克谢尼娅·阿尔卡季耶夫娜离婚之后，拿到生意和财产中自己的份额，再把前妻接到莫斯科来。并且，是阿德列尔的妻子像左琴科①小说中的女主人公一样，故意让丈夫为富婆克谢尼娅·阿尔卡季耶夫娜提供性服务。不过，结局与左琴科的小说里描写的有所不同——对前妻来说，实在是太可悲了。

克谢尼娅·阿尔卡季耶夫娜认为，没有必要把自己是否原谅了丈夫的事告诉斯图巴尔和叶尼谢耶夫。斯图巴尔在付给叶尼谢耶夫酬金时，笑着问道："怎么样，您知道她如何解决与交警之间的问题了吗？她是相信了他的忏悔，还是赶走了他？"

"不，我不清楚。不过，只要我集中精力冥思苦想，就会知道……还得让你破费三千美元。"

"我发现，您一下子就变得精明能干起来了！"斯图巴尔哈哈大笑着说，"您还担心呢……结果不但赚到了钱，而且干了件积德行善的事！这种事情可真是太少见了！"

"我可不相信什么积德行善。无论如何，这个克谢尼娅都不应该原谅那个贼眉鼠眼的小白脸。如果他们继续在一起生活，会比最近两个月还要糟——充满了恐怖和虚伪。"

"是啊！交警如果想要恢复和她的关系，就不得不像在阿德列尔时一样，一天跟她亲热好几次！可是，如果他被她撵走了……不是也很正常吗？"

"不错，他应该回到阿德列尔的前妻那里。但是，在莫斯科的一家大公司当了总经理，他未必会回去。在这里，他会收敛一点儿。他是不

---

① 米哈伊尔·米哈伊洛维奇·左琴科（1895—1958），苏联著名幽默讽刺作家。

会写信请阿德列尔的前妻到这儿来的，而她也不会丢下自己的货摊去一个陌生的地方——要么成为富商的妻子，要么和丈夫（一个小投机商）蜗居在租来的公寓里，奔波忙碌。在阿德列尔，她是女主人，而在莫斯科，她是什么人呢？在这件事情里，没有一个品行端正的人，包括克谢尼娅·阿尔卡季耶夫娜在内。她就像从相邻的市场上领回来一头公牛一样，把交警带回了莫斯科，所以说她毫无美德可言。虚假的婚姻、虚假的离婚、虚假的生活……他们不是人，而是粗略地勾画出来的玩偶。我没有充分的理由认为，揭穿匿名信这件事能让他们在道德方面受到教育。”

“但是，有一点您必须认同：假如这个骗局不被揭穿，情况会更糟糕，甚至可能会发展到谋杀。想象一下，如果交警没有通过那封杜撰出来的信达到自己的目的（即从克谢尼娅·阿尔卡季耶夫娜那儿争取到平等的权利），那么他就有可能会产生谋杀的念头，为的是合法地继承她的财产……”

“并不排除这种可能性。”

“事实如此，但您却说‘不相信什么积德行善’。”

“如果克谢尼娅·阿尔卡季耶夫娜继续和她的交警在一起，那么谋杀的可能性就依然存在。不过，您的判断是正确的，他近期未必会作这个决定。所以说，克谢尼娅·阿尔卡季耶夫娜的钱没有白花。”

他们边喝白兰地边讨论着这件事，就像棋友在讨论一盘棋一样，分析着各种方案。叶尼谢耶夫不由得感到，在“公共政策预测”这个完全陌生的领域里，他已经成了专家。他甚至有点儿喜欢这一行了——就像是初学写作的人一下子获得了圈内人士的认可，可以平等地与他们讨论文学方面的问题。不管怎么说，获得的酬劳让他意识到了自己有所专长，这是靠登在报上的那些遮遮掩掩的预测获得的小钱所无法比拟的（这些小钱就在他的兜里）。叶尼谢耶夫预言成真的次数还少吗？其中包括精准到分钟的预言，比如伊尔库茨克的飞机出现故障和波兰的飞机失事。这只不过是他内心的想法，一开始没有人相信，而现在却有人要为此付费了。实际上，这既不是内心的声音，也不是外在的声音。让他根据克谢尼娅·阿尔卡季耶夫娜丈夫的照片来进行判断，其实并不是个好主意。这会让斯图巴尔觉得，叶尼谢耶夫那超出常人的能力并没有起多大作用。不是虚荣心在作祟，就是长期不相信自己的能力——他不太清楚。然而，担任“有报酬的自由预言者”的角色，没有任何义务与责任，他却感到很舒服。这与预言没有丝毫联系，因此他还不能心安理得地认为自己是个先知。当然，在讲到成功具有偶然性和随机性时，斯图巴尔是对的。

即使天赋不能通过训练来培养，也会刺激神经末梢和大脑细胞，并且会通过这些神经末梢和大脑细胞，就像电流的传导一样——我们将其称为“放电”。不管电流有多么强大，都不能在短路的电路中聚集电能——如果连接不当，还会导致短路和火灾。也许，当他的大脑细胞、神经系统或是我们称之为“灵魂”的无形神圣物质准备好了接收波兰飞机失事的信号时，他便会准确并迅速地找到拯救的办法。但是，通过大脑细胞的传递，叶尼谢耶夫在预言时遇到了一些干扰和阻力，这让他感到了困惑和茫然——每次预言都好像是第一次。他在斯图巴尔这里的工作会帮助他消除心理障碍，重建自己的神经系统并且找到适合自己的心理状态。

叶尼谢耶夫在斯图巴尔的咨询公司工作时，曾经这样想过。

* * *

列夫·达尼洛维奇让叶尼谢耶夫见的第二个客户带着两个类似保镖的人出现在了咨询公司。其中一个“保镖”站在门口，双手交叉放在阴部；另一个人站在接待室里，警觉地审视着斯图巴尔的办公室。

客户名叫鲍里斯·米哈伊罗维奇，是一位五十岁上下的红脸大汉，贼眉鼠眼并且有着阿谀奉承的做派。他把嘴唇噘成心形，就像在等着接吻或者准备吃热的食物。当客户开口说话时，这种幻觉马上就消失了，立刻让人联想到了猪嘴。斯图巴尔对鲍里斯·米哈伊罗维奇大献殷勤，亲自将秘书端来的茶水递给了他，问他是否愿意和叶尼谢耶夫单独聊一聊。

“听说您是个值得信赖的人。”客户高傲地回答说，“我的问题嘛，您已经很清楚了，所以您是否留下来已经无所谓了。”

“既然您同意了，那我就留下来吧。”斯图巴尔说。他很想再观察一次叶尼谢耶夫的工作情况，没想到一开始就成了尴尬境遇的见证者。

鲍里斯·米哈伊罗维奇无所顾忌地打量着叶尼谢耶夫，足有两分钟，就像在研究博物馆里的陈列品。然后，他开口说道：“列夫·达尼洛维奇把您推荐给我时，说您是一个真正的预言大师。为了弄清楚自己在和谁打交道，我想知道，您对……”他停顿了一下，“对‘双十二’的问题是什么态度。”

“什么问题？”叶尼谢耶夫没听明白。

斯图巴尔懊恼地皱起眉头，抽动了一下鼻子。

“启示录——有关玛雅历法的预言。”他马上替客户解释道。

可是，叶尼谢耶夫并不买他的账。他本应该装作听明白了斯图巴尔所讲的内容，可他却讽刺地反问道：“印第安的玛雅人也有自己的启示录吗？”

斯图巴尔赶紧红着脸说道：“1960 年，墨西哥南部的工人在铺设高速公路时，发现了一块石板，上面的文字模糊不清。经过仔细研究发现，这原来是玛雅人的日历。根据神灵博龙·约克特的意志，世界结束于 2012 年 12 月 21 日。因此，出现了‘双十二’的难题，指的就是世界末日的年份和月份。有许多学者和预言家认为，因为太阳内部的中微子穿过地球，使地球变热了，所以地球在这一天会毁灭。您难道没听说过吗？”

“有点儿印象……”叶尼谢耶夫低声说道。对当下预言界的热门议题一无所知，使得叶尼谢耶夫陷入了窘境。

“您是怎么认为的？这会是真的吗？”鲍里斯·米哈伊罗维奇追问道，并用怀疑的目光一会儿看着叶尼谢耶夫，一会儿又盯着斯图巴尔。

“残缺不全的日历怎么会是真的呢？再说，我们怎么会知道地球为什么会在2012年12月21日毁灭呢？也许是因为石头上没地方写了……”

“您在开玩笑吗？”

“当然是在开玩笑。您想让我认真起来吗？您带着一个问题来找我们，却又想知道世界末日何时会到来……让我们先确认一下到底要解决哪个问题吧！”

顾客和摸着鼻子的斯图巴尔交换了一下眼色。

“您看起来很有个性。”他说，“当然了，列夫·达尼洛维奇跟我说过，您具有超凡的能力。我对此并不怀疑，只是在把这件事委托给您之前，我想确认一下您的能力。”

“哦，原来是想考验一下我。您这是单方面地考验我吧！要知道，斯图巴尔先生已经考验过我了。好吧，我不反对，但是您需要付费。也就是说，我的酬劳应该有所增加。你们这种富人，不知为什么总是喜欢只付一份报酬却要获得多种服务。我不知道，您是有这种偏好，还是贪婪。您同意我的看法吗？”

斯图巴尔发出了一声叹息，而客户则撇了撇鼓胀的嘴唇，把手一挥：“好吧。”

“列夫·达尼洛维奇，请在笔记本上记下来。我的回答是：不管2012年12月21日会发生什么事，俄罗斯都不会遭受灾难。”

“为什么呢?”

“因为在墨西哥，一切都会因大气层的破坏而燃烧。那里缺水，尤其缺乏淡水，而我们这里几乎被淡水淹没了，更何况12月份我们这里是被冰雪覆盖着的。水在太阳下会蒸发并释放出氧气，而这意味着，大气将得以自我修复，就像施瓦辛格主演的科幻电影《全面回忆》中描述的一样。完全的臭氧空洞在俄罗斯是不可能有的。”

叶尼谢耶夫并没有对自己讲的话进行深入思考，因为他明白，他的话只有到了2012年12月21日才会得到检验。但是，这些话好像对客户产生了影响。鲍里斯·米哈伊罗维奇点了点胖胖的头，问道:

“如果地球在2012年12月21日毁灭了，那么有没有可能不是因为臭氧空洞和太阳的活动，而是另有原因呢?”

“地球由于其他原因，有可能明天就会毁灭。我不是算命先生……您问的‘地球会不会因为大气的变化而毁灭’的问题，我已经回答完了。”

“嗯……您的回答是可信的，但我觉得这不是预言，而是一般的逻辑推理。”

“您知道什么是预言吗?”

“不知道。”

“我也什么都不知道……让我们谈论自己不知道的事情吗?这种预言可能有，也可能没有。”

“也就是说，回答我的问题时，您也不确定世界末日是否会到来。”

“当然，操纵预言的人都是骗子。”

“如果回到酬劳的问题上来，我应该为您的预言付酬吗?”

“您错了，您是为预测付费——这跟预言本身没有关系。也许您会说您的时间很宝贵，那么为什么我的时间就不值钱呢?”

“您误会了……”

“我明白您的意思。”叶尼谢耶夫打断了他的话，“我说您贪婪，您觉得自己受了侮辱，才向我提出这个问题的。与问题的答案相比，我对您的评价给您留下的印象更深。这是事实，不是吗？您不想听真话吗？那您来这里干什么呢？我认为您对我的考验该结束了。如果您不这么认为，那么就请您告辞吧。”

“伊利亚·彼得罗维奇，”斯图巴尔低声说道，“我们不能这么做……我们应该努力与客户建立一种相互信任的关系……”

“我在努力，但鲍里斯·米哈伊罗维奇是个富有的吝啬鬼。怎么，难道我应该说他是个‘慷慨的穷人’吗？”

“没关系，列夫·达尼洛维奇。”鲍里斯·米哈伊罗维奇安慰斯图巴尔说，“如果一个人不知道一戈比的价值，那么他就永远也不会拥有巨大的财富。伊利亚·彼得罗维奇没有错，他只不过是说出了自己的想法……只不过是面子上有点儿过不去罢了。”

“其他的事情也会以这种形式说出口的。怎么，斯图巴尔没有事先提醒您吗？”叶尼谢耶夫转向了列夫·达尼洛维奇，“难道除了真相就没有别的了吗？”

“好吧，”鲍里斯·米哈伊罗维奇伸出一双胖手说，“到此为止，让我们谈正事吧。是这样的，我对两个问题很感兴趣。第一，我的生意和政治紧密相关，而且和‘统一俄罗斯党’的政策有关。但是，党的统一，大概您也清楚，非常值得怀疑……这会使商业迷失方向。在我们国家，政治上的错误是唯一不能原谅的错误。在这里，赌注下得要比交易所里大。在交易所里赌输了，可以东山再起，但在俄罗斯的政治上失算了，将永无出头之日。所以，我想知道2012年谁会成为总统。我不仅希望得到您的帮助，而且希望得到分析师列夫·达尼洛维奇的帮助。不过，在第二个问题上，我想得到您的帮助。”鲍里斯·米哈伊罗维奇不再讲话了，好像在整理思路。他的目光里没有焦躁不安，眼睛转动起来。他没有看叶尼谢耶夫，清了清嗓子，继续说道：“我收到了有关谋杀的恐吓信。几天前，我的保镖发现有人跟踪我。您能否预言一下，这个威胁有多大?”

“这是不是与您提出的第一个问题有关?”叶尼谢耶夫好奇地问。

“没有直接关系。但是，生活就是这样，什么都有可能发生。”

“您知道谁会发恐吓信吗?”

“我猜到了。”

“嗯，要知道，威胁的背后是另有所图……确实如此，没有目的的恐吓就不构成威胁了。您和这个人谈判了吗?”

“他回复我说，他与这封恐吓信没有丝毫关系。表面上，我们的关系很融洽。不久前，他向我提了个建议，被我拒绝了。但是，我们是友好地分手的，我没发现他有什么异常。后来，我们见过几次面，相互拥抱，甚至友好地进行了交谈。与他的那个建议有关的事情，他没有再提。不过，我知道，他需要落实那个建议，而且要快速落实。还没有达成一致意见时，他总是微笑着说：‘那好吧，不是今天，就是明天。’”

“那封恐吓信出现之后，他提起过这件事吗?”

“没有。”

“那您呢?”

“我不可能同意他提出的条件——把我的生意转到他的手里。对于我的条件，他也不感兴趣。”

“威胁您的人直接要求您接受他的条件了吗?”

“当然没有。他打来电话时，我录了音。他说：‘您知道应该怎么做。’”

“总之，他把自己扮成了强盗。恐怖组织的成员，我见得太多了。怎么，鲍里斯·米哈伊罗维奇，没有人保护您吗?我知道，警方只为那些付费多的人服务，可您也付得起这些钱啊！莫非您又舍不得了?切记：确实要珍惜每个铜板，但那不是生命——富人的生命安全是昂贵的。您在媒体上炒作，就说他要杀您，这样他就未必敢这么做了。”

“您知道……炒作……警察……所有这一切都对我不利。到了那时，他不用开枪就能把我杀掉。问题在于，我们曾经是合作伙伴……他了解我不想泄露的一些机密。您知道……九十年代……当我们开始经商时，原有的法律不再施行了，而新的法律尚未生效。因此，我们不是按照法规，而是按照自己的意志做生意。现在的领导，原则上容忍了我们，但是掌握了我们的黑材料。我们要想脱身，就得付出金钱或者服务。我的黑材料不是在政府那里，而是在过去的合作伙伴手里。”

“原来如此……这里还掺杂了一点儿恐吓……您过去的合作伙伴为什么要谋杀您，而不是用黑材料来恐吓您呢？”

“如果亮出了底牌，他将一无所获。这个黑材料是针对我的，同时也是针对他的。对他个人来讲，没有什么损失，他只是无法做我这边的生意了。一旦开始检查，票据、证券、交易都将被冻结。如果我公开指责他以暗杀来敲诈我的话，那么他就只能用这些黑材料来进行自我保护了。您知道我们在和谁打交道了吧！难道这种人值得信赖吗？”

“我还是不太明白。如果他杀了您，他会得到什么呢？”

“至少有非流通股份啊！他是我们公司的股东，可以控制董事会和其他股东。”

“这种处境……您不希望由您的保镖来保护您的安全吗？”

“我已经加强了安保措施，但什么样的安保措施都无济于事，暗杀照样能得逞。您听说过马涅维奇是怎样被暗杀的吗？狙击手是从阁楼上射击的，就是这样……而我是一个公众人物，不可能一下子把自己封闭在四面都是混凝土的房间里。看来，最好把生意交出去。”

“您说他要暗杀您，这有多大的可能性呢？”

“这正是我想从您这里知道的！”

“哦，是这样！”叶尼谢耶夫突然发现了自己的失误，擦了擦额头，“我指的是……您要知道这个人……他更倾向于……真的威胁还是虚张声势？”

“我敢说，虚张声势的可能性比较大。他是个天生的赌徒，只不过是在这场比赛中下的赌注太大了。因此，我需要您的帮助。”

“让我想一想。”

叶尼谢耶夫摆出了在上一次成功的试验中所用的姿势：靠在椅背上，闭上了眼睛。但是，和第一次一样，他的头脑中没有任何思绪。当然，这次不涉及总统大选——作为《只有发现，才能获胜》一文的作者，他丝毫不怀疑普京会当选俄罗斯总统。可这完全是另外一回事——恐吓说要进行谋杀。他怎么会知道商业合作伙伴什么时候只是威胁要散伙，什么时候是真的要谋杀？但是，这不是告密信（不是通奸，也不是骗局），而是我们常讲的“性命攸关的大事”。就算他令人讨厌、财大气粗、视财如命，他也是一个有血有肉的人啊！

叶尼谢耶夫倾听着自己的心声，但却没有像上次那样微微地颤抖。不，一切正常！难道和克谢尼娅·阿尔卡季耶夫娜一样，也要那样开始吗？

“我想看一下这个人的照片。”他对鲍里斯·米哈伊罗维奇说。

“嗯……您知道……”他犹豫了，“我不想过早……如果我的怀疑不成立，那……”

叶尼谢耶夫刚要反驳说“他们即使能够确定，也已经为时太晚了”，便突然感觉到了刺骨的寒气。开始，他以为是过堂风，便朝窗户看了一眼。但是，窗户并没有打开——冷气是从坐在对面的客户那儿吹来的。原来，他身后那扇通向地下室的门是敞开的。叶尼谢耶夫闻到了从地下室里散发出来的味道，这是坟墓的味道。熟悉而又遥远的心脏的跳动声，如同拱门上方敲响的钟声。他清楚地感觉到，鲍里斯·米哈伊罗维奇有可能现在就会死。于是，叶尼谢耶夫站了起来。

“救命啊！您的生命处于危险中！”他喊了起来。

红脸膛儿的客户脸色煞白（就像用过漂白剂一样），张着鲫鱼般的嘴。

听到叶尼谢耶夫办公室里的喊叫声，站在门后的保镖从腋下抽出手枪，应声闯了进来。

“在哪儿？什么？您在说什么?!”鲍里斯·米哈伊罗维奇环顾四周，恐惧地大叫起来。

“我不知道，但我能感觉到，您马上就要死了！在波兰的飞机失事之前，我就有这样的感觉——您自己也说有人打算暗杀您!”

“大家都到我这儿来！快点儿!”保镖朝着对讲机大声喊道。他用另一只手握着手枪，忽而瞄向叶尼谢耶夫，忽而又瞄向斯图巴尔。随后，他把对讲机扔到地上，抓起主子的手，把他拖到墙角，远离了窗户。

叶尼谢耶夫也离开了窗户，并把列夫·达尼洛维奇叫了过来。可是，斯图巴尔如同僵尸一般张着大嘴。又有两个持枪的保镖闯进了办公室——其中一个大概是司机。他们拿来防弹背心，勉强套在了鲍里斯·米哈伊罗维奇的西服上衣上。

“我现在该怎么办？”他问叶尼谢耶夫，嘴巴像鱼似的吐着气。

“您现在想去哪里？”

“一如既往——去办公室!”

“那么，杀手也会这么想。不要去办公室！不要坐来时坐的车！不要做今天打算做的事！去别墅……最好是除了您以外没有人知道的地方……您带着保镖藏在那里……正如您自己说过的，待在四面没有窗户的房间里。”

保镖的头目又抓起了对讲机：“本部！再派辆车来！要结实点儿的！带上猎枪和声光弹!”

“然后呢?”穿着防弹背心的鲍里斯·米哈伊罗维奇喘着粗气追问道,“接下来该怎么办?就那么一直待在四面墙里吗?”

“去问上帝吧!我不是上帝!祈祷吧!”

商人轻轻地画了个十字,用眼睛在墙上寻找着圣像。很明显,他是希望得到先人的暗示。但是,墙上只有丑陋的、长着大鼻子的舍米亚金的画像。叶尼谢耶夫真想疯狂地大笑一场。

“交出您的生意吧!只是不要交给您那个恶棍伙伴,而要交给国家!把钱分给穷人吧!把钱还给那些被骗和被抢的人吧!去教堂吧,以得到救赎!”

“您是在开玩笑吗?”气急了的客户大声嚷道,“所有人都在欺骗、抢劫,为什么只有我应该得到报应?!”

“随您的便吧!”叶尼谢耶夫转过身去。

鲍里斯·米哈伊罗维奇的脸色红润了起来,嘴角上出现了白沫。

“我感觉有些憋闷,想出去透透气。”他解开领带,一边喘着粗气,一边朝门外慢慢走去。

但是,保安的头目挡住了他的去路。

“这样不行,老板。第二辆车还没有过来,街上可能会有狙击手。”

保镖们围着主人,迫使他退回到了墙角。鲍里斯·米哈伊罗维奇悲伤地环顾了一下四周:“打开窗户!”

“不能开窗!”保镖的头目摇了摇头,“可能会有人把手榴弹抛进来!”

客户瘫软了下来,歪向了一侧。

“快开空调!”斯图巴尔终于摆脱了僵尸状态,清醒了过来。他从桌子上抓起遥控器,对准了空调面板。

保镖把鲍里斯·米哈伊罗维奇抬到沙发上,让他躺下。

“心脏病!……”他说道,“硝酸甘油!救命啊!我把钱分给穷人!”

“他说什么？心脏病？”凉快了一些之后，叶尼谢耶夫问保镖。

他们中的一个人点了点头。

“他的速效救心丸在哪儿？”

“通常是在胸前的口袋里。”

“快让他含到嘴里！”

然而，就像有人故意为难他们似的，必须到套在防弹背心里面的西服口袋里去掏速效救心丸。于是，保镖们你推我搡地解开了他的衣服。可是，鲍里斯·米哈伊罗维奇突然躬起身子，抽搐起来，口吐白沫。

斯图巴尔用颤抖的手抓起了电话听筒：“急救车！急救车！……”

但是，已经不需要急救车了——抽搐像开始发作时一样，突然停止了。鲍里斯·米哈伊罗维奇的身子瘫软下来，头向后仰，一种类似哈哈镜的东西脱离了他的身体。这个“哈哈镜”便是他的生命，也有可能是他的灵魂。鲍里斯·米哈伊罗维奇像鲫鱼一样，惊异地张大了自己那歪向一侧的嘴巴，安静了下来——他还没来得及把钱分给穷人。

第二章

1

法院判处了叶尼谢耶夫两年徒刑，缓期两年执行。斯图巴尔和保镖们如果不指证他故意杀害鲍里斯·米哈伊罗维奇的话，他就可以不用在监狱里服刑了。但是，法院没有找到客户那天死于杀手的威胁的证据。恰恰相反，法官认为叶尼谢耶夫那“所谓的预言”能够诱发他的死亡。顺便说一句，沮丧的叶尼谢耶夫没有为此事争辩。从本质上讲，指控是合理的：鲍里斯·米哈伊罗维奇正是死于叶尼谢耶夫对死亡的预测。于是，叶尼谢耶夫就成了他命运的推手，并且绝对不是被动的推手。他认为，与斯图巴尔的合作还是挺有意思的。叶尼谢耶夫只对一点进行了辩护：他没有欺骗鲍里斯·米哈伊罗维奇，只是讲了心里话。

法官当然不相信叶尼谢耶夫的预测能力。检察官甚至想控告他，因为他预测死亡的目的是从客户那里收取更多的钱财。也许，与公共政策预测咨询公司签的协议能够救他。当时，他坚持把一个条款列入合同，即“如果预测到了客户的死亡或者损害了客户的健康，那么他将拒绝收取酬金”。更准确地讲，合同本身对叶尼谢耶夫不利，因为里面没有“预知”、“预言”的字眼——狡猾的斯图巴尔回避了这些词，用的是

“预测”、“咨询”之类的词。法官认为，叶尼谢耶夫的预言超出了合同中规定的分析性质的服务范围，让客户有了近期将会死亡的可能性。根据起诉人的看法，叶尼谢耶夫根本就没有进行预言的权利，因为他从来都没有获得过允许进行此类活动的资格证书。

斯图巴尔陈述道，叶尼谢耶夫曾经预言过莱赫·卡钦斯基的专机失事及其兄弟在竞选总统时落选的事，但是由于缺少波兰方面的证人而未能获得法庭的采信。克谢尼娅·阿尔卡季耶夫娜一口回绝了列夫·达尼洛维奇出庭作证的请求，并且禁止他提及她到访咨询公司一事。她原谅了自己的那位交警，并且不打算把自己的私生活公布于众。实际上，娜佳想到法庭上去陈述一下叶尼谢耶夫在从莫斯科飞往伊尔库茨克的飞机上的预言，但是叶尼谢耶夫没有让她这么做——谁会相信被告人妻子的证言呢？不过，法院接受了斯图巴尔提供的叶尼谢耶夫写的《只有发现，才能获胜》和《战争虽已开始，但不会胜利》这两篇文章。但是，这只能证明他有分析问题的才能，不能证明他有预言的能力。

这次开庭，可能是在格拉博沃伊诉讼案之后，承诺只要一千美元便可以让死人起死回生的第二例。坐在被告席上的是这样一个人：他在自己的活动中追逐超自然力，或者像人们常说的那样，运用“不科学的实践能力”。因此，小小的审判厅里坐满了记者，其中包括电视台的记者。过去一直默默无闻的叶尼谢耶夫一下子便家喻户晓了。但是，他很想逃避，不想如此名声大噪。在诉讼的过程中，对于鲍里斯·米哈伊罗维奇的死亡一事，记者们有的相信叶尼谢耶夫具有令人惊奇的超能力，有的却揭发他是一个招摇撞骗的能手。因为审判中没有耸人听闻的证据，所以文字和摄影界的同行们都选择了揭发。正如人们所言，生意场上没有私生活。叶尼谢耶夫在电视新闻节目中看到了自己，在充满了冷嘲热讽的报纸上也看到了自己。报纸上有一篇评论文章，题目是《马失前蹄的顾问》。因为他的相貌有点儿像霍夫曼，所以他走在街上时经常被认出来。鲍里斯·米哈伊罗维奇死后，叶尼谢耶夫在监狱里待了三天。这给他留下了非常糟糕的印象，甚至感到没有一直调查和审判下去非常遗憾。与此同时，叶尼谢耶夫在听证会之后有意逃避记者，着实令人感到非常惊讶。他们认为，不管怎样评价叶尼谢耶夫，都是在为他做很好的广告宣传。最典型的例子是：斯图巴尔认为，一切都平息了之后，叶尼谢耶夫还可以再回到咨询公司工作。他甚至还祝贺叶尼谢耶夫“判断成功”，并且对判断结果很感兴趣，因为悲剧就发生在他的办公室里。

叶尼谢耶夫感觉自己就像麦克佩斯①一样，知道“勃南森林”走向了邓肯。他得出的结论是：在多边游戏中，自己才是真正的主角。不知是斯图巴尔，还是突然被唤醒的自信使他确信，他这个赌徒，实际上不过是消失在命运的无限空间里的一个玩偶而已。他可能还不是一般的玩偶——不是“小卒”，而是“车”，但绝对不是“王后”。更确切地说，他是个想当“王后”的“小卒”，距离成为“王后”仅有一步之遥——一个小方格而已。如果是一名球员，而不是一个数字，他就会知道，不能越位。但是，他却听命于别人的意愿，看不到禁区，就像在“北方”机场的大雾中一样，看不见五米以外的事物。他也会去一般人去的地方。更准确地说，他认为自己是在独立行走，但实际上是某个隐形人将他推到了“王后”的位置。然而，另一个隐形人已经为他设好了圈套。于是，他只有一秒钟可以当“王后”——在对手把他从棋盘上拿下来之前。在命运的棋盘上并没有他。在对手那大如星空的棋盘上，他根本就弄不清楚谁是上帝、谁是魔鬼。也许根本就没有什么敌人，魔鬼在玩人类的象棋时是自己和自己对垒。上帝并没有设置圈套——他是主宰者，而不是一个玩家。

在《麦克白》中，班柯所讲的就是这个魔鬼游戏：“灵魂在撒谎，

---

① 莎士比亚的悲剧《麦克佩斯》中的主人公。

目的是牺牲我们。它首先用类似的真理招引我们，目的是消除严重的影响。”魔鬼在嘲弄叶尼谢耶夫。命中注定，鲍里斯·米哈伊罗维奇在叶尼谢耶夫预言其死亡之后，死在了斯图巴尔的办公室里。他既是死亡的宣告者，又是死亡的罪魁祸首。他只想当个宣告者，但魔鬼却让他成为了刽子手。真相在于：鲍里斯·米哈伊罗维奇害怕的不是谋杀的威胁，而是叶尼谢耶夫关于他死亡的预言。叶尼谢耶夫只知道自己要说出真话，却不知道这件事的后果。不仅是后果……就像帕斯捷尔纳克毫不费力地就能翻译出班柯的话，却落了个“坐牢”的结局。叶尼谢耶夫试图拯救鲍里斯·米哈伊罗维奇，结果却加速了他的死亡。现在才给他指明，他的预言是枉费心机，引诱别人走向了死亡，是不是太晚了？他是不是也在引诱自己走向死亡？

他突然觉得，自己就像丘特切夫的诗里描写的那个疯子一样。诗是这样写的：

突然间，它振奋起来
用敏锐的耳朵贴着
有裂缝的大地，贪婪地
倾听着什么，暗自欢乐

它觉得自己听到了泉水
在地下沸腾的奔流声
啊，泉水在唱着摇篮曲
并且喧腾地在地下奔涌！

庭审过后，叶尼谢耶夫的周围一片空寂。他以前就没有什么朋友（只有编辑圈子里的几个朋友），现在就连他们都躲着他了。在诉讼程序中，产生了新的观点，说他在斯图巴尔的咨询公司以赚钱为目的，出卖了自己的“新闻技巧”，尤其是“分析的技巧”。他们说他具有预言的天赋，却违反了职业道德。然而，过去的熟人遇到叶尼谢耶夫的时候，也会低下头，但并不是因为这个，而是因为他们自己也愿意为了赚钱而违反职业道德——他们只是会意地对视了一下。不知为什么，人们认为叶尼谢耶夫是在斯图巴尔的咨询公司运用在编辑部里听来的秘密信息进行预测，所以主编严禁员工和他聊天。因此，他工作过的所有报社和杂志社都将他拒之门外。没有人知道，叶尼谢耶夫在公共政策预测咨询公司只进行过两次预测，并且总共才收过一次钱（是克谢尼娅·阿尔卡季耶夫娜的钱）。而且，在开庭前，他把钱还给了斯图巴尔。也许，三千美金本身很令人着迷，并引起了人们的嫉妒——这可是“格拉博沃伊起死回生”三倍的价格！

斯图巴尔提议，让叶尼谢耶夫在他那里做一个幕后顾问，挣点儿“黑钱”，但是被叶尼谢耶夫回绝了。一想起不幸的鲍里斯·米哈伊罗维奇在临终前面对斯图巴尔办公室墙上的那幅舍米亚金的“丑画”不停地画十字的场景，他便感到痛苦不堪。

叶尼谢耶夫遭到诋毁和否定之后，整日待在家里，只有晚上才会到外面去走走。他几乎不跟娜佳交谈，并且有充分的理由把莱蒙托夫的《先知》中的诗句套用在自己身上：

当我急急忙忙地跑过了，
一座嘈杂、热闹的城市，
老人们带着自尊的微笑，
对着孩子们这样地训饬：

看哪，这就是你们的前鉴！

他跟我们合不来，太高傲。
蠢东西，他想要我们相信，
上帝借他的嘴巴来传道！

孩子们，你们仔细看看他：
他那么苍白、憔悴和郁悒！
看哪，看他怎样落魄、穷困，
大家又怎样地把他鄙弃！

糟糕的是，叶尼谢耶夫与莱蒙托夫笔下的先知不同，他几乎没有尝试过宣传“爱情与真理”，而是生活在邪恶和腐败的世界里。

* * *

午夜，叶尼谢耶夫坐在熟悉的咖啡馆里。一如往常，领班正在看悬挂在桌子上方的电视里转播的足球比赛。他瞟了一眼正在从外套的口袋里往外掏小瓶威士忌的叶尼谢耶夫，说道：“禁止自带酒水！”

“禁止自带酒水？”白天已经喝光了十小瓶酒的叶尼谢耶夫哈哈大笑起来，“谁告诉你这酒是我的？这是‘VIP 乘客’喝剩下的酒，我把它喝完就是了。”

“您应该在这里点酒水。”

“用什么钱买？我把自己的喝完了，自然会在你们这儿点酒喝。现在，对不起，我得喝自己的酒了。你以为我有钱买威士忌吗？我知道这酒在你们这儿卖多少钱。我要在这儿喝一宿……”他把口袋里的酒瓶弄得叮当作响，“听见了吗？这是我的娜佳给我拿的酒……快喝光了。你想来点儿吗？别害怕，这不是你们这儿的烧酒。”

“我们这儿的酒不是烧酒。”领班显然很气愤，因为叶尼谢耶夫打扰了他看足球比赛，“原来，您到这儿来就像回自己家一样，是来消磨时间的！这对我们的咖啡馆有什么好处？”

“你好！你就是这样对常客说话的吗？我在你们这儿花的钱还少吗？好吧，你马上把我撵出去吧！我走了以后，就再也不会来了。”

“托利亚，别撵他！”一个胸脯平平、大腿粗壮的妓女说道，“对你来说，有什么区别吗？就让他坐在这儿吧。这可是我们的先知，连电视台都播了。难道你没看到吗？”

“看到了。”托利亚挥了一下手，“他预测一次就敲诈人家三千美元，现在却说买不起五十卢布一瓶的威士忌！你别这么干坐着，来杯咖啡或者可乐吧！让他买点儿下酒菜吃吧！”

“就这么定了！”叶尼谢耶夫高声说道，“每人一份热狗——潇洒一回！也有你一份热狗，阿纳托利①，别不高兴了！不想喝我的威士忌，就吃你的那份热狗吧！”

“我不吃热狗，”领班拒绝道，“不过可以来点儿威士忌。”

“你瞧，这种‘禁止自带酒水’的做法并不适合俄罗斯人！为什么呢？可以……别找了，阿纳托利，大家一块儿喝没关系。”叶尼谢耶夫以教训的口气说道，递给了他一个小杯子，“我找啊找，最后被判了两年徒刑，缓期执行。现在，我失业了。我现在就像……这位萨科齐。顺便问一句：他在哪里？”叶尼谢耶夫问妓女们。妓女们面面相觑。

“您猜一猜吧！”戴着鼻环的女郎接着说，“您可是个先知啊！”

“有什么好猜的！”叶尼谢耶夫对着酒瓶喝了一口酒，悲伤地说道，“有人暗示我说，萨科齐就是切·格瓦拉。他离开我们，去了另一个世界。”

---

① 托利亚的大名。

“正是！”姑娘感到很惊讶，“他就死在这里。老实说，这件事您知道吗？”

“知道也好，不知道也罢，有什么区别吗？”他瞟了一眼“萨科齐”常坐的地方说道，“那一排还有一小块地方——也许，这是给我留的位置！”他死了，现在他的座位空了。问题是，这是给谁留的地方呢？叶尼谢耶夫打量了一下妓女们。她们一共有三个人。其中一个黑头发的女孩，他是第一次见到。

“结果不错！”平胸的女孩说，“缓期两年执行！”

“有坑蒙拐骗的烙印吗？就为这判我……我欺骗谁了？我只不过是对一个人说‘你马上就要死了’，于是他就死了。如果他死于我的预言……难道说我的预测不是真的吗？”

“只是，请您不要为我们进行这样的预言。”戴鼻环的姑娘说。

叶尼谢耶夫摆了摆手，又拿起了酒瓶。领班走出吧台，把一个高脚杯和刚从微波炉里拿出来的热狗摆在了他面前。

“哦，谢谢！我一整天都没有吃东西了！”

“怎么会……您的娜佳只给您威士忌喝吗？”平胸的女孩好奇地问。

“我的娜佳……”叶尼谢耶夫放下热狗，若有所思地说，“我的娜佳在很遥远……”

“也就是说，您得不到女人的爱抚？想不想让我来爱抚您呢？不贵的！”

“不，姑娘，这会很贵！”叶尼谢耶夫摇了摇头，“不是钱的问题，娜佳是我的全部……”

“也就是说，您不想背叛妻子。”

“不背叛，我从未背叛过她。”

“那她背叛过您吗？妻子是会背叛酗酒的丈夫的。”

叶尼谢耶夫死死地盯着她——她就会这样！

“难道他是个酒鬼?”戴鼻环的姑娘感到他很可疑，“我第一次看见他时，他就是这样。他通常只喝二两就够了。”

一辆黑色的“斯巴鲁”轿车在咖啡馆门前停了下来，车前灯照亮了咖啡馆的窗户。车门嘭的响了一声，从里面传来了音乐声。

“好了，结束了!”平胸的女孩叫道，“现在，他开始欺骗了!”

走进咖啡馆的是弗拉基克。他瘦高的身材，蓄着知识分子的那种大胡子。

“女士们，我们还坐在一起吧!”他向姑娘们问了声好，“我们就坐在这儿守株待兔吗?这里有一位男士是先知，难道你们需要他吗?姑娘们，你们想不想出去散步?”

“我们白天已经散过步了。”平胸的女孩闷闷不乐地回答说，“现在很危险，坏人到处游荡。”

“你可别这么想!坏人怎么了——难道他们不是你们的顾客吗?”

“顾客……你可能不知道，他们不是疯疯癫癫，就是吸烟成瘾，喜欢不花钱就和女孩睡觉。只要他们付钱，我们就应该这样做吗?稍不如意，他们不是打人就是掏出刀子来……”

“把这件事告诉祖丽菲亚·伊兹梅尔罗夫娜吧，她不喜欢种族主义!算了，姑娘们，这样也不好——工作不还是得照样干嘛!如果不喜欢，就根据需求来安排自己的工作。但是，会有一堆人向你们索要提成的。在大街上能挣得多一些，但却有一定的风险——这一点你们比我更清楚。下次再遇到那些不付钱或者掏出刀子的人，你们就马上打电话告诉我。一言为定!”

弗拉基克说这些话的时候，那个坐在角落里、面前放着笔记本电脑的姑娘并没有感到难为情。她头发剃得精光，只在后脑勺上留了一条小辫子（叶尼谢耶夫以前在这里见过她两次)。妓女们站起身来，摆动着撩人的臀部，朝门口走去。弗拉基克目送她们离开之后，转向了叶尼谢耶夫：

“你好，先知！恭喜你，逃过了一劫！老实说，你是不是故意让那个有钱人窒息的？你是不喜欢有钱人的！”

喝醉了的叶尼谢耶夫眯缝起了眼睛。

“你也想让我把你埋到土里吗？我只要一个眼神，就可以办到——彻底消灭你的劣根性！”

“不，”弗拉基克真的被吓坏了，“不要这样！我不是富人——在吝啬鬼伊兹梅尔罗夫娜这里赚不了多少钱。女孩子们在背地里说她的闲话，而她却只顾捞钱……我明白，你没有理由承认是你让他窒息的。但是，结果都一样。你水平真高：一开始就预言他会死，然后他就窒息了！我说的话，你别往心里去啊！他们这帮富人是罪有应得！你坐在这里喝威士忌，他却躺在了木头棺材里。你的工作很高尚！”

“够了，皮条客！你该告别人生了吧！”

“先知，你疯了吗？我可是为你好！我走……”弗拉基克本想走到门口，但却突然注意到了皱着眉头坐在角落里的秃头姑娘，于是便迈开罗圈儿腿，一瘸一拐地向她走去。

“姑娘，我看您在这儿一个人工作了一整夜！您想不想认识一个有趣的男人呢？”

“这个有趣的男人是谁？是您吗？”姑娘低声地打趣道。

“对，就是我。”

“您？您可不是很有趣。”

“真的吗？我可以给您介绍一个更有趣的男人。”

“你该干吗就干吗去吧！”叶尼谢耶夫插话道，“你认识的女孩还少吗？”

“你给我听好了，先知，我在工作，你瞎掺和什么？也许这位姑娘正需要钱，想赚点儿外快呢！”

姑娘的脸红了，就像人们常说的“红到了发根”，如果她有头发的话。所以，她的脸一直红到了耳朵和整个光头。

“蠢货！”说完，她把脸扭了过去。

弗拉基克耸了耸肩，走了出去，边走边玩弄着手里的车钥匙。

叶尼谢耶夫小心翼翼地给自己倒了一杯威士忌，呷了一口，满怀希望地看了一眼领班阿纳托利——看他是不是想聊天，而后者却沉浸在电视节目里。

“喜欢喝威士忌吗？”

“喜欢喝好的……谢谢！”

“谁和谁在比赛？”

“米兰队对战尤文图斯队。”

“哦！米兰队会以一比二输掉比赛。”

领班懊恼地“呸”了一下。

“谁让你讲话了？”

“嗨，”叶尼谢耶夫愤愤地说，“谁都不需要我的预言！”

“您为什么不凭借自己的预言能力去赌场呢？在那儿可以挣到钱。”

“好主意！其实我早就应该去斯图巴尔那儿了。现在，一切都晚了。我错过了自己的幸福！把我的行为在电视里一播，所有的赛马博彩场、赌场、赛车场就都把我拒之门外了——一切都完了！”

这时，电视评论员大叫起来：“穆罕默德将比分拉到了一比〇！没有射进！德尔·皮耶罗向后带球！进了！得分！是亚历山德罗·德尔·皮耶罗！比赛进行到了第六十五分钟！二比零，尤文图斯队领先！”

阿纳托利的脸色有点儿发白，他紧张地瞪了叶尼谢耶夫一眼。

“看，我跟你说什么来着？”叶尼谢耶夫咧开嘴笑了，“米兰队也会进一个球，但终归是要输掉这场比赛的。”

“您知道米兰队谁会进球吗？”

“小事一桩。易卜拉欣莫维奇！”叶尼谢耶夫不假思索地说出了米兰队最有名的球员的名字。当然啦，这场比赛究竟谁会获胜，对他而言都无所谓，他只是想刺激一下傲慢的阿纳托利。

领班想出了一个鬼点子。他朝四下里看了看，又想了想，狡猾地看了一眼光头姑娘，轻声说：

“再过两个月，所有人都不会记得曾经在电视里见过您，没有人能认出您来。所以，您可以安心地在赌场上大赚一笔。现在，赛马和赛车都很复杂——赌博现场的监视器会随时进行监视。您想不想去碰碰运气？我带您去！我会告诉您应该做什么和怎么做。”

“最后，你要为一切买单的，阿纳托利！”叶尼谢耶夫说着，喝干了酒，“为赢来的每一个卢布买单！请相信我，最好别去干这种事——你和我都不要去，尤其是我……”

“专横的人怎么就不用买单呢？”阿纳托利甚是怀疑，“他们偷盗，但却生活得怡然自得。”

“你说的话和因为我的预言而死了的商人说的一模一样。几分钟后，他就死了。”

领班沮丧地转过脸去看电视了。现在，只剩下验证叶尼谢耶夫预测的准确性了。叶尼谢耶夫把目光转向了光头女孩。她正吃着他点的热狗。姑娘长得还可以：下唇丰满，鼻子高挺，弯弯的眉毛像柳叶似的。她的嘴唇和光秃秃的脑袋让人想起了歌手西尼德·奥康娜①。

姑娘的目光与他的目光不期而遇，于是她放下了还没吃完的热狗。

“您吃吧！”

“我不喜欢别人看着我吃东西。对了，谢谢您的热狗！”

“来点儿威士忌吗？”

---

① 爱尔兰的光头女歌手。

“我知道，没有人陪着您喝酒，但是我不会喝酒。确切地说，我很乐意喝酒，但是喝一点儿酒就会掀掉房盖。”

“怎么回事？莫非您是为了避免发生不愉快的事才剃了光头？”

“我开了个玩笑。”姑娘说。

“确实是开了个玩笑。”叶尼谢耶夫赞同道，“我不需要一群人陪着我喝酒，尤其是女士。但是，没有人陪我聊天，这倒是真的。您为什么大半夜地在这儿摆弄笔记本电脑呢？这里并不是最好玩的地方——没有其他地方可以工作吗？”

“没有。我们宿舍白天还可以，到了夜里就全都是酒鬼了。这里安静，人又少……”

“您是做什么工作的？”

“我是作家。”

“啊？”叶尼谢耶夫拿起酒杯，坐到了她身边，“能允许我读一小段吗？”

“不。”姑娘红着脸把笔记本从他面前挪开了。

“难为情了，是吗？”

“不，在互联网上可以免费看到我的文章。读小说的片段，就像看一幅画一样……”

“已经没有必要读了，”叶尼谢耶夫说，“有您这个成功的比喻就足够了。您好像真的是个作家，只是不知道是优秀的作家还是拙劣的作家。总之，您是个作家。”

姑娘垂下了眼睑。可以看出，她喜欢听恭维的话。

足球评论员那单调的声音再次变成了尖叫声：“安东尼奥尼犯规，罚了个点球！易卜拉欣莫维奇头球攻门，进了！米兰队缩小了分差！第八十一分钟，兹拉坦·易卜拉欣莫维奇……”

“看到了吧，”叶尼谢耶夫转过身去，对惊慌失措的领班说，“先知的一个愚蠢的预言又变成了现实。”

“难道这是转播，您已经知道了比分？”阿纳托利的脸上显现出了不满的表情。显然，在赛马赌博中得大奖的想法一直萦绕在他的脑际。

“电视屏幕的角上显示的是什么？是‘非直播’吗？”

“是‘直播’……这种情况还少吗？显示的是‘直播’，而实际上是转播的。”

“你从傍晚到午夜一直坐在那里观看足球频道的节目，竟然不知道意大利联赛是什么时候开始的！”

“嗯，是莫斯科时间二十二点四十五分……”

“现在是几点？”

“二十四点二十一分。”领班低声说道，并把计算器挪到了自己面前，“每半场比赛需要四十五分钟，再加上十五分钟的中场休息……一小时四十五分钟……二十二点四十五分……再减去十分钟……正好二十四点二十一分！”

“现在谁能告诉我，我为什么要玩这种游戏？”叶尼谢耶夫悲伤地对光头姑娘说，“这是什么？是肤浅的虚荣心在作怪，还是修行得不够？我为什么要嘲弄阿纳托利，引诱他在赛马赌博中得大奖……瞧一瞧他吧！而我呢，尤文图斯队和米兰队谁会获胜，我是没看也没想。顺便说一句，我真的不知道谁会获胜，因为他们之间的比赛正在进行……”

“您能预测到足球比赛的结果，所以人们才把您称为先知吗？”姑娘问道。

“不是的。这是我有生以来第二次预言足球比赛的结果。第一次预言是在青年时代，在‘体育预测’中……”

“您预测过什么？”

“实际上，我是遇到什么就预测什么。您不看电视吗？所有电视新闻节目都报道了对我的审判结果。”

“我没有电视。为什么要审判您?”

“讲述这些，我感到心情很沉重。我能从一个人的眼睛里读出邪恶与丑陋，并且因此而拿了人家的钱。如果您感兴趣，可以上网搜一下‘伊利亚·叶尼谢耶夫’，上面写满了有关我的流言蜚语，比如‘一个马失前蹄的顾问’……而我则继续喝我的酒。”他又掏出了一小瓶酒。

“‘伊利亚·叶尼谢耶夫’指的是您?”姑娘俯下身去看笔记本电脑。

“裁判员的哨声响了!”电视里的足球评论员解释说，“米兰队主场作战，以一比二负于尤文图斯队!”

“准确无误，恭喜啊!”领班勉强从牙缝里挤出了这几个字，额头上布满了汗珠，“不过，您并没有对姑娘说实话。您知道比赛该怎样结束，并且知道是易卜拉欣莫维奇进球。”

“是的……是的……”叶尼谢耶夫低声说道，“在让我们走向死亡的时候，‘谎言’这个魔鬼总是先用真话吸引我们，然后再用恶劣的后果来摧毁我们。”

但是，阿纳托利似乎并没有听懂这句话。他走出吧台，来到叶尼谢耶夫跟前，忧郁地在他耳边说道:“您还是考虑一下赛马博彩的事吧——这是件有利可图的事!”

“原来如此!我现在就开始考虑。阿纳托利，在赌场上，我们的预言要是被揭穿了的话，赔偿的金额可比他们付给我们的佣金多得多，这可不是开玩笑!庄家很关注这一点……别伤脑筋了，还是好好喝你的酒吧!”

“我现在就请客。”领班从货架上取下一瓶“芝华士”酒，倒进了高脚杯。

“啊，这么诚心诚意!让我们来喝你的酒吧!”

“趁着现在头脑清醒，我想和您单独聊聊。能把您的电话号码给我吗?”

“不能。不要想那些愚蠢的事情了，阿纳托利！在自己的咖啡馆里好好地挣钱，享受生活吧！”

“什么钱？从谁那儿赚钱？”他用手指了指房子，“只够付房租！现在，天气还没有变冷，人们还可以坐在长凳上喝一杯。经济危机啊！夜里只来了一对同性恋……可能是女孩子们迫使客人来买单。难道生活就是这样吗？反正您明天还会来，我们见了面再谈。”

叶尼谢耶夫做了一个表示不确定的手势。

“我还能去哪儿呢？只是，忘掉赛马博彩的事吧！”

领班苦笑了一下，离开了。

“是这样啊，清楚了……”姑娘把头抬了起来，“准确地说，我什么都不清楚。您是预见了这个人的死亡，还是想造成他对您的心理依赖呢？”

“为什么要造成他对我的心理依赖呢？我已经感觉到了，他就是一具尸体。您明白吗？就是这样！”

“您是怎么认为的呢？即使您不告诉他您的预言，他也会死吗？”

“他死了，是因为他就应该在这一天死。不幸的是，我扮演了一个不受欢迎的角色，把这件事告诉了他。这也许加速了他的死亡……有什么区别呢？”

“如果您一瓶接一瓶地喝，就不一样了……而这个人的死亡……他叫……萨科齐。您是怎么知道的？”

叶尼谢耶夫回头看了一眼“萨科齐”曾经坐过的地方。

“从这个角落里直往外冒冷气。当您想起一个活人时，应该有一种温暖的感觉。但是，当事情涉及死人时，您就会感到一种空寂和寒冷。您试一试吧！”

“您能说出我什么时候死吗？”

“可以。但是，您要记住，那种大彻大悟的预言非常少。我说出来的常常是脑海里的第一反应，却常常会变成现实——刚才的足球比赛结果就是如此。我想，我最好还是不要尝试了。一个酒鬼的预言，只不过是瞎猫碰上了死耗子——撞上了‘轮盘赌’而已。”

“有需要坐地铁的顾客注意啦，地铁即将关闭了！”领班宣布说。他知道，叶尼谢耶夫就住在附近的某个地方。显然，他是想撵走女孩，让她不再打扰他与叶尼谢耶夫讨论赛马博彩之事。

“我不需要坐地铁。我住在杜勃罗留波夫大街，离这儿不是很远。不过，时间不早了，我确实得走了。”姑娘说道。

“我送您！”叶尼谢耶夫对阿纳托利的做法感到很恼火。

“您请便！”姑娘笑着说，“只是请您……别吃我的豆腐！”

“吃什么豆腐？我已经结婚了！”

姑娘合上了笔记本电脑。叶尼谢耶夫喝干了领班送的“芝华士”酒，摇摇晃晃地站了起来。

“恐怕我得送您回家了。”姑娘上下打量了叶尼谢耶夫一番之后，推测说。

“不必担心，这是地球引力的作用，只不过在醉汉身上与在常人身上起的作用略显不同而已。您知道人在船上是怎么摇晃的吗？虽然水手因摇晃而四处颠簸，但是轮船却会一直前进。‘步行的技术设备’没有失灵，只是需要巧妙地保持平衡而已。请吧！”

他们把风铃弄得叮当作响，然后来到了街上。姑娘个子不高、身材娇小，以至于像套子一样的牛仔外套遮住了她的膝盖。外面下着蒙蒙细雨。叶尼谢耶夫讨厌深夜里的世界。季米里亚泽夫地铁站若隐若现。在灰暗的夜空的笼罩下，黄色的路灯光在闪烁。汽车前灯的一道道黄光在德米特罗夫公路上迅速地闪过。从黑色的小水洼里升起了一股黄色的水汽（水洼里堆积了一些潮湿的黄色树叶和黄色的香蕉皮）。黑色和黄色——这是莫斯科夜晚的色彩。

叶尼谢耶夫和那位姑娘从泛着黄光的路灯下走过来，从站前广场的一排排店铺前面经过，发出了嘎吱嘎吱的脚步声。潮湿的空气使叶尼谢耶夫那因酗酒而变得通红的脸十分凉爽。喝下去的威士忌使他的腹部隐隐作痛。未来不见了，过去也不复存在了，明天一定是酒醒后的头痛……

姑娘从兜里拿出毛线帽，戴在了头上。

“您为什么要剃光头呢？”叶尼谢耶夫好奇地问，“这种‘时尚’已经过时了。”

“这是抗议的标志。”

“抗议什么？”

“抗议理发。您有没有想过女人为了做头发要花费多少时间？”

“我不再思考了，反正我也没有未来。”

“但是，格洛巴有……他与您不同，现在是最火的时候。格洛巴的网站上说，2012 年 12 月 21 日将会有三分之二的人死掉。因此，他建议所有人都马上收藏一张他的星占图，以便知道谁属于不会死的那三分之一……”

“这好理解：每个收到星占图的人都会知道，自己属于幸运的那三分之一……这似乎是对‘双十二’世界末日的一种慰藉。”

他们经过亚波罗契科夫大街，拐到了冈察洛夫大街上。姑娘突然停下脚步，抓起了叶尼谢耶夫的衣袖。

“我今天读到和听到的关于您的一切都非常有趣。我甚至认为，写一篇有关获得缓刑的醉汉先知的文章也很不错。您认为怎么样？”

“您还是打消这个念头吧。”叶尼谢耶夫摆了摆手，“您最好去写能征服全世界的先知，而不是喝醉了酒的先知。一个倒霉的失败者有什么好写的？”

“我是谁？讲述一个失败者……您是从哪儿听说的？您不是什么都不读吗？请不要用布尔加科夫的话来回答我，这是非常令人失望的，因为我本人也是个失败者!”

“您看起来像是剃了光头的年轻女作家。即使是最成功的俄罗斯作家，也都描写过失败者。也许，他们就是以这种方式来唤醒失败者的。”

“我不知道。我希望所有人都能获得幸福和成功，但是不想去描写幸福之人——幸福之人大概不需要描写。问题有可能在于，绝对幸福的人是不存在的。那个赢得了全世界的先知——他幸福吗?”

“我说的不是这个。对先知来说，幸福是什么呢?也许，先知伊利亚只有把活人带到了天堂，才会感到幸福。顺便说一句……就是这篇散文!我指的是圣经里描写的神奇的伊利亚：‘……火红的战马。他们被五马分尸……一阵旋风刮过，伊利亚就升天了。’叶利谢伊看到了之后，惊呼道：‘我的神父，我的神父啊……以色列的骑兵和他的战车……我再也见不到他了!’我就是这么理解的!什么是尘世间的幸福和不幸呢?伊利亚奇迹般地升天了之后，叶利谢伊对先知预言的威力更加确信不疑了。他希望面前的约旦河水像在伊利亚面前那样分流。他说：‘伊利亚神啊，上帝在哪里?他就是上帝吗?’不成功的预言者永远都会被疑虑困扰，所以永远都不会感到快乐。叶利谢伊并没有请求说‘帮帮我吧，上帝’，而是问道：‘上帝在哪儿?’他丝毫没有怀疑过上帝的存在。于是，河水重新分流了。这就是那位赢得了世界的先知，永远都寄希望于上帝的帮助。您还记得古米廖夫的一首诗吗?

那一日，在新的世界上
神低垂下自己的面庞，那时
他们用词语阻止了太阳
用词语摧毁了城市①

① 古米廖夫《词语》节选。

“用古米廖夫的话来说，我们已经‘超自然’了。因此，我们只描写失败者。”

“所有这些听起来都不错……可我并不是虔诚的教徒……而且，我想象中的先知与您所讲的不一样。诺查丹玛斯、瓦纳加是一码事，而伊利亚和叶利谢伊是另一码事。您和他们不一样，您很像霍夫曼。如果我不知道这是个什么样的世界，那么我怎么能去写一个征服了世界的先知呢？对于给您判了‘缓刑两年’的所谓‘世界’，我或多或少了解了一点儿。”

“是啊，我不是伊利亚，也不是叶利谢伊。”他痛苦地说道，“我只不过是伊利亚·叶尼谢耶夫罢了。请原谅我用的这种俗气的‘双关语’。我出生在先知伊利亚的命名日（即8月2日），于是我的父母就听从了信奉宗教的奶奶的建议，给我起名叫‘伊利亚’！这个名字有什么寓意呢？一位长老在听完我语无伦次的陈述之后说：‘这只能说明，伊利亚先知是上天派给您的保护神，仅此而已。’事实上，我和您一样，具有某种无法被人理解的天赋。为了塑造我这个形象，您最好先描写一下自己。”

“这对您来说，可能很简单，但我却不太明白。请您解释一下！”

“您和我具有同样的天赋，只不过是用不同的方式来加以利用罢了。您可以用话语阻止恒星运转、摧毁城市，也可以对话语加以限制，借此机会去赚钱。现在的作家就是占星家和‘假先知’。格洛巴向人类提供的是救苦救难的星占图，而作家向人们提供的却是遗忘。看看我，您就能预见到自己的未来，这就是我不愿意对您进行预言的原因。我既没有成为先知，也没有成为骗人的‘假先知’。我利用了自己真实的或者臆造的能力，最后却是‘竹篮打水一场空’。这便是‘我的世界’的真相，毫无真理可言。您听说过很多有才华的作家都将面临这样的命运吗？作家中有真正的艺术家，也有敷衍塞责的成功人士，还有一无所获的人。是不是第三种人居多呢？所以，您没有必要去写一个被判了刑的醉汉先知。”

他们走到十字路口，拐到了冈察洛夫大街上。姑娘沉默不语，思考着叶尼谢耶夫所讲的话。

“真有意思！那么，我是哪一类作家呢？”她终于开口说话了，“您能预言一下吗？”

“我还不知道您的名字呢，您就已经第二次求我预测您的未来了！”

“哦，抱歉！”女作家的脸上露出了孩童般的微笑，“我叫叶莲娜。”

“很高兴认识您，叶莲娜！对于这件事，我没有什么好预言的。您离开了宿舍，是想去咖啡馆写作，而那些敷衍塞责的人是随便在哪儿都可以写作的，哪怕有十个人在耳边吵吵嚷嚷也能写。我熟悉当杂志编辑的作家……也就是说，您不是敷衍塞责的作家……您将来不是第一类作家，就是第三类作家。”

“噢……能说得具体点儿吗？”

“还需要说什么呢？如果预言说，作家们将要‘竹篮打水一场空’，那么他们就不会再写作了，也就会产生一流的作家了——一流的作家不会从第二类作家中产生，只能从第三类作家中产生。如果我预言您能马上成为第一类作家，那么您就会失去创作的激情。您会说：‘既然一切都是命中注定的，那么我为什么还要不懈地努力呢？’”

“您到底是真的知道我的宿命，还是在拿我寻开心？”

“叶莲娜，开心一点儿！我暂时还不知道您的创作前景。您的创作正处于上升期，不是为了谋取功名而写，而是不能不写。所以，预测您的未来，暂时没有什么意义。”

“真圆滑……我自己也可以进行这样的预言。”

“当然可以了！我还能说什么呢？一切都取决于您自己！关键是不

要落入第二类作家的行列。不过，第三类作家与第一类作家之间的距离并不像您想象的那么远。但是，并非所有人都能成功地走过这段距离。”

“明白了。您这是在很客气地暗示我说，我属于第三类作家——‘竹篮打水一场空’的人。”

“不，我只是觉得，您不应该绕过这第三类人。难道您没有意识到这一点吗？重要的是，不要在那里耽搁太久，可别像我似的，稀里糊涂地就陷了进去。”

他们俩从冈察洛夫大街走到了杜勃罗留波夫大街上。突然，叶莲娜停下了脚步。

“我们站一会儿吧，我不想回宿舍。那里的所有人都是天才，没有人和我聊天。”

“好啊！我无所谓，家里没有人等我。我的口袋里还有一瓶威士忌。”

“您在咖啡馆里说，您的妻子在遥远的地方……是在哪里？”

“在天上。”

“噢，”姑娘用手捂住了嘴巴，“对不起！”

“不，您没有明白我的意思。”叶尼谢耶夫笑了笑，迷信地在胸前画了个十字，“她是空姐。”

“哎呀……吓了我一跳……在咖啡馆里，您谈起她时，像是在说一个活生生的人，可刚才又突然说‘在天上’！”

“我应该说‘在天空上’——我对语言好像有点儿失控，应该打起精神来。为娜杰尼卡①的健康、平安干杯！”他拿出一小瓶酒，喝了一口。

“您让我也喝一口吧！”叶莲娜突然请求道。

“我不反对！您要是耍酒疯怎么办？”

---

① 娜佳的爱称。

“宿舍就在旁边，您不用那么害怕。”

叶尼谢耶夫用风衣的袖子擦了擦瓶口，然后把瓶子递给了她。她刚喝了一口酒就喘不过气来了，用手在嘴前扇了一阵子。

“啊……天哪！我以前只喝过稀释的酒……加开胃水或者冰块。您怎么不吃菜，光喝这种酒呢？”

“喝了一升酒，就没什么感觉了，只是从里到外有种灼热感。”

“您喝了一升威士忌?!”

“很遗憾，喝得比一升还多。实际上是一天喝这么多!”

“喝这么多酒是会死人的!”

“作为先知，我还没有预见到自己会因喝了威士忌而死掉。再说，我又不是娇生惯养的欧洲人、日本人或者美国人。”

“暖和些了。好，再给我来点儿!”

“看！就是这样喝完的……一口一口地喝。您已经不会再有灼痛感了。除了醉汉先知，现在又多了个喝醉了的作家……可别喝上瘾啊!”

“不会的，我喝威士忌只是为了壮胆。”

“您怕什么呢?”叶尼谢耶夫环顾了一下四周，幽暗的杜勃罗留波夫大街上空无一人，“难道是怕我吗?”

她笑了。

“正相反。不管您喝了多少酒，您都是一个非常正派的人……我警告您，不要吃我的豆腐……您确实没有图谋不轨……我十分好奇，您是怎么做到这一点的呢？我感觉……总之……我突然想……我不知道该怎么开口。总之，假如您想和我在一起的话，我是不会介意的。”她像个中学生似的，把手背在后面，不自信地微笑着。

叶尼谢耶夫看着她的眼睛，她并没有回避他的目光。

“您是认真的?”

“嗯……一个姑娘同意和一个男人在一起，就足以说明她是认真的了。希望您能明白，我与咖啡馆里的那些女人不一样。”

“那当然了！”

“只是，我们得去您那里——宿舍里不方便。”

叶尼谢耶夫好像突然清醒了过来。

“列娜奇卡①，请解释一下……您是真的喜欢上我了吗？”

“您喜欢我吗？”

他把手搭在了她的肩上。

“非常喜欢！”

“就算没有您的警告，我也不会占您的便宜。”

姑娘垂下了眼睑。他感觉到了她那单薄的肩膀在他的手掌下面绷得很紧。

“您不会背叛……并且从未背叛过自己的妻子吗？”她低声说道。

“确实如此。说实话，我根本无法确定她是否背叛过我。可问题是……总之，我们是在那架两个发动机都失灵了的飞机上认识的。当时，她显得十分恐慌和悲伤。我当时就预言说，二十分钟后，发动机会重新开始运转。”

“发动机真的重新开始工作了吗？”

“是的，正好过了二十分钟。后来，我们居然住在同一家宾馆。于是，我们便相识了……她爱上了我，是因为在飞机上，我的预言起了很大作用。后来，发生了很大的变化，我们彼此之间有些疏远……但是，在我看来，主要的东西没有改变：当她在空中飞行时，我不会背叛她，甚至不会去接近其他女人。就像当年我在飞往伊尔库茨克的航班上的预言使她摆脱了灾难一样，我担负起了为她的安全祈祷的责任。我觉得，如果我背叛了她，她就失去了保护伞……”

---

① 叶莲娜的爱称。

“您非常爱她?”

“是的。以前的那种爱情也许已经不复存在了，但是使我感到满足的是，我们曾经拥有过一段美好的感情。我无法想象，没有了她，我的生活会是什么样。”

“一个幸运儿!”

“您指的是谁?”

“当然是您的娜佳了。按照我的理解，她没费什么心思就找到了一位聪明、细心、正直又有天赋的人。您一直默守着对她的忠诚，即使在怀疑她不忠的情况下。”

叶尼谢耶夫有生以来从未听到有人对自己如此地赞美，受宠若惊地看着叶莲娜。不管他醉成了什么模样，都会明白她的话里充满了苦楚：她难为情地体验着一个女人的羞辱，主动向男人表白，却遭到了拒绝。

“列娜奇卡，我知道，您现在备受伤害……”他低声说道，“您突然对我这样一个满身酒气、废话连篇、被所有人唾弃的人产生好感，我深表谢意……我向上帝发誓，我不是故意冒犯您……像您这样的女孩，是可望而不可即的……但是，请您理解我……和您在一起，我是直言不讳的，甚至说了一些不该说的话——我很无耻，竟然毫无根据地怀疑妻子对我不忠……”

姑娘避开了他的目光，嘴唇微微颤抖。

“原来如此。我的自尊心让我明白了，”她勉强克制住了自己的情绪，“并不是想把一个喝醉了的有妇之夫拉进被窝，却被拒绝了……对一个女人来说，尤其是对一个有品位的女人来说，这种情况是百年不遇的。真想不到，这件事摊到了我头上。”叶莲娜想要露出微笑，眼里却泛起了泪花。

“这不是偶然的现象，列娜奇卡，这是命运，是针对我和娜佳的沉重命运。娜佳在天空中飞行时，我来思考一下自己在地上起到的某种神秘作用吧……妄想也好，偏见也罢。有关人的妄想和偏见的预言往往会成为现实，我没有忽视它们的权利。”

“是的，我能理解……您说的对。”

“让我们彼此称呼‘你’吧，因为我们已经喝过同一个酒瓶里的酒了。”

“这是我们之间发生的唯一一次暧昧关系。”她苦笑了一下，“好吧，你是对的。下一步怎么办？只是不要说‘让我们做朋友吧’。”

“为什么不呢？我没有什么朋友。”

“我也没有。而且，我总是搞不定男人。好男人都‘名草有主’了，而那些喜欢我的男人，我却不喜欢——尤其是同龄人。”

“你需要的男人会来找你的。只有妓女和男人打交道时才会游刃有余。不过，男人喜欢的不是妓女，而是能给他们带来无限激情的女人。男人强烈地渴望拥有女人的身体时，就会把酒盅倒满，为了爱一饮而尽。他需要感性地去爱！别人酒盅里的酒，他只会抿一小口，满足一下自己的欲望，仅此而已。你刚才说到了和男人相处的问题，也就是‘给男人拿来满满的一盅酒’的问题。你暂时还没有遇见他，但是他会找到你——你别着急。只是，这一切是需要等待的！忍耐——这是你唯一需要做的。”

“任何一个妓女都可以提供令男性陶醉的肉体。”

“是的。只是，她不能赐给男人那种能让他一饮而尽的独一无二的感受。如果酒杯是空的，那么无论她怎样呻吟，怎样来回扭动身体，都不会让男人获得那样的感受。”

“你讲的这些空泛的话是不会让我获得慰藉的。我要走了，否则你就得在这儿喝干满满一盅酒了。我和你说过，哪怕只是一点点酒，都会让我失去理智。”

“小傻瓜！你提出要求时，我就预测到了你的未来。”

“谢谢。但是，我请你预测的不是这个。任何一个女人都知道你那满满的一盅酒……只是，要填满它并不是件容易事。可以想象，一个不是处女的姑娘，会对与之相处的男人吹毛求疵。当男人竭尽全力地想去抿一小口酒时，她却把自己的酒递给了某个傻瓜。这时，她不仅忍受着生理上的折磨，而且体验着女人的孤独和寂寞。”

“并非所有人都只抿一小口。这是女人的偏见，认为所有真正的男人都是好色之徒，而真正的男人却是满怀激情、羞于注视女人眼睛的小伙子。他们备受煎熬……但是，如果拼命地追求，把您追到手了……”

“再见啦！”她一转身，向坐落在杜勃罗留波夫大街和卢斯达维里大街交会处的宿舍走去。

叶尼谢耶夫喝干了小瓶里的酒，把瓶子扔进了垃圾桶。他跟在叶莲娜身后慢慢地走着，以确保她在路上不会遭到其他夜间狂欢者的骚扰。她向前走着，没有回头，装着笔记本电脑的书包晃来晃去。显然，她感觉到了，他就在她身后。到了宿舍门口，她转过身来说道：

“好吧，让我们做朋友吧。我们还在阿纳托利那儿见吗？”

“在阿纳托利那儿，或者在别的地方。这是我的最后一张名片……拿着！给我打电话吧，这样我就不用存你的电话号码了。”

叶莲娜接过皱巴巴的名片，像小鸡一样跳了过来，在他的脖子上亲了亲。

“向娜佳问好！”说完，她消失在了门里面。

叶尼谢耶夫站了一会儿，抽了支烟。当他想要出发时，突然发现自己走不了路了。喝醉了的人通常会这样：人多时还好，没人时就完全“散架”了。走到家，至少需要二十分钟。他倚着树站着，听到了汽车喇叭的声音。叶尼谢耶夫摇摇晃晃地跑向了机动车道。汽车的前灯照得他头晕目眩，他挥舞着手臂。但是，他马上就后悔了——这是警察的巡逻队。

一个急刹车，轿车停了下来。警察从车窗里探出头来："出什么事了？啊，先知！缓刑期间出来散步了？您针对那个金融寡头的预言真棒！您现在怎么样了？"

"伙计，能不能把我送回家？不知为什么，我走不了路了。"

"嗯……酒气冲天，我都快被您熏倒了！或许，您需要去解酒吧！"

"不，我还在缓刑期内……回家！我会付给你钱的！"

"好吧，上来吧！"

2

"给你发短信的那个叶莲娜是谁？"娜佳站在叶尼谢耶夫身旁，手里拿着他的手机问道。

叶尼谢耶夫吃力地睁开眼睛，费了好大劲儿才把头从枕头上挪开。他是和衣而睡的——还好，脱了鞋子。房间里一片昏暗。这是什么时候？是早上、中午，还是晚上？窗帘拉上了——天晓得是什么时候！大概是白天，因为娜佳的计划是：下午下了飞机后回家。

"几点了？"他舌头干硬，含糊地问道。

"叶莲娜是谁？"娜佳重复了一遍问题。

"叶莲娜？不认识。"

"那她为什么给你发短信？她是从哪儿知道你的电话号码的？"

酒后提这些问题，既沉重又苛刻。什么叶莲娜？什么短信？他立刻就想起来了。

"啊，叶莲娜嘛，是个作家，住在杜勃罗留波夫大街的宿舍里。"

"你去过她的宿舍？"

叶尼谢耶夫陷入了沉思。他去过宿舍——是的，去过。在那儿，她……记忆就像棋盘上的棋子，渐渐地清晰起来。

“不，什么宿舍我都没有去过。”他坚定地说，“一般情况下，如果你认为……好吧，关于这种事，人们通常会认为……什么都没有发生。”

“你为什么要给她电话号码?”

“嗯……我和她谈话……在季米里亚泽夫大街的夜间咖啡馆里……她想写一篇关于我的……我说，不要写……”

“所以你就把电话号码给她了?”

叶尼谢耶夫坐在床上，脑袋里好像有个秤砣在摇来晃去，眼前仿佛跳动着一团团火球。这样的审问，还是第一次——她是头一回翻看他的手机。如果没有翻看手机，她是不会过问这件事的。

“娜秋莎①，你这是怎么了？我可从来没有翻看过你的手机！对，我是给了她电话号码，那又怎么样？我给过无数人电话号码！她是个作家，我和她有话要谈……”

娜佳把手机塞到他手里，然后坐到了对面的转椅上。

“几分钟之前，她发来短信时，你还在睡觉。我听到了提示音，就随手拿起来看了看——万一有什么重要事呢？我不想叫醒你，所以翻看了一下未接电话，发现有人用这个电话号码打来过电话，是在凌晨两点多。显然，你们谈得非常投机，否则她是不会在这个时候给你打电话的。”

“事情不是这样的！我们说好了，她给我打个电话，这样我就有了她的电话号码。”

“啊哈……也就是说，还是你先给了她电话号码。而她……看到了吧，她还是担心她的号码没有显示在你的手机上，所以发来了一条信息。你们还想见面再谈一谈吗?”

“等一下!”叶尼谢耶夫伸出手来，“你提的问题，我无法马上搞清

① 娜佳的爱称。

楚。我的大脑不转了，应该修复一下。对不起！”

叶尼谢耶夫摇摇晃晃地站起身来，走到酒柜前，极力想保持平衡，但却没有做到。他拿了一小瓶威士忌，来到了厨房，因为他不想在娜佳面前喝酒。他用颤抖的手把威士忌倒入玻璃杯，贪婪地喝了一口，打了个寒战，然后用自来水把酒顺了下去，头脑清醒了不少。他点燃了一支烟。这时，从房间里传来了瓶瓶罐罐互相碰撞的声音。“是她把酒瓶子都砸碎了吗？”叶尼谢耶夫打开冰箱，发现里面还有两瓶威士忌。于是，他赶快把它们揣进口袋，以备不时之需。然后，他回到了房间里。

娜佳拉开了窗帘，一抹暗淡的秋色映入了眼帘。妻子一脸怒气，但显得愈加美丽的娜佳将吧台上的一瓶瓶威士忌、杜松子酒、龙舌兰酒、白兰地和伏特加酒统统装进了塑料袋。

“都扔掉吗？”叶尼谢耶夫不无遗憾地问道。

“对，都扔掉！迟早要坏事的……我要问问我自己：为什么要和其他女孩子一样，往家里搬这么多瓶酒？我根本不需要它们。大家都拿，我也拿了。现在倒好，盗来的威士忌把你灌成了酒鬼。也许，你也请女作家叶莲娜喝酒了吧。我受够了这些！你想喝就喝吧，只是我不会再帮你了。”她提起沉重的、叮当作响的袋子，将其放到了走廊里。

“扔到垃圾桶里——那流浪汉会感到很幸福的！”

“那就让他们感到幸福吧！”

叶尼谢耶夫坐了下来。威士忌在他的血液中发挥了作用，赶走了醉酒后的不适和郁闷。他不想顺着娜佳的话题继续说下去，只想点一支烟，坐在窗前，慢慢地享受只有喝醉了之后才能感觉到的那种略带苦味的芳香。但是，他不能不继续和她谈话。他清了清嗓子，说：

“你问我，是否还想与她见面交谈……为什么不想呢？我难道不该和别人谈话吗？以前的熟人都绕着我走……”

娜佳白皙的脸上掠过了一丝阴影。她走到叶尼谢耶夫面前，看着他的眼睛。

“你和我就无话可说了吗？你现在都不怎么跟我说话了！不感兴趣吗？因为我不是一个作家……”

“我认为，是你不感兴趣。”

“你凭什么这么认为？因为我是个普通的空姐吗？”

“不，因为你了解我的一切。”

“了解你的一切？我根本不了解……你还对年轻的女作家感兴趣。她年轻吗？”

“年轻，并且是个‘秃头’。”

“很好，有强烈的刺激感！很吸引你，对吧？”

“娜佳，我什么时候欺骗过你呀？我说过了，什么都没有发生，也不可能发生。”

“我也没说有事呀！但是，我不相信这是不可能的。深夜里，一个男人与一名年轻女子长谈，肯定是有想法的。不是你就是她，肯定有人出了问题。当然，你们两个也许都有问题。你还是不认账吗？”

叶尼谢耶夫舔了舔干裂的嘴唇。真让娜佳给说中了，但是他不能把昨晚叶莲娜突然间的欲望讲出来，因为在这种情况下，要是继续和她见面的话，就说明他们的关系确实很暧昧。他还是欺骗了娜佳，没有对她讲出全部的实情。可是，她为什么硬要他坦白呢？她自己不是也有半年没在家过夜了吗？

“娜佳，我当时其实醉得很厉害，任何女人都不想要。至于她想要什么，就与我不相干了。我们在一起说话，是因为我很久没有和别人聊天了，不知不觉就聊到了深夜。你呢？当你在机场夜不能寐的时候，就没和别人聊过天吗？”

“聊过。我可以告诉你，我是和谁聊的、聊的是什么。不过，你对这些并不感兴趣。你以前问过我，飞机降落在其他城市时，我都做了些什么，可现在你什么都不问了。以前我们谈论的话题……在你的客户死后，你就不再提了。我能理解你！你现在不想说话，就忍住了不吭声……可是，你和别的女人却一直谈到了后半夜。”

“如果我白天和别人交谈，你也会这么激动吗？”

“当然了！在我们亲近之前，我们就谈过了，并且谈了很多。我知道，这对你来说很重要。你对我保持沉默，我会理解为：你在冷落我。难道你不爱我了吗？请你告诉我……这对我来说很重要。我一个不到三十岁的女人，和一个怪人生活在一起……为此，我做好了忍受一切的准备，条件是他必须爱我。如果这个人不爱我、不跟我说话、酗酒、不去工作，并且愿意在外面结识女人，那么在我看来，给他自由是明智的选择。最后，我要好好地想一想自己的生活了。”

叶尼谢耶夫像所有喝多了的人一样，谈话一开始就有了深深的罪恶感，并同意了娜佳所说的一切，却渐渐地被愤怒包围了。她和一个怪人生活在一起吗？当他娶她为妻时，别人对他嗤之以鼻，因为她是个空姐。空姐嫁人是极其少见的，因为男人们都不愿意娶空姐——不仅是因为她们的工作使得夫妻共同生活的时间很少，而且是因为人们认为空姐在男女关系方面很不检点。确实，这种流动的生活方式使她们很难生活检点。叶尼谢耶夫漠视这些狭隘的看法，毫不犹豫地娶了娜佳。她考虑了一夜，最终决定嫁给他，尽管她从一开始就知道他是个奇怪的人。如今，娜佳并不怪罪他，却强调自己作出了某种牺牲。她说自己是一个正常的女人，却嫁给了一个不太正常的、自诩为先知的男人。是的，娜佳可能有权指责他不工作，也可以不必飞来飞去地去挣将来的生活费。不过，他当时被斯图巴尔说服了，有一部分原因是想要给家里挣更多的钱。他看得出来，娜佳最初对这个决定是满意的。要是没有在斯图巴尔那儿的那场悲剧，他会像以前一样，靠报纸和杂志赚点儿钱。当然，他没有娜佳挣的多，但是也从未吃过她的“软饭”。除了还房贷，他还有其他一些开销，因为娜佳把工资的绝大部分都存到银行挣利息了。而现在，所有的媒体都把矛头对准了叶尼谢耶夫——他本来就是一个怪人，最近又开始酗酒了，更何况还失业了。从表面上看，这是公平的，但事实上并非如此。当然，娜佳也有可能失业。不过，他从来没有责怪过她，因为他知道她的工作有多么辛苦。靠他的新闻生活，虽然有些困难，但是也不至于去乞讨。

真正让叶尼谢耶夫受到伤害的是，当娜佳和他说起乘务组中的男士时，尤其是说起在两个航班之间的休闲时间发生的一些事情时，他并没有表现出醋意。而在他们第一次偶然相遇时，娜佳又比较主动！是的，令叶尼谢耶夫感到不安的是，她与别的飞行员在其他城市的接触是否仅限于一起逛商店或是去咖啡馆。最主要的是，飞行员们未必对此感兴趣。不过，他还是把自己的疑虑埋在心里，没有表现出来，因为释放醋意会让他崩溃，或是让他经受另外一种情感。

对于叶尼谢耶夫在咖啡馆里结交女人这件事，娜佳并没有用圆滑的手段来解决，而是直截了当地提出了问题。当然，他和叶莲娜的事并没有那么简单。如果不是为了娜佳，他肯定会和叶莲娜过夜的，尽管他喝了很多酒。然而，他并没有和叶莲娜过夜，甚至连这种想法都没有。以往，娜佳不在时，面对各种诱惑，他都是这么做的。正如他对叶莲娜讲的，他感觉自己对娜佳的生命负有一种神秘的责任。其实，他很爱她。现在还不知道要不要向娜佳证明，他确实没有受到任何胁迫。容易受伤害的娜佳可能更愿意相信会有完全相反的结果。她觉得，为自己考虑一下是对的。当他收到了别的女人的短信的时候，心里自然只想着她。

叶尼谢耶夫默不作声。娜佳有点儿吃惊，也保持着沉默。

其实，对于娜佳提出的问题，最简单的回答方式就是对她说“我爱你”。然而，现在这么做，会使他备感屈辱，正如她所讲的：他是一个陷入了抑郁状态、正处于缓刑期的失业者。叶尼谢耶夫确实不怎么和娜佳讲话，可这并不说明他不需要她。恰恰相反，他比以往的任何时候都更加需要她。而依赖性强的人，喝醉了的时候会更加软弱。他们甚至会近乎病态地接受向他们提出的要求。

“你自由了！”叶尼谢耶夫终于模糊不清地说道，“我在自己的生活中看不到任何希望。你为什么要和我一起遭罪呢？女人的‘黄金期’很短。我回父母那里去住吧。”

娜佳抚平了膝盖上的裙子。她虽然有些憔悴，但是显得很平静。

“也就是说，对你而言，与这个叶莲娜见面要比我们在一起生活更重要！”

“这跟叶莲娜有什么关系？我和她之间本来就没有什么。我是昨天晚上才认识她的，并且是在喝多了的情况下。她的名字，我是偶然知道的——如果她不自我介绍的话，我就不会知道。那样的话，我只能对你说‘昨天我认识了一个不知姓名的光头姑娘’，而你则会问：‘你想和这个光头姑娘见面吗？’这是尤奈斯库①笔下的情节——出自剧本《秃头歌女》。我是叶莲娜的什么人？叶莲娜又是我的什么人？不管是叶莲娜还是其他女人，在了解了我之后，就都不想和我生活在一起了。谢谢你容忍了我！你容忍得够多了！”

“我并没有为自己谋求自由。我是说，如果你希望的话，你可以成为一个自由人。”

“这是另一回事。你关心过我的自由吗？每个人都只关心自己的自由。事实上，你可以和别人结婚生子。和我这样一个疯子生活在一起，一切都不会改变。”

“你还是没有回答我的问题。你不再爱我了吗？”

“我明白，这个问题对女人来说很重要，像必要的法律程序或者罪

① 二十世纪法国著名剧作家。

行的赦免一样重要。在决定与男人分手时，为了避免受到良心上的谴责，女人应当解决好关于爱情的问题。我还爱你吗？如果你已经不爱我了，那么这个问题对你来说有什么意义呢？”

“我可没这么说。”

“那你都说了些什么呢？你说你和一个怪人生活在一起，做好了容忍他的准备，前提是他爱你。那么，你的爱在哪里呢？如果我爱你的话……显然，对你来说，仅有爱是不够的。你给我提出了附加条件：不喝酒、去工作、经常和你聊天，并且不能和年轻的女作家见面。从前，你不提醒我，我也能做到。可是现在，对不起，我正处于抑郁状态，办不到这些。什么时候能摆脱这种抑郁状态，我也不知道。所以说，我们最好是分手……”

“我看出来了，你已经拿定主意要分手了。你只要暗示一下，就能将她揽入怀中。”

“你为什么要暗示我？”

“为了刺激你！”

“我是能够正视现实的。我能为你做点儿什么呢？我甚至不能把你调离空姐的岗位……”

“我是空姐，这让你蒙受羞辱了吗？”

“没有。但是，你也没有因此而感到难为情。可是，你怎么能因为这么一条短信而产生嫉妒呢？如果说我这些年来不该吃醋的话，那么应该怎么解释……在我们认识之前，你和那些男人一同乘坐班机的事呢？”

“什么？”娜佳站了起来，“什么过去？和什么男人？”

“在那儿，你和谁一起工作了？飞行员、领航员、随航工程师、空姐……你干吗用这种眼神看着我？是你自己说的，你曾经和某个飞行员走得很近。”

“你说什么？难道你在暗示，空姐就是妓女？”

“请不要抠字眼！我指的是你认识我之前……”

娜佳轻盈地朝他奔过去，扇了他一个大耳光。她打得很重，使得叶尼谢耶夫猛地向后一仰。

“再来一下，以达到平衡！”叶尼谢耶夫眯缝起眼睛，请求道，“喝醉了之后是很惬意的。”

“知道这是为什么吗，叶尼谢耶夫？”她直视着他的眼睛说，“你给我滚……你自己知道该滚到哪儿去！我的过去与你无关，我并不为此而感到羞耻。因为妈妈生病，所以我中学毕业之后就开始工作了。我热爱自己的工作，虽然这工作并不轻松。是的，我和许多姑娘一样，爱过别人，但并不是见一个爱一个。我离开你去执行飞行任务，并不是去和别的男人厮混，而是去工作。当然，我会和一些男士一起工作。你在编辑部，不是也和一些女人在一起工作嘛！我从来都没问过，没有我的时候，你都做了些什么。今天……是第一次……还不如不问。我知道了很多不该知道的事情。原来，你认为我是个荡妇。为此，我要谢谢你！”

“听着，我们刚才说的都是气话……”叶尼谢耶夫挠着脸说道。

“不，我们说的不是气话。我们弄清了真相……如你所愿，我们分手吧。你去找一个清白的、没有过去的女人吧。”

“我不需要那种女人！我只不过是说，你和其他人一样，是有过去的。我们在一起的时候，你已经不是处女了……我只是说……”

“我明白你指的是什么了。再见吧！”她突然转身朝房门走去。

“站住！你去哪儿？”

“我都说了，我要回父母那儿去。这是你的房子，我一个人在这儿做什么？像以前一样，你住在这儿，我回我妈那儿去住。东西……我以后来取，我现在累了。写字台抽屉里的钱归你了……花光之后，不知道你该怎么办。你得找份工作干了。”她边说边用脚踢了一下装满酒瓶的袋子，“你想怎么样就怎么样吧，反正我建议你把它们都扔掉。好了，就这样吧。”

叶尼谢耶夫不知道该做些什么——是极力阻止她，还是恳请她留下来？他站在窗边，一动不动。她在门厅里穿上衣服，拉上靴子的拉链，但是他仍然一动不动。他还有机会把她拦在门口，但是他并没有这么做。门咔嗒一声关上了。

* * *

家里的座机铃声响起时，他仍然站在窗前。现在，很少有人往家里打电话了——难道是他的父母或者是娜佳的妈妈打来的电话？叶尼谢耶夫不想和任何人说话。他看了一会儿令人烦躁的电话机，还是走了过去，拿起了听筒：

“喂！”

但是，没有人回应。

“喂！”

又是一阵沉默。于是，叶尼谢耶夫放下了听筒。会是谁呢？是列娜①？可她并不知道他家的电话号码呀！他想不出来有谁会往这里打电话。有什么区别呢？叶尼谢耶夫从口袋里掏出一小瓶酒，盯着它看。“现在，这东西是我的救命稻草，取代了娜佳。活着，别难过！把袋子里的酒喝光了再难过也不迟！到时候就到垃圾堆里去捡瓶子……”

他喝干了一小瓶酒，躺下之后，抽起烟来。房间里暗了下来——已经是傍晚了。周围的一切变成了灰色，仿佛蒙上了一层天鹅绒般的烟雾，只有在他的手指间点燃的香烟瞬间照亮了他的脸。叶尼谢耶夫在烟灰缸里捻灭了烟头，弄灭了火星。这就像他的生活一样：火焰已经熄灭

① 叶莲娜的爱称。

了，连火星都没有了。喝光了这一袋子的酒，然后就去死！不是故意扼杀自己，而是没吃没喝了！像演员加尔金①那样死去！他试图站起来，却感觉肝肠寸断。

叶尼谢耶夫又从口袋里掏出一瓶酒。门铃突然响了起来，吓了他一跳。万一是娜佳呢？没人打家里的座机——是她回来了！她改变主意了！可是，她为什么要按门铃呢？嗯，明白了——没带钥匙！他从床上一跃而起，打开灯，立即跑过去开了门。

门外站着领班阿纳托利。

“你好！”对方说。

叶尼谢耶夫惊讶地张大了嘴巴：“你这是……怎么回事？”

“我来做客。”

“你怎么知道我住在这里？”

“想要知道这些并不难。我们应该好好谈一谈。”

“是关于赛马博彩的事吗？”叶尼谢耶夫猜测说，“天哪，太荒唐了！你简直是疯了！”

“我们可以进来吗？”

“我们——还有谁？”

阿纳托利躲到一边，门口又出现了两个人的侧影。等叶尼谢耶夫反应过来，要去关门，已经来不及了。一个身穿黑色大衣、身材魁梧的男人推了他一把，挤进了前厅。紧随其后的是另外一个人和阿纳托利。

“伙计们，你们要干吗？”

“要和你谈一谈。”

“谈什么？我是第一次见到你们。”

---

① 俄罗斯著名演员，2010年死于家中的床上，旁边的桌子上放着空酒瓶。经初步检查，怀疑他是饮酒过量引发了心脏病。

“让我们认识一下！你的妻子半个小时之前出去了吧？”

“你们要干什么？”

“没什么。她很漂亮，如果出了什么事的话，就太遗憾了。怎么，我们就这么一直站在这儿吗？”穿黑色大衣的男子问，“我们能进屋去说吗？”他用肩膀顶着叶尼谢耶夫，把他推进了房间。

在灯光的照射下，叶尼谢耶夫可以把“来客”看得更清楚了。穿黑色大衣的人红红的脸上凹凸不平，光滑的脸上有一个十字架形的伤疤。第二个男人穿着皮夹克，梳着平头，脸色发黑，鼻子很大，像一匹马似的有规律地向前伸着脖子，仿佛被衣领磨得很不舒服。

“叶夫列姆。”脸上有伤疤的魁梧大汉自我介绍说，然后朝“大鼻子”点了一下头，“这是马克斯。阿纳托利——你认识。”

与此同时，马克斯碰到了过道里装着酒瓶的袋子。他活动着脖子，一直盯着它看。

“家酿酒！”他低声对叶夫列姆说，“一大袋子呢！”

“这样的酒，他这儿多的是。”阿纳托利表情阴郁地解释说，“都是他妻子给他弄的。”

“是吗？在哪儿弄的？我也去弄点儿。可惜我开车了，否则一定为相识干上几杯。”马克斯对叶尼谢耶夫使了个眼色。

“听着，你们是盗贼，对吗？”叶尼谢耶夫忍不住说道，“白痴！你把他们带来干什么？”他对阿纳托利说。

“为了更容易把你说动。你似乎还不太了解自己的长处。”叶夫列姆解释说，“没办法，先知，咱们来找点儿事做怎么样？”

“小伙子们，我不是精明能干的人。你们三个人请离开吧！”

“我们不是小伙子。”叶夫列姆威严地反驳道，“你才是小伙子！我们是想让你知道——我们是大人。所以，不要撵我们走。你会毫发无损的！最好告诉我，你为什么需要一袋子酒。你要喝酒，然后浑浑噩噩地混日子，对吧？你不为自己的智慧感到惋惜吗？难道你还有一个备用的肝脏？你干吗要痛哭流涕呢？就因为被判了刑吗？有名望的人为了得到这样的判决，花些银子也会很高兴，因为他们获得了自由。先知，是时候了——你应该锻炼一下身体，保持健康的生活状态。你要尽你所能，去挣更多的钱。阿纳托利已经把事情说了。应该按照完整的程序玩转赛马博彩。在那里怎么挣钱呢？任何一个孩子都知道，比赛是需要组织的。弱者突然赢了强者，赌资便落入了赌徒的口袋。但是，这钱要由好多人来分：有生意的'保护人'、比赛者、教练，还有裁判。对你来说，非常简单：不必参与整个过程，只要'预言'一下商定的结果即可。你本来就是预测未来的——商定的结果不也是未来的事情嘛！"这个问题从叶夫列姆的口中讲出来，就有了些哲学的味道，"不过，你一个人做不了这件事，只需透露点儿口风即可。你很快就会被人们忘掉，像垃圾一样被扔掉，消失在人海中。你不应该去见任何人，只能待在家里公布结果，其余的由我们来操办。我们能保证万无一失，也会得到相应的份额。我们不会亏待你，我们自己也不会受损失。"

"啊！"叶尼谢耶夫大叫起来，"是谁博取了您的信任？我可以准确地告诉您，您的阿纳托利是个疯子！他痴迷于足球，一连好几天都在看比赛！他所说的'昨天晚上的球赛'……只是酒后插科打诨而已！"

"不，你等等！"叶夫列姆制止了他，"你好像说过，尤文图斯队会以二比一完胜米兰队，并且最后一个球会由易卜拉欣莫维奇射入。"

"他说过，"阿纳托利证明道，"和他坐在一起的是一个年轻姑娘，剃着光头——她也听到了。"

"什么？"叶夫列姆转过身来问叶尼谢耶夫，"这是什么趣闻？这么说，你知道……"

"我怎么知道！这只是巧合而已！"

"非常好的一次巧合！听着，你是个聪明人，但我们也不是傻瓜！

我们也看足球。马克斯，如果米兰队主场与尤文图斯队比赛，那么你更看好哪个球队？”

“这有什么好想的！”马克斯动了动脖子，“我赌米兰队获胜——至少是平局。”

“看到了吧！而你——一个醉鬼，却预言尤文图斯队获胜！他懂足球吗，阿纳托利？”

“懂。”阿纳托利点着头说，“他甚至记得在意大利的比赛几点开始。我说过，也许播放的是录像，他听到了结果。可是，他却对我说：‘意大利的球赛几点开始……看看时钟！’”

“这怎么是巧合呢？”叶夫列姆摊开了双手，“你说是喝醉酒时瞎猜的，那你怎么不预言‘米兰队获胜，而不是尤文图斯队获胜’呢？可见，你在实时跟踪。开始时，阿纳托利还在表示怀疑，是你说服了他。”

“可是，在我预测的时候，尤文图斯队已经一比零领先了！小伙子们……唉……成年人……我能轻而易举地猜中并预言一场比赛的结果，但是，如果要我定期地、有规律地进行预测，我办不到……已经验证过了！”

“谁验证过？”

“本人！当我还是少年的时候，就有过这种……赌球。我一共玩了三次。第一次，除了斯巴达克队对石油工人俱乐部队的那场比赛以外，我对苏联足球锦标赛第一轮的所有比赛进行了猜测。当年，巴库的石油工人俱乐部队踢得非常好，包括国外的比赛，而斯巴达克队通常在锦标赛中踢得不好。所以，我赌他们踢成平局。结果是：斯巴达克队以四比一获胜。后来，一个老球迷对我说：‘你怎么能改写成平局呢？斯巴达克队在室内比赛中总是踢得不错。’他指的是斯巴达克队在带棚顶的奥林匹克运动场的人工草场上踢得很好。可是，我怎么知道他们在哪里进行比赛呢？八场比赛，我猜中了七场，排名第二，获得了三十六卢布的奖金。我用这些钱给自己买了一条时髦的牛仔裤和一件休闲上衣。第二次是赌冰球比赛的结果，结果我弄错了好几次，一分钱也没有得到。第三次是同样的结果——不记得是什么比赛了。于是，我再也不玩‘体育预测’这种游戏了。”

“那又怎么样呢？那时候，你还不是先知呢！”

“话不能这么说！我在那之前就预言过阿富汗战争！赛马博彩和体育赌博是一样的：有可能赌赢几次，但是更多的是——赌输。您和阿纳托利同样会获得这样的成功。你们需要这样的结果吗？”

“你必须努一把力。”叶夫列姆用目光犀利的小眼睛盯着叶尼谢耶夫说，“没有付出……怎么说的来着？……就无法把鱼从池塘里捞出来。关于其他的事情，你是怎么预言的呢？预言这件事情，无非也就是和预言其他事情一样。竭尽全力，先知，就会有‘银子’挣！”

“这件事情并不取决于我是否努力！怎么和你们说呢？我和您一样，并不具备‘预言的器官’。只是，有一种外来的东西在帮助我。但是，如果以挣钱为目的，‘预言的器官’就不灵了。”

“请你给我们讲讲吧！我们都看了电视节目，知道您的‘预言的器官’是怎样被调动起来的！每场是收三千美元吧！”

“您相信电视吗？我在斯图巴尔那里一共就预言过两次！第一次只是尝试，我不知道会因此而得到钱。我确实没有预言什么，只是猜测了事情会怎样发展而已。第二次，当我进行真正的预言时，很不幸，我的预言威胁到了人的生命。对此，我并未收取分文，并且在合同中写明了。因此，以赢利为目的的预言不会成功！”

“那么，不以赢利为目的的预言就一定能言中吗？”

“一般来说，是这样的。”

“那么，现在你就有生命危险。我们要先挖掉你的眼珠，然后切下你的耳朵。如果你还不醒悟的话，就砍下你的脑袋！”

“不，请先割掉舌头，然后砍断双手，并且问：‘曼彻斯特联队与切尔西队的比分是多少？’当我还能眨眼睛时，你们就挖掉我的眼珠子！当我要点头的时候，你们就砍下我的脑袋！你们这帮混蛋！我不想和你们这帮混蛋讲话了！你们动手吧！”叶尼谢耶夫推开站在沙发旁边的马克斯，躺了下来。

匪徒们面面相觑，喘着粗气，围着叶尼谢耶夫站着（阿纳托利稍微往后退了一点儿）。显然，他们不知道该怎么办了。

“你怎么……躺倒了？”叶夫列姆有点儿惊慌地问。

“我是在自己家里……你们使我感到厌烦。我已经向你们解释过了，怪物！怎么，你们听不懂俄语吗？”

“你说我是什么？”叶夫列姆气势汹汹地走上前来。

“你是个白痴、怪物！好了，你们杀了我吧！”

叶夫列姆一动不动地把牙齿咬得咯咯响。

“你会遭报应的，母狗！”

“叶夫列姆，现在还不是时候！”阿纳托利压低了声音说。

“闭嘴，蠢货！他必须免费给我预言一年，否则我现在就一枪毙了他老婆！等她回来，我们就开始动手！”

“真是因祸得福！”叶尼谢耶夫心想，“娜佳去了她妈妈那里，这是件好事——他们未必知道她妈妈家的地址。只要让他们相信，娜佳会回来，并且会待在这里……”

“那个秃头女孩也可以！”阿纳托利提议道，“好像他对她也很钟情。”

“这下可糟了！他们在咖啡馆里暗中盯着她，然后跟踪她，就知道她住在哪儿了……”

“秃头女孩？”叶尼谢耶夫尽量使自己的声音听起来没有一点儿异常，“她和我没有关系。如果说我对她有点儿感觉的话……我不记得了，因为我当时喝多了。至于我的妻子，我这么和你们说吧：你们最好现在就杀了我，否则我就报警了。”

“你报警吧！”叶夫列姆说，“只是，我们现在不允许你这么做。你现在只能等着，等我们的人把你说的那个光头女孩带来，杀了她，然后在刀柄上和她的全身都留下你的指纹，再把她扔到大街上。然后，我们会找到证人，证明是你把她扔出去的。阿纳托利会证明你在咖啡馆里纠缠过她。在这之后，你可以说出你想要的一切。你还处于缓刑期，没有人会相信你说的话。即使在牢房里，你也不会得到安宁——到处都有我们的人。在那里，你必须用手机告诉我们赛马博彩的结果。如果出了错，母狗……试试看！怎么样，把你的秃头妞儿找来吧！”

“你这么一威胁，我眼前的姑娘就是血淋淋的了。”叶尼谢耶夫从口袋里掏出一小瓶白酒，假装抿了一口，“你要我预测你会怎么死吗？”

叶夫列姆眨了眨眼睛，磕磕巴巴地回答说：

“不，不想……反正你也死在我前头！”

“你怎么知道呢？你暂时还需要我，所以我死不了。你不要吓唬我，这对你没什么好处！在严刑拷打之下是得不到预测的。况且，即使游戏成立，受益的也不会是你。你感到惊讶了吗？对，不要暴露你的狰狞面目！你好好想想，你是谁？……我是先知，你是什么人？尾巴怎么能指使脑袋呢？我是个聪明人……我确信，你不太聪明！你怎么能支配我呢？这样做会有什么好处呢？”

叶夫列姆斜了一眼自己的同伙。

“走着瞧！看谁聪明！这么说，你还是想和我们进行交易。也就是说，你同意了……”

“谁跟你说我同意了？不，我现在不谈任何严肃的话题。怎么，你没看出来我喝多了吗？喝多了的先知要是同意你的提议就见鬼了！”

叶夫列姆皱起眉头，看着叶尼谢耶夫。

“你无节制地狂饮了很长时间吗？”

“我怎么会记得具体是从什么时候开始的呢？好吧，伙计们，离开这儿吧，没必要让我的妻子见到你们——她会毁了一切。我过两天再去找你们，到时候再谈。你们把电话号码留下……原则上讲，我现在没有工作，额外的收入对我来说是有益无害的。我甚至认为，你夸大了这件事情的危险性。连普通人都可以靠猜测比赛结果挣钱，先知为什么就不可以呢？这是哪条法律规定的？不过，我确实胜任不了，因为我还在缓刑期。”

“开始的时候，你为什么要拒绝呢？”叶夫列姆疑惑地问道。

“我没有和你们这样的人共过事。你们是干粗活儿的，不是脑力劳动者。你们只会突然闯进来威胁说‘我们强制、宰杀……’，可赛马博彩是‘智力工作’。从一英里以外就能感觉到你们的杀气，所以有很多东西值得思考，比如战术、战略，还有我的提成。有些事情并不取决于你们是否商量好了。让我们过一两天再说吧！”

“啊哈，我们一离开，你就会报警吗？”马克斯说。

“让他报警吧！”叶夫列姆替叶尼谢耶夫回答说，“谁会相信一个酒鬼的话呢？他可能会向警察供出阿纳托利……那又怎么样呢？他不认识我们……到时候，阿纳托利就说：‘对，是开过这样的玩笑。他当时在咖啡馆里打发时间，喝得烂醉如泥。’他现在处于无节制的狂饮状态，耍酒疯，还说什么隐约看见了血淋淋的姑娘。他是有犯罪前科的人，没有理由去骚扰警察。如果他这样做了的话，他们就会把他送上法庭，法院会给他改判刑期。”

“这就对了！”叶尼谢耶夫满意地点了点头，“分析得很有条理！叶夫列姆，你并非无药可救。你刚才还威胁说要强暴我的妻子……砍死光头女孩，还在她身上留下我的指纹……唉！当然啦，我是不会和这种人共事的。而你，叶夫列姆，我叫你‘白痴’，你很气愤。如果你来到母鸡面前，抢走鸡蛋，威胁说要挖掉母鸡的眼睛、剪断母鸡的翅膀和脑袋，为的是抢走更多的蛋，那么它们会怎么称呼你呢?”

“说的比唱的都好听!”叶夫列姆回答道，“好吧，就按你说的做吧。你要是要我的话，我就挖掉你的眼睛、砍下你的脑袋。至于你老婆嘛，我可是说话算数的。你可能会‘宁为玉碎，不为瓦全’，但是我们不会。我们会折磨够了、玩儿腻了，再把她杀了。两天以后的这个时间，我们会到阿纳托利那儿找你。休想逃跑……即使你钻到地下，我们也会把你找到。电话号码就不给你留了——如果需要的话，我们会给你家里打电话。你得和阿纳托利保持联系……阿纳托利，把你的电话号码给他！走吧，弟兄们!”

“这就完了?”马克斯还有些疑虑，“他要是把那些警察找来怎么办?到时候，他们一下子就能看出来，我们没有得躁狂症。”“最好别在咖啡馆见面。”阿纳托利附和道。

“他可以随便把警察带到任何地方。噢，就算他把警察带来了，也没有什么。他没有证人……我们又没有进行赛马博彩……怎么会是刑事犯罪呢?他们警告一下就会放人的。事情要是败露了，他老婆就别想活了。”

“好吧，你们走吧，我累了。”叶尼谢耶夫说。

“要不，咱们把这一袋子酒拿走!”马克斯路过走廊时，提议道，“不然的话，过两天他就会醉得舌头都不听使唤了。”

“你是担心他把警察带到我们那儿，告诉他们我们来过他的贼窝吗?”叶夫列姆笑着说道，“他不是说我们是一群‘弱智’嘛！你今天是喝不完这么多酒的！把袋子里那该死的酒给他留下吧。他老婆回来时会问：‘酒都到哪儿去了?’还有，真是不可思议，他们是从哪儿搞来这么多‘小瓶酒’的呢?是从宾馆里拿来的吗?宾馆的冰箱里会有这种东西。这就是他的所谓‘诚实’吗?可他却对我们嚷嚷，说什么‘收钱的预测就不准了'！可是，喝偷来的酒是怎么回事呢？不知道他醉了几天了，不过现在皮肤还有弹性，甚至是很有弹性。我根本就不在乎他这两天会做些什么——我已经警告过他了。”

门砰的一声关上了。匪徒们走了之后，叶尼谢耶夫仍然躺在沙发上。

3

“我正处于十字路口，”叶尼谢耶夫思索着，“但是六翼天使并没有出现在我面前。床上的香水味令我窒息。有人想用‘伪真理’来诱惑我，然后再以可怕的后果来毁掉我。神父和长老建议，不应该醉心于自己那平庸的天赋，就像背着漂亮书包的笨蛋一样。可是，他们没有告诉我该怎么做，甚至有意回避，不愿意作出正面的解答。事实上，仔细地想一想，他们已经告诉我了。灵魂被拯救的时刻还没有到来，所以还可以进行预言。但是，我错过了灵魂得救的最佳时刻，没有进行预言——大概是在波兰飞机失事的时候。我向阴沉的荒野——先知们在世时的地狱后退。在这里，我每走一步都会因为自高自大而险些遭到报应和惩罚。在童年时那晴朗冬日的阳光下，我感觉到了自己的天赋。从那时起，我就逐渐地从光明走向了黑暗。现在，我走进了黑暗，不可挽回地走到了预测的世界里。在这里等着我的只有像叶夫列姆和马克斯这样的丑八怪。更糟糕的是，他们不仅在等着我，而且在等着娜佳。”

叶尼谢耶夫站起身来，走到门口，打开了房门。外面空无一人，他下到了最底层，确认了一下那里也没有人。也就是说，他们没有暗中监视他——暂时还没有危险。

他回到房间里，把门反锁上了。给娜佳打个电话，提醒她一下吗？可是，这帮匪徒并不知道她在哪里，有必要这样做吗？这样做只会吓到她，会使她回到这里——反正她明后天也有飞行任务！可是，叶莲娜……有必要给她打个电话。当她照例去阿纳托利的咖啡馆时，这些白痴想要做的事情不会少。叶尼谢耶夫从手机短信中翻出叶莲娜的电话号码，刚想按呼叫键，便突然想到，万一她现在已经坐在阿纳托利的咖啡馆里了呢？后者根据她的反应，会猜到是叶尼谢耶夫在给她通风报信。从这里到咖啡馆，不堵车的话，只要五分钟。不会超过五分钟！阿纳托利有可能已经在那里了。况且，歹徒们可以从窗户观察到屋内的情况。叶尼谢耶夫给叶莲娜发了一条短信："你在阿纳托利的咖啡馆吗？请短信回复。"

他立刻就收到了回复的短信："哦，难道是先知伊利亚出现了吗？对，我是在咖啡馆里。怎么了？"叶尼谢耶夫回复道："我请求你，五分钟后，慢慢地合上笔记本电脑，把账结了，然后离开那里。挑人多的地方走，过一段时间再给我打电话。""你是怎么回事，又喝多了吗？"叶莲娜感到莫名其妙。"请你按照我说的去做！不费力吧！不要在咖啡馆里发短信！"叶尼谢耶夫有些担忧，怕叶莲娜读短信和写短信的动作引起阿纳托利或其他暴徒的怀疑。他们会抢走她的手机，看到上面的信息，然后……

他站在窗前，等着接听电话。去报警吗？可是，这伙人已经做好了否定一切的准备。阿纳托利会说他在耍酒疯，而他的身上确实有酒味……不过，申请还是要写的，哪怕让他们暂时消停下来也行。"咱们走着瞧，我明天就把你们都送到局子里去！"

手机发出了"嘀嘀"的响声。叶尼谢耶夫抓起了手机：

"是叶莲娜吗？"

"是我。"

"你认真听我说，只回答'是'或者'不是'，并且无论如何都不要指名道姓！你从咖啡馆里出来了吗？"

“是。”

“领班阿纳托利在那儿吗？”

“不在。只有服务员冬妮娅。怎么了？”

他松了一口气：“记住，不要提任何人的名字！咖啡馆里有其他陌生人吗……比如，刑事犯……”

“没有。怎么回事？”

“听着，我一会儿再给你解释。你是在沿着亚布洛奇科夫大街走吗？”

“是的。”

“看看身后有没有咖啡馆的顾客跟着你——若无其事地环顾一下四周！”

“我看一下……没有人。咖啡馆里也没有什么人。昨天晚上来过的一个女孩和一个小伙子在吃饭。”

“太好啦！让我们见一面吧，在杜勃罗留波夫大街——你的宿舍。”

“好的！你这是在邀请我出来约会吗？很独特！在咖啡馆不行吗？”

“不行。二十分钟后，宿舍见！”

“好的。”

叶尼谢耶夫洗过脸、漱完口之后，走进厨房，从冰箱里拿出了一包飞机上的快餐，毫无食欲地站在那里吃了一块鸡肉，心里想着：“不想硬吞下去，这样不好。也就是说，我确实醉了。一切都结束了，以后不再喝‘小瓶酒’了。”为防万一，他往口袋里揣了一小瓶酒。兜里的酒瓶发出了叮当的响声。原来，他的口袋里已经有一瓶酒了。叶尼谢耶夫骂了一句，把两个酒瓶子都掏出来，放回了冰箱。然后，他回到房间里，从书柜上拿了几千卢布，穿上衣服就出门了。他来到外面，借着点烟的机会仔细地观察了一下四周，看有没有马克斯或者其他丑八怪。好像没有！院子里空无一人，稀稀拉拉的行人也都在赶路。

叶尼谢耶夫快步走向通往大道的拱桥——如果有人在车里监视他的话，就得发动汽车，跟在他的身后。可是，没有一辆汽车启动。叶尼谢耶夫走在街上，突然停下来，拍了一下脑门儿。娜佳还要回来取东西呢！很可能是明天，因为她后天就要“飞走”了！叶尼谢耶夫掏出手机，在“常用号码”里找到了娜佳的电话号码，拨通了电话。可是，电话马上就被挂断了。他走近路灯，开始给娜佳发短信：“娜佳，请回答我！你明天或者后天回来吗？这很重要。”

叶尼谢耶夫一边等待回复，一边往前走。但是，他没有收到回复。看得出来，她很生气！他刚要写一条新的信息，就收到了回信：“为什么说这很重要？”他马上回复：“请不要现在回来，求你了！以后我再给你解释。请告诉我，你需要什么。我收拾好之后，给你送过去。”答复很短：“不回来。”叶尼谢耶夫开始很高兴，但很快便意识到，自己做了件蠢事：她之所以不回来，肯定是因为有个叫叶莲娜的姑娘乘虚而入，而他想尽量避免两个女人碰面。于是，他急忙发了一条新的短信：“娜佳，我又遇到了麻烦，所以这里极不安全。”

这次，娜佳没有回复消息。看得出来，她对他遇到了什么样的麻烦并不感兴趣——她不再相信他了。嗨，这可怎么办呢？叶尼谢耶夫把手机放进兜里，走上了杜勃罗留波夫大街。

他看见叶莲娜站在宿舍附近的公交车站上。她大老远地便关注、审视着叶尼谢耶夫。

“看起来，你不是很精神，但是似乎没有喝醉。你为什么把我从咖啡馆里喊出来？”当叶尼谢耶夫走到跟前时，叶莲娜说，“有什么秘密吗？”

“你听我说！到卢斯达维里大街的街心花园去，我给你解释清楚。”

他们沿着卢斯达维里大街向前走着。叶尼谢耶夫斜视了一下女孩，发现她有点儿羞涩——与其说是因为始料不及的约会，不如说是想起了昨晚的谈话。

“怎么了?”叶莲娜迫不及待地问道。

“你还记得我昨天给阿纳托利这个傻瓜预言足球比赛的结果吗?”

“记得啊!”

“今天，他勾结‘保护伞’兄弟，找我来了。他们威胁我说，如果我不帮他们在赌马时预言比赛的结果，就给我点儿颜色看看。”

“什么?”姑娘没听明白，停住了脚步，“什么比赛? 什么结果?”

“就拿赛马来说吧，他们会赌某一匹马赢……如果这匹马真的赢了，他们就会赚一大笔钱。”

“啊，你必须预测得准确无误吗?”

“对。”

“真可笑!”

“不，一点儿也不可笑。阿纳托利这个混账回忆说，我在预言米兰队对尤文图斯队的比赛时，你是见证人，所以他认为我对你‘有意’。于是，匪徒们说，不光要折磨我，还要折磨我的妻子和你。”

叶夫列姆威胁说要杀害叶莲娜的事情，叶尼谢耶夫觉得还是不提为好。

“杀我吗?!”姑娘惊呼道，“有这样的事?”她双手合十，“杀你的妻子，还能理解——为什么要杀我呢? 我连你的情人都不是! 你怎么没向他们解释呢?”

“我解释了，可他们认为我是在替你辩护。”

“现在，我也卷进来了! 我问你，你昨天为什么要坐到我跟前?”

“我喝多了，想聊聊天……当然，这都是我的错……愚蠢的预言……我可是倒了大霉! 你也意外地卷了进来。我明天去警察局写个声明，这是最好的办法了。有了声明，他们就不敢欺负你了。现在，你得回宿舍，把门锁好。最好……去其他女生的房间，并且不要出去——明天就不要去上课了。你们那儿有保安，匪徒们不敢弄出太大的动静。”

叶尼谢耶夫说起第二天去警察局报案时，他们就站在区警察分局对面。这种情形并没有使叶莲娜减轻忧虑。

“听着，叶尼谢耶夫……真的，你一切正常吗？看看，你把自己的生活变成什么样子了！和你在一起的人的生活也变得很糟糕！你妻子怎么能忍受这些呢？”

“她已经忍受不了了，”叶尼谢耶夫叹了口气，“今天走了。她读了你发过来的短信……”

“什么？也就是说，匪徒们找不到她了，就来找我了！”

“一切都会好起来的。”他低声说，“反正你也是个作家，你的职业需要惊险的体验和对极端状况的了解……”

“我只需要了解自己的极端状况，叶尼谢耶夫先生！是我的，而不是你的！再见！”叶莲娜转身跑向了宿舍。

叶尼谢耶夫考虑着要不要追上她，最后断定：他们分开得越快，就对叶莲娜越有利。他正准备过马路，一辆小型巴士突然停在了他的身边。自动门无声地打开了，从昏暗的车厢里传来了平静的声音：

“伊利亚·彼得罗维奇，您遇到麻烦了吗？您是否能赏光，到我们的车上聊两句呢？”

“找谁聊？找您吗？”叶尼谢耶夫吃惊地问道。他眯缝着眼睛，想看清说话人的面孔。

“找崇拜您的人呀！您现在正在度过艰难的时期，需要帮助。来吧，请您上车！”

“不，一般来说，是你们来找我们。你们是叶夫列姆派来的吧！怎么变得这么客气……”

“我们不知道叶夫列姆是谁。如果您指的是今天去找您的那个罪犯的话——我们跟他没有任何关系。别害怕，请坐进来吧！”

“伊利亚，不要上车!”叶尼谢耶夫的身后传来了叶莲娜的声音。她看见叶尼谢耶夫在和小型巴士里的一个人讲话，急忙返了回来：“我们快去报警吧!”

叶尼谢耶夫终于看清了，昏暗的车厢里坐着几个人。他们全都戴着面具，只露出了眼睛和嘴巴。

“是的，最好去报警!”他边说边往后退。

蒙面人立刻从车里跳出来，熟练地把叶尼谢耶夫的胳膊反绑到了背后。还没等他反应过来，他就被押进了散发着空气清新剂的味道的小型巴士，并被戴上了手铐。他被迫脸朝下趴在了后座上。

“住手!”叶莲娜拍打着小型巴士的车门，大声喊道，“警察！救命啊!”

此时，从车厢里伸出一只戴着手套的手，拽住了姑娘的衣领，另一只手捂住了她的嘴巴。

几个蒙面人针对叶尼谢耶夫的事情激烈地争论起来。

“怎么处置这个女的?”

“关于她，没有任何指示。”

“为什么我们和他谈话的时候，她会在旁边呢?”

“她好像已经走了呀！大街上没什么人，正是下手的好时机!”

“这也算是——好时机？还说什么‘没有引起别人的注意’!”

叶莲娜发出了含混不清的声音。她在强盗的怀里挣扎着，想从后面用胳膊肘顶绑匪。卢斯达维里大街上空无一人，小型巴士正好挡在了警察局门口。

“把她弄上车!”和叶尼谢耶夫谈过话的那个人命令道。于是，叶莲娜便被扔进了车厢。

门关上了，小型巴士启动了。叶莲娜继续挣扎着，蹬着腿。叶尼谢耶夫不由自主地感到很羞愧：他躺在那里，根本无法动弹。

“放了她！”他喊道，“你们不需要她！如果你们不放过她，我就拒绝和你们讲话！”

与此同时，叶莲娜也被他们戴上了手铐。

“如果你再蹬腿，我们就把你的脚也铐上！”他们威胁道。

“将要和您交谈的不是我们。”绑匪的头儿对叶尼谢耶夫说，“我们确实不需要她，但她是目击者。抱歉，我们希望这件事情没有目击者！”

“你们准备把她怎么样？杀了她吗？”

绑匪的头儿哈哈大笑起来。

“您误会了。姑娘喊着要报警，可是我们现在并不需要警察。过不了多久，我们就会把她和您一起放了。现在，对不起，我们不得不搜您的身，没收武器、手机、录音机、照相机……”

“叶尼谢耶夫，你这个混蛋！”叶莲娜大声喊道。

正在搜查她和叶尼谢耶夫的蒙面匪徒们面面相觑。

“既然我是个混蛋，那么你为什么要回来呢？我为什么要和你见面呢？不就是为了让你像老鼠一样安静地待在宿舍里嘛！可你呢？挖苦我，说我遇到了麻烦——你自己呢？”

“我不是那种见死不救的人！”

“当然啦，我得向你鞠躬致谢！但是，我还是遭到绑架了——还有你！我有什么错？”

“你有错！你结婚了，就不应该再与陌生女孩搭讪！”

“那你呢？你要是个本分的姑娘，就不应该和陌生的已婚男人说话！”

绑匪们默默地、吃惊地听着这近乎于家庭纠纷的争吵。随后，绑匪的头儿说道：“对不起，我们得遮住你们的眼睛！”

“伙计们，你们吃错药了吗？”叶尼谢耶夫愤怒地说，“你们给我们戴上手铐，就已经很过分了，现在还要把我们的眼睛蒙起来！你们这是在拍《基督山伯爵》吗？”

“如果你们答应安安静静地坐着，那么手铐可以取下来，但是眼睛还得蒙上——我们有这样的规矩。至少，现在你们还不应该知道自己要去哪里。”

“谁定的规矩？”

绑匪的头儿默不作声。

“好吧，我们换一种方式问你们！你们究竟是……”

“我们是人……”

“啊，是人……是绑架别人的人！去找我的那些匪徒也信誓旦旦地说，他们是人。言外之意是，其他人——只要不是绑匪，就不是人。但是，所谓的‘人’指的是那些不戴面具的人。不过，我知道你们是谁！不管怎么说，我也是个先知。”叶尼谢耶夫故意延长谈话的时间，目的是看清楚巴士在朝什么方向行驶。现在，他们的车行驶在通往环城路的德米特罗夫公路上。季米里亚泽夫地铁站一闪而过，通勤车的站台被黄色的灯光笼罩着……他就像生活在迷宫里一样，总是在一个地方打转。

但是，这种磨牙似的交谈并没有得到好的结果。

“我们先把眼罩给您戴上吧……就这样……头再抬高一些……”

叶尼谢耶夫陷入了黑暗之中。好在，他的两只手从手铐里解脱了。

“依您看，我们是谁？”绑匪的头儿有些好奇地问。

“自然是前国家安全局的工作人员了！”

“嗯……您为什么这么认为？”

“嗯……你们有礼貌，但却使用了暴力。你们不像警察那样使用粗俗的言语，但却善于制服别人，并且不会把别人搞伤弄残——真是训练有素！”

“为什么说，我们……是前国家安全局的？”

“因为你们的准备工作做得并不是很缜密，否则就不会被叶莲娜识破了。你们甚至不想让我们看见，我们的车行驶在通往环线的德米特罗夫公路上。”叶尼谢耶夫自然没有把心里想的说出口，“也就是说，你们缺少锻炼。如果你们是联邦安全局的工作人员，那么你们为什么还要蒙住我们的眼睛呢？是想让我们看不到通往你们指挥部的道路吗？”

“嗯，也许是这样吧。但是，我们无可奉告。可是，您的预测呢？这只是基于观察得出的结论罢了，更何况观察得也不一定准确。”

“所有人都这么说——在预言之后，特别是精神极其压抑时，我也有这种感觉。我自己也一直认为，在大多数情况下，我进行的是一般的分析。但是，后来我发现——更确切地说，我得到了一种暗示。我首先看到了一幅全景画，没有假设。然后，我才得出了结论……就像现在我给你们解释的一样。”

“你吹牛吹够了吧，叶尼谢耶夫！”叶莲娜讽刺道，“你预测的足球比赛结果还少吗？你再把姓、名和父称说出来，他们在回来的路上就可以把我们给杀了。”

叶尼谢耶夫不再出声了。叶莲娜说的没错！可是，他在绑匪的头儿面前“显摆”，是为了引起他的反应，以便更多地了解他们的情况。

“不管叶尼谢耶夫先生预言了什么，你们的生命都不会受到威胁。”绑匪的头儿保证说。

“啊哈，也就是说，你们拉我来，是给你们进行预测的！是这样吗？如果我的生命不会受到威胁，那么实施抓捕是为了什么呢？难道你们就不能简单地通过电话和我联系吗？”

“我们进行了调查，得知您在判决之后拒绝谈论任何与您以前的活动有关的事情。”

“确实如此！您大概知道，我就是因为这些活动被判刑的！如果我再去预言，那么缓刑就完全有可能立即变成监禁。顺便说一句，我已经提交了‘不离境保证书’——你们知道吗？”

“我们知道。”绑匪的头儿含混不清地嘟囔了一句，“您不用担心！要是有什么事，我们会妥善处理的。正是由于您在缓刑期，我们才有了现在的举动。秘密进行——这应该中您的意。”

“对，如果你们不硬把我塞进车里进行这次神秘的约会……就很中我的意。”

“我们就知道……”

在剩下的路程中，他们都没有再讲话。

* * *

又过了大约五十分钟，小型巴士仍然在环线上行驶，没有掉头。随后，车子驶入了郊区，向右转，驶入了当地的一条道路。窗外的路上安静了下来，沙沙声消失了。据此判断，汽车正在坑洼不平的乡间小道上绕来绕去。这样一来，叶尼谢耶夫便完全迷失了方向，只记得他们在从德米特罗夫区到索尔涅奇诺戈尔斯克区的路上走了很久。

小型巴士停了片刻（叶尼谢耶夫听到了卷帘门发出的吱吱声和电动机发出的嗡嗡声），然后来到了一扇大门里面。叶尼谢耶夫和叶莲娜被带下了车——没有摘下眼罩，有人搀扶着他们。他们走上楼梯，走进了一间吹着暖风的空调房（很可能是大厅）。匪徒们和迎接他们的人窃窃私语，重复着“姑娘”一词（叶尼谢耶夫只听到了“还把女人给带来了”这句话）。后来，他们把他和叶莲娜给分开了——有两个人把叶尼谢耶夫带到了楼下。他感觉到，身后还有一个人的脚步声。

到了楼下，他的眼罩被拿掉了。他发现自己站在烈火燃烧的壁炉前。房间里的其他地方被昏暗笼罩着。房间的一角放着一张台球桌，左上方悬挂着一盏圆锥形的吊灯。灯光反射到了对面吧台上摆着的昂贵的酒瓶上。真皮家具使叶尼谢耶夫想起了在斯图巴尔的咨询公司里看到的家具。这里的墙壁也和斯图巴尔那儿的一样，镶着橡木板子。家具漆得不是很亮，所以应该是实木的。当然啦，与斯图巴尔那儿不同的是，这里的壁炉是真的。

“请脱下夹克衫吧！”一个绑匪说道。

叶尼谢耶夫顺从地脱下夹克衫，递给了蒙面人。

“请坐！”另一个绑匪指着沙发说。听声音，他应该是绑匪的头儿。“您可以吸烟。”

他坐下来，开始用两只手摸口袋——烟还在夹克衫的口袋里。这时，有人递给了他一包烟和一个打火机。这是“奶油咖啡”香烟，是黑色的、细长的、檀香型的。然后，绑匪们站到了他的椅子背后。

房间里很安静，只有壁炉里的火苗在不时地噼啪作响。叶尼谢耶夫吸完了烟，回头对蒙面人说：“我们在等人吗？”

“您很快就会知道了。”

“那个姑娘在哪儿？”

“不用担心那个姑娘，她一切正常。”

又等了大约五分钟，从橡木板墙（那是一扇隐形门）里悄无声息地走出来了两个人。叶尼谢耶夫觉得其中一个人有点儿面熟——确实见过，但他说不上来什么时候、在哪儿见过了。另一个人，他不认识。他们朝他走过来，彬彬有礼地与他握了握手。叶尼谢耶夫的第一反应就是站起来，但是他忍住了，心想：“这算什么呢？并不是我要来他们这里做客的……”

叶尼谢耶夫认识的那个人自我介绍说：“我叫弗拉德连·康斯坦丁诺维奇。”

另一个人介绍说，他叫巴维尔·伊萨科维奇。

在壁炉里火光的映衬下，叶尼谢耶夫看清了他们的脸。他们都是养尊处优、毫无特征（按照穆齐尔的分类法）的中年人，身穿高档服装——质地柔软的羊绒衫和西裤，没有系领带。体面人的这种非正式的打扮掩盖了弗拉德连·康斯坦丁诺维奇和巴维尔·伊萨科维奇的特征。巴维尔·伊萨科维奇与弗拉德连·康斯坦丁诺维奇的区别只在于：前者是秃顶，而后者不是。叶尼谢耶夫对弗拉德连·康斯坦丁诺维奇的这张脸感到非常陌生——它如同镜子里的影像一般毫无特征。从他们身上散发出来了昂贵香水的淡淡的味道和浓烈的铜臭味。不过，没有价格不菲的“化妆品”和大量的金钱，就无法赋予这些人以个性特征。他们唯一与绑匪不同的是，不需要戴面具。叶尼谢耶夫立刻就把他们称为“罗森克兰茨”和“吉尔德斯特恩”（也称罗森和吉尔）① 了。

“我早就想和您相识了。”巴维尔·伊萨科维奇说道。

“那些想和我相识的人，早就认识我了。”叶尼谢耶夫回答说，“您是最近才想认识我的。是什么吸引了你们？是对我的审判吗？”

“对审判，我们也感兴趣。”弗拉德连·康斯坦丁诺维奇随声附和道，“你们可以走了。”他向两个蒙面的保镖挥了挥手。

叶尼谢耶夫觉得这个声音很熟悉，尽管不是十分有把握。绑匪的头儿俯身在他耳边低声说：“请您别做傻事！我们就在旁边，您别想逃离此地。”

“好了，”弗拉德连·康斯坦丁诺维奇向保镖做了个手势，威胁说，“伊利亚·彼得罗维奇是个聪明人——不是吗？况且，我们友好的交谈氛围很难激起他的敌意。请原谅我们给您带来的不便！兴师动众并不总是合适的——既对我们不利，也对您不利。”

保镖们离开了。

“我已经是第二次听到有人在我面前讲‘利益’了：起初是在蒙面

① 英国剧作家汤姆·斯托帕德的代表作《罗森克兰茨与吉尔德斯特恩之死》的主人公。

人那里听到的，现在又在您这里听到了。”叶尼谢耶夫说道，“您是不是过于关注我的利益了？”

“很可能……您的利益，我们考虑得很少，所以错失了自己的一些利益。”巴维尔·伊萨科维奇神秘地说道，“您想喝点儿什么？威士忌还是白兰地？”

“不，”叶尼谢耶夫打了个寒战，赶紧拒绝了，“我什么都不喝！我们谈正事吧！”

“明白。”弗拉德连·康斯坦丁诺维奇点了点头，表示理解地看着叶尼谢耶夫，似乎很同情他，“您想喝点儿什么？茶、咖啡，还是果汁？您有可能饿了，想用晚餐吗？可以现在就上菜……”

“别搞这些形式了！你们把一个已经签订了‘不离开居住地保证书’的人从家里抓来，还要吃一顿……”

“别担心——对你们那个地段的警察来说，您现在就在家里。顺便说一句，负责安保的工作人员告诉我们说，有一些不法分子骚扰过您。请告诉我们，他们要干什么？”

叶尼谢耶夫把情况简短地讲了一下。

“您看到了吧，”巴维尔·伊萨科维奇用教训的口吻说道，“您现在需要保护！可以说，我们出现得正是时候。”

“你们打算保护我——从何谈起？”

“我们认为，对您的审判证实了您的正确性。”

“此话怎讲？”

“也就是说，您的预言是准确的——包括对普京、季莫申科、波兰飞机的预测，只是法官没有给予足够的重视。不过，我们从斯图巴尔那里得到了验证。他说，从波兰人那里得到的信息是可靠的。”

“您也想体会一下预言吗？难道鲍里斯·米哈伊罗维奇的命运对您没有警示作用吗？”

“说到鲍里斯·米哈伊罗维奇，”弗拉德连·康斯坦丁诺维奇说，“我们对这个问题非常感兴趣。我可以坦率地告诉您，如果我们能够找到共同语言，那么您将来的生活就不会有任何问题了。”

“会的，先生们！你们为什么要知晓未来呢？要知道，你们是无法把控未来的！鲍里斯·米哈伊罗维奇的例子还不能让你们警醒吗？”

“警醒了。但是，我们感兴趣的不仅是未来，还有现在。一个美好的未来——不正是由合理的现在构建起来的吗？”

“米哈伊罗维奇也是这么想的。可是，当我预言了他的死亡时，他又是怎样构建自己那‘合理的现在’的呢？”

两位交谈者都盯着叶尼谢耶夫看。巴维尔·伊萨科维奇有些迟疑地问：“那我们……会不会像鲍里斯·米哈伊罗维奇那样，今天就死去？”

“你们看！其实你们并不渴望了解即将到来的死亡！这是人之常情——毕竟预言的不全是好事！或者说，预言如果没有对生命构成威胁，就已经不错了。预言——这是混乱的未来在向你们逼近。神灵并没有对我说，你们今天就会死去。但是，这说明不了什么。不过，我也不会因为这个理由而不感到紧张。我能理解，你们和其他人一样，害怕默默无闻。你们需要一个真神的降示，由他来掀开未来的黑暗面纱。你们认为，在我的帮助下，可以靠耍花招来欺骗命运。我再重复一遍：你们最好不要了解自己的命运。你们就把这看成我的重要预测吧！如果你们愿意为此而酬谢我的话，就去消灭叶夫列姆和他的团伙。就这样吧，咱们从此分道扬镳！”

弗拉德连·康斯坦丁诺维奇说：“我觉得，您有这样的情绪，是因为从来没有人认真地听取您的意见，包括那些波兰人……但是，您的预言也不是从来没有对别人有所帮助，对吗？为什么当时古希腊人要遵守‘圣言’呢？”

“听着，我跟你们说实话……我不是在走形式。况且，你们从我这里不会获得多少益处。而我从来都不是德尔菲神庙①降示的神。我为什么要欺骗自己和别人呢？咱们可以这样做：让我来帮助你们！我给你们讲你们感兴趣的鲍里斯·米哈伊罗维奇的故事，而你们，如果真的是那种能够称霸一方的人，能保证我的生命不受到威胁，就帮我解决一个问题吧——帮我赶跑那些死乞白赖地让我帮助他们在赛马博彩中获胜的人。"

"就按您说的做吧。"弗拉德连·康斯坦丁诺维奇靠向了椅背，"让我们从鲍里斯·米哈伊罗维奇谈起吧。在对您的庭审中，他想知道，他死亡的概率有多高。但是，我们在和斯图巴尔的谈话中得知，他感兴趣的不止这一点。"

"他感兴趣的还多着呢！例如，2012 年 12 月 21 日——玛雅人预测的世界末日。"

"他感兴趣的还有：谁将担任下一届俄罗斯总统。"

"是的。"

"您还没来得及预测呢！"

"的确如此。"

"您能告诉我们吗？"

"为什么不能呢？当然是普京！"

弗拉德连·康斯坦丁诺维奇和巴维尔·伊萨科维奇交换了一下眼神儿（这种眼神儿只有他们能理解）。看得出来，叶尼谢耶夫所说的"当然"二字对他们来说并非无可争辩……

弗拉德连·康斯坦丁诺维奇和巴维尔·伊萨科维奇等着叶尼谢耶夫继续往下说，但是他沉默了。他从一个檀香木的小盒子里取出一支烟，抽了起来。他们就这样坐了大约五分钟。叶尼谢耶夫吐着烟圈儿，看着

① 位于希腊的福基斯。古希腊人认为，德尔菲是地球的中心。

它们一个接一个地散开。主人们困惑地看着他，但还是容忍了他。

最后，叶尼谢耶夫把烟头掐灭了。

*　*　*

“我们不仅因为这个需要您。您也许没有发现，已故的鲍里斯·米哈伊罗维奇的生意过于依赖政治游戏了……难怪他会对这个问题感到好奇。如果您愿意的话，我们想给您布置一项更加复杂的任务。听斯图巴尔说，鲍里斯·米哈伊罗维奇怀疑以前的合伙人要暗杀他。当然，他没有提这个人的名字，但是鲍里斯·米哈伊罗维奇过去的合作伙伴大概是清楚的。对这一点，不知为什么，法院不予理睬，尽管我们很清楚其中的缘由。由于不必要的好奇心，有人可能要倒大霉。我们感兴趣的是：威胁鲍里斯·米哈伊罗维奇的这个人是谁?”弗拉德连·康斯坦丁诺维奇从旁边的小桌子上拿过来一个纸袋，从里面取出了三张照片：“斯图巴尔告诉我们，您非常善于分析照片。请您仔细看一看这几张照片，然后告诉我们，在照片上的这些人里，有没有威胁过鲍里斯·米哈伊罗维奇的那个人。”

叶尼谢耶夫把照片拿了过来。这些有面部表情或者没有面部表情的人都很像他面前的这个与他进行交谈的人。如果隔一段时间再来看这些照片，叶尼谢耶夫就有可能认出他们来。他回忆起鲍里斯·米哈伊罗维奇来——回忆他是如何讲述自己过去的合作伙伴的，回忆这个不幸商人的临终时刻。但是，这些都只能让他感到头疼。没有什么能够让叶尼谢耶夫认为，照片上的人与鲍里斯·米哈伊罗维奇的死有关联。但是，有件事很奇怪！与此同时，他的内心深处有一种让他既感到熟悉又感到压抑的感觉。冥冥之中，他已经快要猜中商人之死的原因了。他把所有照片都摆在桌子上，全神贯注地凝视着每一张照片——第一张、第二张、第三张，但他并没有从照片上的任何一个人身上找到解开这个谜团的“钥匙”。叶尼谢耶夫闭上了眼睛——不是为“客户”工作（像接待克谢尼娅·阿尔卡季耶夫娜和鲍里斯·米哈伊罗维奇那样），但确实需要聚精会神。在与鲍里斯·米哈伊罗维奇的谈话中，只有一次接近他所“怀疑”的那个人，是在叶尼谢耶夫要求看他的照片时。但是，商人拒绝了，嘀咕了一句：“我不想过早地让他曝光。”现在，叶尼谢耶夫很清楚，当时照片就在他手上。鲍里斯·米哈伊罗维奇不用回答“我不想”，只要说“我没带在身上”就可以了。不过，当时叶尼谢耶夫确实看到了他那张放在信封里、装在上衣口袋里的照片。这张照片，也许到现在都是一个“物证”。

叶尼谢耶夫利用“透视力”能够看到鲍里斯·米哈伊罗维奇口袋里的信封，并且能够大致看出照片的轮廓，但却看不清照片上这个人的脸。不知为什么，他清楚地意识到，这张照片和桌子上摆着的三张照片没有一点儿关系。真相就藏在鲍里斯·米哈伊罗维奇当时随身携带，但却没有给他看的那张照片里。叶尼谢耶夫想尽最大努力看清楚信封里的那张纸，然而……一切都是徒劳无益的。与此同时，叶尼谢耶夫的每根神经都在因谜底将要被揭开而颤抖。有人低声对他说：“睁开眼睛！”他本能地睁开眼睛，与弗拉德连·康斯坦丁诺维奇那紧张的眼神相遇了。叶尼谢耶夫马上就明白为什么这张脸让他感觉有些面熟了，因为放在鲍里斯·米哈伊罗维奇口袋里的那张照片上的人就是弗拉德连·康斯坦丁诺维奇！

叶尼谢耶夫恐慌地避开了……但是，已经太迟了！弗拉德连·康斯坦丁诺维奇已经从叶尼谢耶夫的眼中看出了答案。主人的脸上轻轻地掠过了一丝痉挛，这是人在猝不及防时才会有的表情。坐在他旁边的巴维尔·伊萨科维奇脸色苍白，看向了别处。

“是您想要杀害鲍里斯·米哈伊罗维奇！”叶尼谢耶夫轻声说道。他很清楚，他很可能会因这句话而丧命。

“好样的！”弗拉德连·康斯坦丁诺维奇兴奋地喊道。他咧开狐狸般的嘴笑了笑，立刻恢复了隐藏在仪表堂堂、文质彬彬的面具背后的狡猾天性。“好了，我们没有欺骗您！您怎么这么恐惧？在您看来，这个鲍里斯·米哈伊罗维奇是个天使吗？”

“他不是天使，”叶尼谢耶夫低声说，“但他也不想杀害您。”

“是吗？可是，我认为他想过。阴差阳错！但是，伊利亚·彼得罗维奇，有一点您必须承认：杀害鲍里斯·米哈伊罗维奇的不是我，而是您。从某种意义上来讲，您是杀人犯，而我只是个‘订购人’。如果您真的是个杀人犯的话，那么我也只是一个虚拟的雇主，因为我什么都没有向您订购。您成了我意志的盲目执行人。可以说，我们的合作已经开始了，虽然只是一厢情愿。除了继续与我们合作以外，您别无选择。您知道的太多了，所以现在我们是被拴在同一条线上的蚂蚱。”

弗拉德连·康斯坦丁诺维奇说叶尼谢耶夫是他的意志的盲目执行者，这种想法让叶尼谢耶夫大吃了一惊。过去，他想到过自己的才能会带来各种各样的负面后果，但却从未想到过这一点。

“您想要我怎么样？”他用不太顺耳的语言问道。

“没有什么特别的要求，您只要继续做今天这样的工作就可以了。我们的利益也是各种各样的——从经济利益到政治利益。但是，任何金钱与交情都换不来你能够预见未来的这种优势，请您看得远一点儿。您在斯图巴尔那里挣的钱与在这里的所得相比，可以说是九牛一毛。当然，斯图巴尔本人的工资与你在这里的所得相比，也是九牛一毛。这幢房子，您想要吗？”弗拉德连·康斯坦丁诺维奇两手一摊，“我们赠送给您……或者您中意的任何一所房子。当然，也可以是莫斯科的一幢写字楼，想要几个助手都行，外加一个停车场。条件只有一个：您只能为我们工作。”

叶尼谢耶夫整理了一下思绪，提议道："让我们履行我们最初的约定吧！"

"什么约定？"

"我答应说出我所知道的有关鲍里斯·米哈伊罗维奇的全部实情，而你们也承诺帮我摆脱那些'兄弟'。我自己的这部分任务已经完成了，现在轮到你们了。然后，我们就各奔东西。问题是，我想远离这些事情，因为这些事情影响到了我的精神状态和个人生活。我保证不和任何人提起咱们之间的谈话——说了也未必会有人相信。"

弗拉德连·康斯坦丁诺维奇又咧开"狐狸嘴"笑了起来。

"条约的事情由我们的巴维尔·伊萨科维奇负责——轮到他说了。"

巴维尔·伊萨科维奇站起身来，走到吧台前，给自己倒了一杯"马爹利"白兰地酒。

"您看到了，伊利亚·彼得罗维奇……我们不会签订任何对我们不利的协议。这就是生活！这种协议对我们不利——实在抱歉！"

"嗯，这不太好……可最后……还能对你们抱什么希望呢？那就道别吧！请把我送回去，因为并不是我们主动要求来你们这儿做客的。"

"请！"弗拉德连·康斯坦丁诺维奇客气地点了点头，"叶夫列姆给您多长时间的期限？两天？我们给您同样的时间来思考——一定要准时！您要么同意叶夫列姆的提议，要么同意我们的提议……"

"胡说八道些什么呀！您为什么断定我会同意叶夫列姆的提议呢？这对您有什么好处呢？"

"没有任何好处。但是，如果您同意了叶夫列姆的提议，我们就会竭尽全力让您因在赛马博彩中的欺诈行为而锒铛入狱，并且会让您把牢底坐穿——只有我们才能把您从监狱里保释出来。我们的条件，您已经很清楚了。如果您不同意叶夫列姆的提议，那么我们将向他支付一笔钱，以便让他对您、您的妻子和正在楼上享用晚餐的那位姑娘……按照他所承诺的去做。不过，我们绝不允许他砍下您的脑袋或者挖掉您的眼睛，因为我们希望您能回到我们这儿来。至于您的妻子和这位姑娘会不会发生不测，我们就无法保证了。我敢保证，没有任何警察会帮助您。”

“这可是你们说的……你们比这个卑鄙的叶夫列姆还要无耻！”

“我们什么都知道，伊利亚·彼得罗维奇。我们甚至比您这个先知想象的还要无耻。我们为什么要比叶夫列姆强呢？您说的那个叶夫列姆——简直是微不足道！为了达到目的，我们比叶夫列姆还要坏上一百倍、一千倍。比叶夫列姆强的人，只有你们这些人：您、您的妻子、叶莲娜姑娘……你们都比叶夫列姆强。你们的人成千上万，而我们只占少数。对你们来说，这并不是永远都是好事！有时候，这种事对我们来说也有好处。有时候，我会问自己，难道您比叶夫列姆好吗？您为什么要为斯图巴尔工作呢？假如我们把给你的机会给了那个冒牌的咨询公司，他们会欢呼雀跃的。您那时遵循的是什么样的做事原则呢？”

“我错了。我原以为，在这家不太有名的咨询公司里，我的预言能力会得到一定的锻炼和提升。”

“那金钱呢，也是这样吗？您的错误……其中就包括不断地重复那些所谓正派人的做法。他们的生活十分贫困，所以他们迫切地需要钱，特别是在他们的亲人患了重病或者发生了不幸的时候……那时，他们才会睁开眼睛。事实证明，当您没有足够的钞票去帮助那些受难者或者将要死亡的亲人的时候（而不是如您所见，当您有很多钱，而数百万人都身无分文的时候），您会感到羞耻。到那时，您就不会在乎这些人了！他们不会来向您寻求帮助，您也不会去找他们。您相信吗？到时候，他们会来找我……来要钱给患了血癌、濒临死亡的孩子做手术……教父会来要钱修建教堂——这种事数不胜数！而我这个比叶夫列姆还坏的人会伸出援手——您相信吗？”

叶尼谢耶夫耸了耸肩。

“为什么不相信呢？您需要的是一个正面形象。据说，霍多尔科夫斯基①没有出钱修建东正教教堂，感到非常遗憾。显然，您比霍多尔科夫斯基聪明。可是，那又怎么样呢？”

“霍多尔科夫斯基也出钱了！您去基督救世主大教堂看一下，他的名字就在捐助者的名单上——如果他们没有把他的名字去掉的话！是的，我没有霍多尔科夫斯基聪明。为了让自己的名字出现在名人榜上，他是肯出钱的。但是，事情绝非这么简单！问题仅在于此吗？我给生命垂危的儿童做手术的钱和帮助神父修建教堂的钱是从哪儿来的呢？有可能，您按照我的意愿杀死的那个鲍里斯·米哈伊罗维奇的钱也是非法所得。上楼去吧！我会打开保险柜，让您见识一下成堆的钱，并且请您告诉我，哪些是干净钱，哪些是脏钱！您知道吗，我是善于算计的，但是当您的孩子急需帮助时，我就很难区分钱的好与坏了！您越有钱，就越了解善恶，因为无论是善良、邪恶还是真理、谬误，所有这一切都取决于您本身，而不取决于您是否比叶夫列姆好。因此，我邀请您加入这个俱乐部。如果您不愿意的话，就请您到那个充满呻吟与仇恨的俱乐部去吧！”

“听着……”叶尼谢耶夫声音嘶哑地说，“请不要碰我，还有我的亲人……会给你们带来不愉快……不是法律意义上的不愉快……请你们绕开……对你们本身而言……再多的钱也无济于事。我不仅被称为先知，而且拥有一些我自己左右不了的神秘东西……请相信，我不适合加入你们的俱乐部……我对你们来说没有任何用处。让您过得比叶夫列姆和我都好……您就和那些您认为很重要的没有人情味的金钱在一起吧。只是，请让我安静点儿！”

弗拉德连·康斯坦丁诺维奇笑了。

---

① 俄罗斯石油和金融业的寡头，于2005年被判刑。

“依我看，您更适合去那种中等的俱乐部，赚每场三千美元的小钱。这么说吧，您是‘想要爬上云杉树，却又不想磨屁股’。在这个俱乐部里，您会遇见我们俱乐部里的人——您闯入了无论如何都不该闯入的地方。因此，我们不会轻易地把您放走。顺便说一下，我没有发现您另有安排。在我看来，这是您的错觉。您曾经在斯图巴尔那里为鲍里斯·米哈伊罗维奇进行过预测，而现在又非常大胆地为我们进行预言，目的是让我们去打击叶夫列姆和他的同伙。有什么改变吗？您现在已经知道了，能够对付叶夫列姆的那些人，是完全能够杀了鲍里斯·米哈伊罗维奇的……要知道，这是您不了解的问题。更准确地说，这是您不想了解的问题，仅此而已。您要明白，所谓的中等俱乐部，是一个无知者的俱乐部。您一旦获得了一些知识，恐怕就回不去了。至于麻烦嘛……我认为，如果我们不再打扰您了，您的麻烦就会越来越多。您带着负面情绪离开，肯定会有一定的影响。对您来说，我们永远都比叶夫列姆坏，不管我们是不是友好地分手。至于您所拥有的那种强大的精神力量，当您说出是我想杀鲍里斯·米哈伊罗维奇时，我就已经领略了。我认为您离我们越近，您遇到的麻烦就越少。”

“您想错了。”叶尼谢耶夫站起身来说道，“再见！”

“再见，伊利亚·彼得罗维奇！我们还会见面的！”弗拉德连·康斯坦丁诺维奇按了一下桌子侧面的按钮。

蒙面人又出现在了叶尼谢耶夫的身后。

“不要躲起来，”巴维尔·伊萨科维奇平静地补充说，“因为我们不会刻意地跟踪您。不过，如果需要的话，无论您跑到哪里，我们都会毫不费力地找到您。比如说，您购买机票或是火车票的信息会立刻传到我们这里。即使您乘坐的是城际汽车，我们也能想办法跟踪您——不值得铤而走险！当然啦，跟您一块儿来的那个女孩也不应该知道我们的谈话内容——您的妻子也一样。请记住：她们知道得越多，就越会危及性命。我们并不害怕您到处去宣扬：我们会否认一切，您也没有任何证据。到了那个时候，事情只能朝着一个方向发展：把您交给叶夫列姆的爪牙们。还有，如果您出人意料地认为蹲监狱比和我们合作更好，那么您就会在监狱里意外地死亡。在这种情况下，您的妻子和其他亲人也会意外地死亡。如果您想作出积极的回应，那么您可以给匪徒以任意答复。我们会一直跟进，并且帮您把事情摆平。您和罪犯商量了多长时间？"

叶尼谢耶夫耸了耸肩。

"匪徒们是几点去拜访伊利亚·彼得罗维奇的？"巴维尔·伊萨科维奇问保镖。

"在他家，他们大约从下午五点待到了下午六点。"绑匪的头儿回答说。

"也就是说，两天后的下午五点，我们将根据您的态度来决定是否与您取得联系。"

4

"请问，把您送到哪儿去？"绑匪的头儿问道，"可以把你们分别送回家。"

叶尼谢耶夫和叶莲娜的眼罩被摘掉了。小型巴士拐到了卢斯达维里大街上。

"我们从哪里来，就把我们送到哪里去。"叶尼谢耶夫回答道。

"好的。还有一件事——不知有没有提醒过你们两个人：不要把今天经历的事情宣扬出去。你们很清楚，对你们两个人来说，后果可能是非常严重的。"

"对你们来说也是如此。如果你们的主人被逮捕了，倒霉的是你们。

我们只是执行者，而不是策划者。这一点，难道你们不清楚吗？还在联邦安全局工作过呢！”

“我们不会再出现了。即使您找到了您去过的那幢房子，也找不到我们。那些和您谈过话的人从未去过那个地方，并且此时此刻身在别处——会有数十个人为此作证。另外，这辆小型巴士也不会出现在任何一个车库里。顺便说一句，别痴心妄想地要记住车牌号了——车牌号也是不存在的。”

小型巴士停了下来。

“请拿好您的手机、笔记本！再见！”

叶尼谢耶夫和叶莲娜从车上走了下来。汽车立刻飞驰而去，甚至没有等车门完全关上。绑匪的头儿警告他们“不要记车牌号”已经毫无意义了，因为车牌子上溅满了泥水。

他们站在十字路口，对面是文学院的宿舍——自称“不存在”的绑匪们没敢让他们在警察分局的门口下车。叶莲娜瞧着心不在焉的叶尼谢耶夫。

“喂，你怎么不说话？”叶莲娜说，“说说这是怎么回事！”

“和叶夫列姆一样——只是等级不同，本质上没什么区别。”

“这些人也想玩赛马博彩吗？”

叶尼谢耶夫苦笑了一下。

“总的来说，是的。只是，他们赌的不是比赛结果，而是命运。”

“他们也威胁说要折磨我了吗？”

叶尼谢耶夫在她耳边轻声说道：“听着，我敢肯定，他们在我们的衣服里塞了窃听器。这些人比叶夫列姆要危险得多，更何况还有证人——也就是你。在没有摆脱窃听器之前，我们最好不要谈论他们。”

“你现在打算怎么生活？还有我，接下来应该怎么生活？”

叶尼谢耶夫沉默不语。

“我要去报警！”叶莲娜坚定地说。

“去吧！”

“你呢？”

“我本来就待在家里，这段时间一直在家——地段警察会给我作证。”

“你是不是病了？”

“不，我在引用他们对我讲的话——我没有理由怀疑他们对我讲的是实话。”

“也就是说，警察与他们同流合污？”叶莲娜压低了声音，“你明天应该亲自去报警！”

“警察永远都会站在他们一边。你可以走了，我无权劝阻你！我现在去警察局举报谁呢？是去举报他们，还是去举报叶夫列姆及其团伙？或许，应该把他们两伙人都举报了！他们会带我们去看心理医生，然后把你放了，却把我送上法庭。法官会把我的缓刑变成立即执行的监禁，使我不能随意到处乱走，也不能诱使那些贪财的人获得预言。”

“你想说，你不确定我会报警吗？”

“我只会证实你所说的话：他们把我们带到郊外的某所房子里，然后又把我们送回来了。除此之外，我不会再说什么。我想自由自在地过两天。”

“为什么只有两天？”

“因为他们和叶夫列姆一样，只给我两天的思考时间。”

“在这两天的时间里，你要一个人做什么？”

“我还不知道。”

“那我应该做什么呢？”

“在我们被抓之前，我告诉过你——把自己锁在宿舍里。”

“怎么锁啊？宿舍就像是一个人来人往的院子！”

“这样也好啊！对自己人来说，是个人来人往的院子，可对别人来说就不是——这样的话，证人会更多。”

他们站在十字路口，窃窃私语。罕见的行人好奇地看着他们两个人。然后，他们陷入了沉默。叶莲娜时而瞥一眼警察分局，时而看看叶尼谢耶夫。

“好吧，就按你说的做。”她说，“我先等两天，然后再去报警。我不是一个玩偶，可以随意抓住并带走。我现在饥肠辘辘，可是宿舍里空空如也！你不想请我吃顿饭吗？”

“他们跟我说，你在那幢房子里吃过晚饭了。”

“怎么会呢？我根本就没在他们那儿吃过饭。俗话说得好：吃人家的嘴软，拿人家的手短。那些蒙面人请我吃饭了，但是被我拒绝了。”

“这就对了！你在那儿都干了些什么？”

“看电视。那儿有一台半面墙那么大的电视机。”

“去我那儿吃点儿东西吧，离得不太远。现在已经太晚了，不知道哪里还有饭吃。只是，不要去阿纳托利那里。”

“你能确定你的妻子没有回家吗？”

“嘘……”叶尼谢耶夫把手指放在了嘴唇上，“我敢肯定。任何一个女人离家出走，都不会当天就回来的。况且，可以往家里打个电话确认一下。”他掏出手机，找到“常用联系人”一栏，按下了家里的电话号码。听到长长的鸣音后，他把电话递给了叶莲娜。“你瞧……咱们走吧。我给你叫辆出租车！”

“好吧，咱们走吧。”

在路上，叶尼谢耶夫给斯图巴尔打了个电话。

“您好，伊利亚·彼得罗维奇！”电话那头立刻传来了谄媚的声音，“正如常言所说，真是意外的惊喜！我都不指望您给我打电话了！”

“我也很高兴！不过，有一件事让我感到很不愉快：您什么时候把接受客户咨询的机密信息告诉给第三方了？您只是对弗拉德连·康斯坦丁诺维奇和巴维尔·伊萨科维奇这么做了，还是当有人出了好价钱或者遭到了威胁时，您总是这么做？”

斯图巴尔沉默了片刻，随后问：“您指的是客户鲍里斯·米哈伊罗维奇吗？”

“当然！还能有谁？他们未必对克谢尼娅·阿尔卡季耶夫娜感兴趣。”

“可是，鲍里斯·米哈伊罗维奇已经死了。”

“其实，我知道这件事。但是，他的亲属和继承人还活着。在庭审中，您没有像和弗拉德连·康斯坦丁诺维奇私聊时那样直言不讳。您不仅告诉了他我擅长分析照片，而且告诉他说鲍里斯·米哈伊罗维奇怀疑蓄意谋杀他的是他以前的一个生意伙伴。您为什么在法庭上对此缄口不提呢？”

“您不是也没说吗？”

“与您不同的是，我一直在保持沉默。我一直保守着这个尽人皆知的秘密，可这机密对您来讲一文不值。您不要假装不明白……这个信息对那些听到之人的安全构成了严重威胁。找到鲍里斯·米哈伊罗维奇的生意伙伴并不难……”

“我不需要任何伪装。要知道，我本人……在某种程度上……是这一信息的……”

“啊哈……明白了……给您施压了，所以您就把能说的都说出来了，就连鲍里斯·米哈伊罗维奇感兴趣的‘双十二’以及谁会就任俄罗斯下一届总统的事都和盘托出了。总之，您陷害了我。您想让我对弗拉德连·康斯坦丁诺维奇说，您知道的远比您所讲出来的要多得多吗？”

“没必要和别人玩这种游戏，伊利亚·彼得罗维奇。我跟他们讲的不多也不少，实事求是罢了。”

“斯图巴尔，这件事情使您陷入了困境。您想没想过，我在弗拉德连面前临危不惧，是因为我超凡脱俗，并且得到了您的赏识？我不仅得知了事实真相，而且知道了更多的信息。”

“等等！您的意思是，他已经……”

“当心！问这个问题之前，要想一想是否该这么做！对弗拉德连来说，您是信息的源头，所以您的处境比我危险。您还想了解更多的情况吗？”

“您都了解到什么情况了？我认为弗拉德连·康斯坦丁诺维奇的盘问毫无意义！他感兴趣的是谁在追杀鲍里斯·米哈伊罗维奇……”

“您确认他只想知道这一点吗？如果他还需要其他信息呢？是您贸然把信息透露给他的吧！如果他将信息透露给鲍里斯·米哈伊罗维奇的那位生意伙伴呢？在下次透露客户的信息之前，您一定要掂量掂量！”叶尼谢耶夫挂断了电话。他故意给斯图巴尔打了个电话，因为他知道自己身上有“甲壳虫”——窃听器。别墅里的那两个“战略家”不要自以为是，认为他们没有留下任何痕迹！这件事只有一名证人——叶莲娜。

“这是谁？”叶莲娜仔细听完他们的对话之后问道。

“混蛋！我们今天跑这一趟主要是因为他……”

叶尼谢耶夫的手机铃声响了起来。他瞄了一眼屏幕：斯图巴尔。

“你看，他害怕了！这个混蛋……没关系，就让他紧张好了。”叶尼谢耶夫彻底关掉了手机。

“什么蓄意谋杀？什么照片？”他们之间的对话显然给叶莲娜留下了深刻的印象，“根据你的预言，谁会成为俄罗斯的下一任总统？”

叶尼谢耶夫皱起了眉头。他警告过，她身上有“甲壳虫”窃听器！

“咱们谈论的是我在斯图巴尔那里的工作……名称是‘公共政策预测咨询公司’。”

“那么，您能做什么呢？您能让全世界的人都转运吗？”

“好像是吧。”叶尼谢耶夫笑了笑，“但是，我在自己的命运面前却束手无策。”

“那么，谁会成为俄罗斯的下一任总统呢？”

“我……你还不明白吗？”

“现在我明白了。我来到了不幸之家……”

“确实来到了不幸之家！看，这就是我住的房子。往这边走！进拱门，然后向右拐……”

他们穿过院子，爬到了叶尼谢耶夫家所在的楼层。叶莲娜好奇地左顾右盼着。

“家里没有人收拾，这你知道……”他用脚踢了一下门口那个装酒瓶的袋子，低声说道。而后，他对她耳语道：“把你的外套给我！你可能在那幢房子里脱下过外套吧！我也脱下过外套！现在没工夫找窃听器了，最好把外套挂在浴室里，打开水龙头，关上门……让他们听去吧！你可以洗洗脸……我给你拿一条干净的毛巾来。”

叶尼谢耶夫一边从衣柜里取毛巾，一边想，他不在的这段时间里，多半没有不速之客来搜查过，因为毛巾和内衣都是娜佳摆放的那个样子，那是旁人无法仿效的。

和所有的女人一样，叶莲娜走进房间的第一件事就是照镜子。她不由自主地用手摸了摸自己的光头，确定上面确实没有头发了，才从桌上拿起镶嵌在相框里的娜佳的照片。她眯起眼睛，审视起娜佳的照片来。

“她长这样啊！现在我可以理解你为什么对妻子那么忠诚了！”她说，“从她的眼神可以看出，她是一个既漂亮又善良的女人。显然，在离家出走之前，她已经忍耐你很久了。”

“的确如此。她既漂亮又善解人意，并且很聪明。”他在厨房里回应着，“你也很漂亮，也很善解人意，并且聪明绝顶。我很幸运！但是，我奉行一夫一妻制。好吧，尊敬的漂亮女乘客，您想来点儿什么？是肉末通心粉、鸡肉米饭，还是鱼肉土豆泥？”

“怎么，这些饭你都会做？”

“是的，都会做。当然，这得感谢娜佳。”叶尼谢耶夫从厨房里走出来，手里端着从冰箱冷冻室里取出来的塑料饭盒，“你选一种吧！”

叶莲娜哈哈大笑起来：“你就这么吃饭？”

“经常这么吃饭。娜佳没时间做饭——一个航班接着一个航班，飞来飞去。”

“你总吃这个，不厌烦吗？在飞机上，除了这三样菜，就没有别的了。”

“我告诉你一个秘密！原则上，除了这三样菜，根本就没有别的菜了。剩下的——就是它们的变种了。还有鸡蛋！你要吃哪一种？”

“鸡块米饭吧。”

“啊哈，好吧！那我就吃鱼，以便腿脚能像鱼儿一样麻利，躲过各种各样的像叶夫列姆和弗拉德连一样的人。”

叶尼谢耶夫把餐盘放到微波炉里，然后从冰箱里取出了其他的“航空食品”——包在玻璃纸里的一片片熏肠、火腿和奶酪。五分钟后，桌子上就摆满食物了。

“酒我就不建议喝了！就像你说的，你会耍酒疯的，而我则刚刚醒过酒。”

“能给我来点儿‘马丁尼’鸡尾酒吗？这酒劲儿不大，可以缓解一下紧张的情绪。”

“哦，这个可以！”他走到走廊里的袋子跟前，从叮当乱响的酒瓶堆里找到了一小瓶“马丁尼”酒。

“你为什么把酒放在袋子里保存呢？”

“娜佳本来要全部扔掉，后来又改变主意了。”

“她真有先见之明，能感觉到你会邀请一个姑娘来喝‘马丁尼’酒。”

这时，家里的座机响了起来。叶尼谢耶夫和叶莲娜同时浑身颤抖了一下。

“肯定是娜佳打来的电话!”

叶尼谢耶夫向叶莲娜做了个手势，让她别出声。然后，他拿起了话筒。打电话的不是娜佳，而是斯图巴尔。显然，他绝望了，手机打不通就打座机。

“伊利亚·彼得罗维奇，这么晚了，没打扰您吧！吓死我了！您说让弗拉德连·康斯坦丁诺维奇感兴趣的不是找到鲍里斯·米哈伊罗维奇‘认定’的那个以前的合伙人，是在暗指什么呢?”

“首先，我什么都没跟您说。我只是问，您是否产生过这样一种想法。有些信息，我不明白您为什么没有告诉刑侦部门和法院，却出卖给了弗拉德连。我知道，您很看重自己在公司里的声望。并且，您很清楚有关弗拉德连的事情，而这些事情我却不知道。您是一个消息灵通人士!”

“您指的是什么?”斯图巴尔有点儿结巴地问。

“列夫·达尼洛维奇，您就别装糊涂了！咱们的谈话到此为止吧!”

电话的另一端是一片寂静。最后，斯图巴尔低声说：“您大概是想说，弗拉德连·康斯坦丁诺维奇也是鲍里斯·米哈伊罗维奇过去的生意伙伴……”

“您知道这件事？啊，您太马虎了！您能确定……现在，在您将秘密告诉弗拉德连之后，我的电话不会被监听吗？顺便说一句，您的电话是不是也被监听了呢？我根本就不知道弗拉德连·康斯坦丁诺维奇是鲍里斯·米哈伊罗维奇过去的生意伙伴。但是，您怎么能把客户的秘密信息告诉他呢？您为什么不让侦查部门知道，他过去的合作伙伴对这些细节很感兴趣呢?”

叶尼谢耶夫把手指竖在嘴唇前面，暗示叶莲娜：吃你的吧，这电话还得打很长时间。

“您想要什么?”斯图巴尔声音嘶哑地问。

“我想让您明白：您做完所有的事情之后，并不能保证自己的人身安全，而是适得其反。您好好地想一想这件事吧，别再给我打电话了！我有安静地吃顿晚饭的权利吧！”

挂断电话之后，叶尼谢耶夫转身来到了橱柜和窗户之间的暗室里。他打开电脑，上了网，往斯图巴尔的私人邮箱发了封信。

“列夫·达尼洛维奇，我想相信电子邮箱一次。我没有发现弗拉德连的特种部队有跟踪我的迹象，而‘卡巴斯基’① 现在也没有显示有病毒侵入电脑。感谢您牵线搭桥，使我猜到了，正是弗拉德连·康斯坦丁诺维奇要谋害鲍里斯·米哈伊罗维奇。认识到这一点之后，弗拉德连和他的这位伊萨科维奇公然对我施加了压力。如果我要摆脱这种困境的话（我会竭尽全力争取），那么在这个肮脏的事件中，我不会隐瞒您所起的作用。从此以后，您将走上一条不归之路。顺便说一句，如果我无法摆脱这种困境，那么您的所作所为无论如何都会被人识破，这是一位可靠人士的忠告。我再补充一点：我和您以前的通话，弗拉德连很可能已经借助塞到我衣服里的窃听器听到了。我是故意这么做的，目的是让您明白自己的处境。您和我一样，对弗拉德连来说是不受欢迎的证人。唯一的区别是：他们还需要我，而您就没用了。所以，您现在是命悬一线。对您来讲，跑到弗拉德连那里抱怨，没有任何意义：他无论如何都会把您拿下。您自我拯救的唯一方法……在警察局和调查委员会，不是有许多朋友嘛！您明天就把事情向他们和盘托出，并让他们对这起刑事案件

① 一种电脑杀毒软件。

的两个当事人给予足够的重视。后天，您就有可能成为他们的帮凶了。不用回复，读完之后立即删除！我也会删除邮件！”

发送完邮件，叶尼谢耶夫回到餐桌前，开始吃已经变凉的饭菜。叶莲娜倒了一杯“马丁尼”酒，说道：

“你知道吗，发生的这一切让我感觉就像读了一本科幻小说。当你翻开书时，明知道是虚构的，也会潜心阅读、渐渐入戏，甚至把上面描写的东西看成是一种现实。当然，我知道，迷信和预言的世界对很多人来讲就是一种现实，但却无法推测。一切都像商业和政治一样，极其严肃和残酷！机密信息、客户、合作伙伴、谋杀……”

“它与政治密切相关，这一点我早就知道。但是，关于商业，我知道得太晚了。那些拥有巨额财产的人认为，他们可以征服一切，其中就包括超自然力。否则，他们为什么需要金钱呢？为的是再次获得财富吗？而那些没有巨款却渴望拥有财富的人，如果魔鬼能让他们确信，借助于某种魔力，他们也会变富，那么他们是不会听命于魔鬼的。从某种意义上讲，这是世界上最值得重视的市场，因为这里在出卖灵魂。”

“你一直在扮演诱惑者的角色吗？”

“是的。我没有听到博学的人告诉我说，预言是一门隐秘的艺术。我想，反正都一样，就像断言水是湿的一样。人们会说，什么预言不是隐秘的呢？那么，那种非隐秘的预言就成了公开的说教。预言在形式上可能是神秘的（就像斯图巴尔在自己的咨询公司对客户的虚假承诺一样），但本质上是公开的，把神秘的东西变成了一种服务。在这种情况下，你为多少人进行了预言——一个、五个，还是一千个，已经不重要了。一旦将预言变成了商品，先知们就开始按照市场规律去生活了。”

“那作家呢？”

“作家也是如此。不过，在文学中，存在着普希金强调的一个细节：不出售灵感，但手稿可以出售。但是，先知的手稿是不能出售的。即使真有先知要出售秘密，也不应该收取钱财，因为他们会因这些预言而丧命的。”

“我本来特别生你的气，但是现在我发现，多亏了你，我才来到了这个巨大的未知世界的边缘。这个世界是如此巨大和玄妙，以至于我不明白到底发生了什么事情。我和你被蒙面人劫持，带到了一个鬼才知道的地方，就像恐怖电影里演的那样。我在一个陌生、奢华的房子里看电视，断断续续地听到你在打电话和别人交谈，认真地谈到了生与死、未来的总统和2012年的世界末日……这一切都是我亲身经历的。可是，昨天我还坐在课堂上听课，然后在阿纳托利的咖啡馆里用笔记本电脑写作！我好像还停留在现在，但是未来的轰鸣声已经从四面八方向我袭来了。这一切似乎都是从一个笑话开始的：一个喝醉了的先知预言了一场足球比赛的结果……”

“作为一个作家，你不需要了解更多的东西……并不是因为这样你会更安全，而是因为这些细节会使世界对你的吸引力完全消失。现在，我听不到你所说的‘未来的轰鸣声’，但在童年时，我听到过。现在，你站在空旷大厅的门口，而我却站在一个拥挤不堪、满是各色卑鄙小人的大厅门口。”叶尼谢耶夫站起身来，想给自己倒杯茶水，“你喝茶吗？”

“不用了——有‘马丁尼’就足够了。”

“再来一瓶？就像你说的……因为太累了。”

“不用了，够了。感想如此之多，就不需要太多的酒精了。”

“听我说，你是个勇敢的姑娘！当时，你敲那辆小型巴士的门时，还大声呼叫警察呢！大概，你几脚下去就会让这些野蛮的超人来个狗啃泥！我感到很羞愧——当时，我像个木头人似的躺在那里！”

“先知是不踢人的。”

“当然！众所周知，他们只用言语来伤害别人。”

他们就这样坐着，有说有笑。当他们继续开玩笑时，却莫名其妙地回避着对方的目光。叶尼谢耶夫明白，他们是“心有灵犀一点通”。还不到一天，他们就有了想脱掉衣服听一听彼此的心跳的感觉。

他看了看叶莲娜的眼睛，抱歉地笑了笑：“已经很晚了，我叫辆出租车吧！”

她用目光回应了他。在她的眼神中，他没有看到责备，就像云朵的影子倒映在湖水中，没有泛起一丝涟漪。一阵停顿过后，他暗自希望云朵立刻散去，好让她的眼神清澈见底。在寂静中，他听到了浴室里的流水声。

“哎呀，我都忘了！可能已经水漫金山了！”

发现得很及时，水还没有漫过浴缸的边缘！叶尼谢耶夫关上水龙头，望着波光粼粼的水面，想到了叶莲娜那充满了欲望的眼神。但是，在水溢出浴缸的一瞬间，他抑制住了去满足这种欲望的冲动。但是，水并没有迅猛地流淌。他没有再看叶莲娜，而是径直走到电话机前，叫了一辆出租车。

“在兜里找找窃听器！”他们下楼时，他对她低声说道，“如果找不到，就换件衣服穿。我们保持联系！”

叶莲娜点了点头。他打开楼门，先走出去，朝周围看了看。四周空旷无人，只有刚来的出租车停在门前，发动机发出了轻微的轰鸣声，车前灯发出了微弱的光。

“列娜奇卡，还有一点要记住：什么事情都有可能发生。在已故的鲍里斯·米哈伊罗维奇的遗物中发现……嗯，就是被我预测到死亡的那个人……身上装有过去的合作伙伴——弗拉德连·康斯坦丁诺维奇的照片……就是他威胁说要谋害鲍里斯·米哈伊罗维奇。记住了吗？这件事只能对警察讲！”

“记住了！”她低声说。

他抱住她，直接吻了吻她的嘴唇。叶莲娜顷刻间闭上眼睛，然后用手将他推开，迅速转过身去，快步走向了出租车。

5

早晨醒来之后，叶尼谢耶夫便开始思考问题了。对于先知来说，最严峻的考验是在人们开始相信他的预言的时候。当人们本能地相信先知的话，或者对先知说的话半信半疑的时候，先知是受到保护的。人们或是轻视他，或是害怕与他联系，根本不愿意把自己的财富和命运委托给他。但是，先知预言成功的谣言一旦传出，人们（特别是那些富人和在社会上有影响的人）就会明白，先知是“投资未来”的资本。那时，先知便不再受到保护了。就像渴望成功一样，他会极其向往金钱、权利和荣誉。为了实现这些目标，很多人赌上了一切。如果对他们说，为了避免失败，不要盲目地下赌注，要想好赌什么牌，那么纯粹的实用主义者们就成了狂热的迷信者。所有的人，无论贵贱，无论地位高低，都被两样东西吸引了：不可预知的未来和死亡之谜。当一个人有“顺应未来”的想法时，有关死亡的思想就不会让他感到难以忍受了。当然，我们既不能回避死亡，也不能用智慧来战胜死亡，只能在掌控自己未来的同时，最大限度地推迟死亡。而且，迄今为止，先知对那些相信他的人来说，是一种巨大的诱惑，因为世上没有什么比“神秘之物”更有诱惑力了。女人、金钱、权力、名誉——所有这一切在“神秘”面前都会黯然失色。正如大仲马在《基督山伯爵》中说的那样：“妄想得到教会颁发的骑士勋章的人，不是拥有了金钱和权力，就是掌握了某种奥秘。掌握了奥秘，你就拥有了全部，包括女人、金钱、权力和名誉。魔鬼没有用天使来诱惑耶稣基督，而是用奇迹、神秘和权威来诱惑他。”

如果叶尼谢耶夫是普希金或者莱蒙托夫所说的先知，那么来找他的人或许就不会轻而易举地接近他了。但是，在审判之后，人们议论纷纷，指责他的巫术是造成死亡后果的主要原因，并且不是不谋私利的巫术。可是，“他并没有打算收取鲍里斯·米哈伊罗维奇的费用”这句话在媒体的报道中是打了引号的。这也许是对的，因为当叶尼谢耶夫还不知道客户的生命受到了威胁时，是考虑过收取酬金的。那些认为叶尼谢耶夫在招摇撞骗的人，还有那些相信他确实是个先知的人，都看出来了，他是一个准备靠预言赚钱的人。普希金和莱蒙托夫式的先知也未必会有这样的“荣耀”！就算在我们这个时代，他们也不会想到要通过预测足球比赛结果来娱乐，更别说狂饮几升威士忌了。公众面前的叶尼谢耶夫处于被质疑的状态。至少可以这样讲：叶尼谢耶夫就像格拉博沃伊和戴维·玛丽亚·基督一样，是以令人怀疑的荣耀出现在公众面前的。如果他不比他们更坏的话，那么他必须对被质疑的预测结果作出解释。完全有可能！就算叶尼谢耶夫没有作案，他也会卷入克谢尼娅·阿尔卡季耶夫娜和她那年轻的丈夫之间肮脏的情史。因此，在从女客户那里拿到钱的时候，他已经堕落到像斯图巴尔一样毫无原则的程度了。从无原则到犯罪，只有一步之遥——他昨天还就这个问题在斯图巴尔面前进行论证呢！因此，在成为真正意义上的先知之前，叶尼谢耶夫只能在“人间地狱”和“天堂地狱”之间摇摆不定，不知道该朝哪个方向迈步。但是，火焰已经分别在“人间地狱”和“天堂地狱”燃起了。他要是个孩子就好了，可以像童年时那样，藏到毯子里……但是，无论是“人间地狱”还是“天堂地狱”，你都无法逃避。

当他确认了这种想法时，家里的座机响了。叶尼谢耶夫从能拯救他的温暖的被窝里爬出来，走向了发出阵阵响声的电话机。他迟疑了片刻，还是拿起了听筒。

“喂！”

“伊利亚·彼得罗维奇，早上好！我是斯图巴尔！”

斯图巴尔？真是“说曹操，曹操就到”啊！

“伊利亚·彼得罗维奇，您警告过我，电话会被监听，所以我决定走一趟。您能下楼吗？就昨天的话题，我急需跟您谈一谈。”

“可以。只是，我得先洗脸、穿衣服……您要是愿意，可以上楼来，在这儿等我一会儿。”

“如果您允许的话，我就在车里等您好了。我还有一个请求……请您不要穿昨天那件衣服……您懂我的意思。”

“我明白。”

叶尼谢耶夫想起来了：昨天晚上，叶莲娜走后，他就开始找“甲壳虫”窃听器了。说真的，他以前从来没见过这玩意儿。他把上衣翻了个遍——接缝、领口、里衬，但是一无所获。他把口袋里的东西全部掏出来，仔细检查了钱夹子、钥匙坠儿——仍然一无所获。他自言自语道：“喂，你是个先知，不用到处乱摸就能找到！”于是，他闭上了眼睛，并试图用“透视力”穿透衣服的衬里，就像看透鲍里斯·米哈伊罗维奇的西装上衣一样，但是没有成功。“显然，我的天赋对电子产品不起作用。”叶尼谢耶夫微微一笑，把上衣卷成一团，紧紧地包在旧毯子里，塞到了隔板里。他把钱夹子（里面没有钱）和钥匙坠儿扔进了垃圾桶，然后仔细检查了牛仔裤和靴子（原则上讲，他蒙着眼睛坐在那儿的时候，还是可以安放一个小麦克风的），还是什么都没有发现。为防万一，叶尼谢耶夫把牛仔裤和皮靴做了同样的处理。可以穿着皮鞋和风衣出门，外面并不是很冷。“更何况，厚外套和靴子很快就不需要了。”叶尼谢耶夫的脑海里有一个邪恶的声音补充道。他在心里唾弃了一下，然后画了个十字，就去洗漱了。

斯图巴尔坐在自己的奥迪车里，摆弄着自己的鼻尖，吸着烟。看起来，他有些无精打采——大概是前一天晚上没休息好。当叶尼谢耶夫坐过来时，列夫·达尼洛维奇勉强笑了笑，向他伸出了一只手。但是，对方非但没有作出回应，而且嘲讽道："我们要不要再接个吻？"

"您对我的羞辱，难道还不够吗？……"列夫·达尼洛维奇低声说着，拿开了长满雀斑的手。

"不，我很崇拜您！还没等到黎明到来之后的第一声鸡叫，您就把我给出卖了，还得我来给您擦屁股！不开玩笑了，咱们言归正传吧！我们没有时间了，他们明天就会杀了您——也许，还有我……稍晚一些，在找到金库或者霍多尔科夫斯基那样的亿万富翁之后。"

斯图巴尔听了这些话，变得忧郁起来，抽动了一下鼻子。

"您昨天晚上对我说的和给我写的，我思考了很久……"他清了清嗓子，开始说道，"刚开始，我觉得您有点儿夸大其词，可是后来，您进行了仔细的分析之后，我明白了：和以前一样，您是正确的。请您告诉我，您预见到了吗？"他靠近叶尼谢耶夫，压低了声音说道。

"什么？"叶尼谢耶夫低声回应道。

"噢，就是……您预见到了是谁威胁了鲍里斯·米哈伊罗维奇。"

"是的。您对这件事同样确信无疑。"

"您把这些告诉他们了吗？"

"是的。"

"为什么？"

"他们已经根据我的面部表情猜到了！据我观察，他们已经明白了一切。所以，我对他们说什么都没有意义了。"

"这样……是这样……"斯图巴尔用手指敲打着方向盘，又凑到叶尼谢耶夫的耳边说，"只有一种办法可以使弗拉德连·康斯坦丁诺维奇和巴维尔·伊萨科维奇从这件事情中摆脱出来。"

"什么办法？"

"不能在这儿说，得到我的办公室去——在那里不会被窃听，因为我的技术支撑组的小伙子们会定期检查仪器。我打过电话了，他们早上已经检查过了。”

鲍里斯·米哈伊罗维奇死后，叶尼谢耶夫就再也没有去过这间办公室。确实，哪里还有不需要提心吊胆地讲话的地方呢？

“就这样，我们走吧！我感兴趣的不只是弗拉德连·康斯坦丁诺维奇和巴维尔·伊萨科维奇。”

“还有谁？”

“走吧，咱们边走边说。”

斯图巴尔发动了汽车，将奥迪车倒进了拱形门。叶尼谢耶夫已经不再低声细语了，开始给他讲叶夫列姆和他的团伙。

“嗯，这是芝麻粒儿那么大的事。”他讲完之后，列夫·达尼洛维奇同情地说，“这些人就是欠揍！”

“好吧，咱们走着瞧！看看是谁揍他们，怎么揍他们……我会和您继续合作，但是要满足我的一系列条件。”

“没问题。您明白，我能摆平这些家伙。”

“明白。我们后面没有‘尾巴’吧？”叶尼谢耶夫突然想起来了，“您注意观察了吗？”

“观察过了，好像没有。就算有，也没关系。即使他们知道咱们进了我的办公室……又能怎么样？”斯图巴尔再次压低了声音，“没有什么可怀疑的，您就为我工作好了。可能会发生很多事……这间办公室，他们根本就钻不进来。”

“是吗？”叶尼谢耶夫质疑道，“您见过他们了？”

“丑八怪弗拉德连吗？见过！他和他们一起来过了……但是，您将要看到的同样是会给人留下深刻印象的丑八怪。”

“真的吗？您是被吓傻了吧！”

列夫·达尼洛维奇默不作声。

事实上，在公共政策预测咨询公司的办公室旁边，一个挨着一个地停着三辆“悍马”车①，窗户旁边还有四个彪形大汉走来走去——这就是斯图巴尔所说的“丑八怪”，穿着翻领大衣（也许，那里安放了“乌兹”牌的自动装置），只是没有戴面具。

在里面的走廊里，像电影里演的一样：保镖手里拿着武器，穿着防弹背心，脚上穿着笨重的靴子，两腿叉开，站在每扇门的门口。在斯图巴尔的接待室里，有很多保镖。窗前的椅子一字排开，上面坐满了保镖。这里像军营一样，散发着擦皮靴和武器用的润滑油的味道。在生活中，列夫·达尼洛维奇的年轻女秘书（浑身散发着法国香水的淡淡香味）也许从未见过这么多明晃晃的武器。坐在那里的她，就像红花衬着绿叶。

“吝啬的斯图巴尔这回可下了血本！”叶尼谢耶夫惊叹道，“为了付给这些保安服务费，他得花多少银子啊！”

“对不起，我们需要搜您的身。”一个保安低声说道。

叶尼谢耶夫向斯图巴尔投去了疑惑的目光。

“需要这样做！”后者简短地证实道。

令叶尼谢耶夫感到惊讶的是，他们不仅搜查了他，而且搜查了办公室的主人，就像在“弗拉德连的丑八怪”那里一样，手机也被没收了。然后，那些人让他们脱掉了上衣。叶尼谢耶夫还在办公室门口时就感觉不太对劲儿，不知是否有必要走进斯图巴尔的办公室。但是，已经没有人邀请他了——保镖把门敞开之后，用有力的手轻轻地推了一下叶尼谢耶夫的后背。

① 美国的一种大型吉普车。

* * *

斯图巴尔办公室里所有的百叶窗都放下了，但却没有开灯，使得11月早晨的暗淡光线变得更加昏暗了。在这种光线的照射下，舍米亚卡①的丑八怪看起来不是很友好，显得更加凶狠了。

桌子上亮着一盏台灯。桌子的周围是真皮沙发和扶手椅，斯图巴尔的客户和客人曾经坐在那里。现在，那里坐着三个人，喝着咖啡。其中一个人像“白头鹞”一样，头发全白了，目光像狼一般凶恶。另一个人长着一张圆脸，稍微有点儿谢顶，下巴的轮廓不是很分明——也可以说没有下巴，下嘴唇和下巴连在一起。第三个人的头发梳得油光锃亮，高颧骨，小眼睛，好像每时每刻都在微笑。三个人都穿着价格不菲的衣服，打扮得很像银行的工作人员——庄重而得体。

“先生们，请允许我介绍一下，”斯图巴尔弯着腰，头向前伸着，奴颜婢膝地说，“这位是伊利亚·彼得罗维奇·叶尼谢耶夫。”

“我们早就知道您了。”白头发的人一动不动地低声说，“叫我维克多·安德烈耶维奇好了！”稍微停顿了一下，他转向那个圆脸男子，“这位是雅科夫·阿伦诺维奇。还有，”他指着那个眼睛细长的人说，“这位是法立德·萨比托维奇。”

他不再作声了。他们三个人仔细端详着叶尼谢耶夫，丝毫没有感到难为情。面对他们，叶尼谢耶夫感觉就像面对着法官。

“也许，我们应该坐下来谈！”叶尼谢耶夫转向了办公室的主人。有这三个人在场，斯图巴尔明显地感觉到了自己不是这儿的主人，“难道您更愿意站着和这些人谈话吗？”

① 源于俄罗斯古典小说中的法官之名。

还没等别人邀请，叶尼谢耶夫就坐到了一把空椅子上，正对着维克多·安德烈耶维奇，右边是法立德·萨比托维奇，左边是雅科夫·阿伦诺维奇。这样一来，桌子的周围就没有坐的地方了。显然，斯图巴尔不敢坐在维克多·安德烈耶维奇身旁的沙发上，一直站在那儿傻笑。

“请坐，斯图巴尔！”雅科夫·阿伦诺维奇点了点头。

斯图巴尔跑去拿了把椅子，勉强塞到了叶尼谢耶夫和雅科夫·阿伦诺维奇的扶手椅中间。他坐下来，两只手规规矩矩地放在膝盖上。

“您在部队服过役吗？”维克多·安德烈耶维奇问叶尼谢耶夫。

“没有。”

“那我就明白了……在部队里，要得到允许才能坐下。”

“还有吸烟……”叶尼谢耶夫说着，掏出香烟，未经许可就点燃了，“你们是军人吗？是将军？”

“您……是一个粗鲁无礼的人。从您现在的处境来看……”维克多·安德烈耶维奇说道，“不，我们不是军人，但是对您来说，我们是将军，甚至可以说是元帅。”

“愿闻其详！你们知道吗，我自诩为先知……作为先知，我没有对外宣传过——我还从来没有见过被称作‘将军’或‘元帅’的先知呢！对我来说，这种人就是摩西、伊利亚、丹尼尔……你们不要认为，抛开先知的自负，我就会承认将军或公民的权威性。列夫·达尼洛维奇，请你叫人给我端杯咖啡来。要不是你们把我从被窝里拽出来，我也不至于吃不上早饭。”

斯图巴尔疑惑地瞅着这三个人。

“叫人拿杯咖啡来！”维克多·安德烈耶维奇吩咐道，“好吧，您是先知，就享受先知的待遇吧！但是，世上还有比先知的权力更大的一种权力。”

“对此，我早有耳闻——自然是金钱在作怪。”

“不仅如此……伊利亚·彼得罗维奇，让我们来谈谈这件事吧！”

“您知道，我没有时间谈一般的话题。总的来说，我根本就没有打算和你们交谈。有些问题，我已经向列夫·达尼洛维奇作了暗示。他允许我自行解决，但你们却突然以将军或者元帅的角色出现了。如果你们是斯图巴尔的庇护者，那么你们有理由和他谈话，而不是和我谈话。”

“我们和斯图巴尔之间的问题，就不劳您大驾解决了！可是，我们和您之间的问题，就缺您不可了。所以……”

“维克多·安德烈耶维奇，对不起！”斯图巴尔毕恭毕敬地说，“问题是，伊利亚·彼得罗维奇还有其他难题需要解决——我以前并不知道，是在我们谈话时才知道的。我想，有必要进行一下说明。我现在可以汇报吗？”

“汇报吧！”维克多·安德烈耶维奇做了个手势。

女秘书走进来，给叶尼谢耶夫端来了一杯咖啡。女秘书离开之后，斯图巴尔讲起了叶夫列姆干的事，还有叶尼谢耶夫猜出是谁要谋杀鲍里斯·米哈伊罗维奇的事情。

“嗯，您看到了吧，”略带东方人口音的法立德·萨比托维奇教训叶尼谢耶夫说，“您可以不把我们当成将军，但您的将军可能就是弗拉德连·康斯坦丁诺维奇和巴维尔·伊萨科维奇，甚至是这个叶夫列姆。年轻人，在长辈面前要谦虚一点儿！”

“请注意，我不是乳臭未干的三岁毛孩子！我很清楚，你们想从我身上得到的东西，也是叶夫列姆、弗拉德连·康斯坦丁诺维奇和巴维尔·伊萨科维奇他们想要的东西！这种谈话没有任何意义！不瞒你们说，我现在陷入了困境。如果你们有这种权力的话，那么能做到的，我会尽量去做——满足你们的一个或者两个请求，目的是安抚你们这些怪胎。但是，我不是你们所祈求的神——我做不到。”

“您对我们的理解有偏差。”雅科夫·阿伦诺维奇笑着说，“这个叶夫列姆是匪徒的头目，弗拉德连·康斯坦丁诺维奇和巴维尔·伊萨科维奇……是比前一个头目大得多的头目……只不过冠冕堂皇地称为控股公司。我们嘛，是另一种权力的代表。”

“什么权力？是执法的权力吗？”

“更准确地说，是有立法权。嗯，还有一部分审判权。大概……最好是执法权！”雅科夫·阿伦诺维奇含糊其辞地补充说，“我们的权力绝非乳臭未干的毛孩子们所能比……当然，不排除对付他们的权力。你在走廊里看见的这些武装人员都不是我们的下属，但是只要我们动一下手指，他们便会悉数出现在我们面前。我们的真实姓名不会给叶夫列姆和这些寡头留下什么特殊的印象，虽然他们大概知道我们的名字。但是，他们一旦知道了我们的背景，就会匍匐在我们面前。忘掉这些人要求您进行预测的事吧——这是小事一桩！”

“好啊，那您就再动一动您的手指吧，好让他们匍匐在您面前！您为什么要把这帮持枪的走狗赶到这里来呢？弗拉德连那儿也有一群彪形大汉！”

“如果您的仇敌突然决定要玩肉搏战，那么这些人只会保护我们。我们是不会因为琐事而动用权力的，况且那些琐事也不会让我们想起自己的权力。我们的权力是隐秘的……但是，当它能给我们带来实质性的利益时，我们就该使用它了。为了搭救您和斯图巴尔，我们要么建立一个示范性的屠宰场（这无论如何都不是我们打算对寡头们做的事），要么揭开神秘的面纱（这也不是我们愿意做的，如果回报不是很多的话）。我们不需要您预言的那两个人——从这个意义上讲，我们对您完全不感兴趣。”

“我不想让任何人对我感兴趣……你们是共济会的会员吗？”

三个人面面相觑，有些嘲笑的意味。就连不停地拨弄鼻子的斯图巴尔都咧嘴笑了！

“人啊……”法立德·萨比托维奇叹了一口气，“真有点儿不明白——一下子就成了共济会的成员……这说明什么呢？弗拉德连·康斯坦丁诺维奇和巴维尔·伊萨科维奇也是共济会的会员——这您是知道的。现在，稍微有点儿影响的人，哪个不是共济会或扶轮社①的成员？也许那个叶夫列姆还是个副社长呢！可是，那又怎么样？皮诺切特和萨尔瓦多·阿连德也是共济会的会员，结果其中的一个把另一个给打死了。也就是说，共济会成员的背后还有更大的权力……”

“您说话怎么总是绕弯子呢？弗拉德连讲的是与金钱有关的权力，而您讲的则是神秘的权力……你们想让我怎么做？”

“我们看过您写的文章。”维克多·安德烈耶维奇说。

“哪篇文章？”

维克多·安德烈耶维奇向斯图巴尔做了个手势，后者起身从桌子上拿来了一本杂志。

“就是这篇。”

叶尼谢耶夫惊奇地发现，这是在鲍里斯·米哈伊罗维奇死前，他发表的几篇文章中的一篇，是先知拉夫连季·切尔尼戈夫斯基写的那本书的读后感。他无法想象，坐在他面前的这些人会读这篇文章。在他的心中，又燃起了希望。莫非这三个人不是弗拉德连和巴维尔那样的歹徒？

“怎么，你们喜欢？”

“写得不错。”维克多·安德烈耶维奇点头说道，“拉夫连季的这种罕见的‘预言现象’……依我看，如果不考虑细节的话，是正确的。这个拉夫连季不是什么‘万卡’。他的那些已经成真的预言会给人留下深刻的印象，没有成真的预言也是一样。有一件事一直在困扰着我——无论是在启示录里，还是在其他的先知那里，我们都没有读到过类似的东

① 美国的一个社会团体，1905年创建于芝加哥。

西。他写道：‘俄罗斯将与所有的斯拉夫民族和国家联合成一个强大的帝国。这一帝国将由东正教的大牧首和登基的君王来统领。在俄罗斯，一切分裂和异端邪说都将消失，不会再有对东正教的迫害了。上帝宽恕虔诚的罗斯，因为它经历了一个可怕的敌视耶稣时期。大批的蒙难者和忏悔者喜笑颜开……在俄罗斯的大地上，信仰之花盛开，一片欢腾喜悦的景象（只有很短的时间，因为可怕的法官要来审判活人和死人了）。就连敌基督本人都惧怕俄罗斯的东正教大牧首。除了俄罗斯和斯拉夫国家以外，其他所有国家都将受制于敌基督，备受圣经中所描写的那种痛苦与折磨。’您认为，这个预言中正确的成分有多少呢?”

“您完全正确地指出，拉夫连季·切尔尼戈夫斯基是一个真正的先知。而我并不是一个最理想的先知，充其量也就是个预言者罢了。因此，我没有能力评价圣者拉夫连季预言的准确性。”

“您尝试过吗?”

“尝试过，”叶尼谢耶夫承认说，“但是一无所获。”

“一无所获，所以……”维克多·安德烈耶维奇陷入了沉思，“您知道吗，在我看来，您没能成功，并不是因为您比拉夫连季·切尔尼戈夫斯基能力弱。也许他确实更强一些，但是您并不是要尝试着去进行预言，而是要感知预言到底有多大的把握。您之所以一无所获，是因为这次拉夫连季把愿望当成了现实。要知道，一切发展的目的都是使俄罗斯被敌基督统治，而他却说：‘在俄罗斯的大地上，信仰之花盛开，一片欢腾喜悦的景象……’也许，‘信仰之花盛开’已经很不容易了，更何况还有喜悦的景象！您不觉得这是臆造出来的吗?”

叶尼谢耶夫耸了耸肩：“如果我没有看见……比如说，在复活节点燃圣火时，人们兴高采烈的样子……我大概会觉得这是臆造的。”

“什么时候的欢呼最热烈？是在神赐圣火之时，还是在进行足球比赛的时候?”雅科夫·阿伦诺维奇问道。

“这要看哪个离他们更近一些了!”

“与俄罗斯一同进入所谓‘东正教王国’的，还有‘斯拉夫民族和国家’。您是如何看待这一问题的呢？要知道，斯拉夫民族中有一半是天主教徒。”

“那又怎么样？泛斯拉夫主义不是诞生在俄罗斯，而是诞生在克罗地亚……这就是十七世纪的尤里·克里扎尼奇①。后来，我们认识了这些斯拉夫天主教徒。如果他们被迫害了，那么他们就会跑到东正教的王国去。”

“确实是这么回事。”雅科夫·阿伦诺维奇同意这种观点，“或者——到非东正教的王国去。意思是：去非基督教王国。”

“我认为，他们更喜欢东正教王国。”

“还是让我们回到拉夫连季反对基督降临的话题上来吧!”维克多·安德烈耶维奇提议说，“如果这是正确的……不仅是因为拉夫连季等先知预言过此事，而且是因为俄罗斯的历史观点及发展难点。是这样吗？当时，全世界敌视基督统治的先决条件是什么？俄罗斯会无缘无故地变成东正教王国吗？”

“我无法说得比拉夫连季更多。‘上帝宽恕虔诚的罗斯，因为它经历了一个可怕的敌视耶稣时期。大批的蒙难者和忏悔者喜笑颜开……在俄罗斯的大地上，信仰之花盛开，一片欢腾喜悦的景象’说的是：上帝会听到这些蒙难者和忏悔者的祷告。”

“他们这些伟人已经风光了两千多年！可是，又怎么样呢？请告诉我们，为什么用基督的思想武装起来的人们，到现在还处于邪恶之中？人类的鲜血流成了河！莫非是这些民族被欺骗了？也许根本就没有什么救世主降临，只有拉夫连季他们所说的敌基督！就连拉夫连季都没有回

① 俄罗斯思想家。

避所谓的敌基督要来拯救人类，以避免其彻底毁灭!”维克多·安德烈耶维奇再次拿起杂志，读了起来：“地球上将会发生异常可怕的灾难，连水都会失去。然后，会是世界大战……会发明出威力强大的炸弹，能让钢铁和石头融化。火光冲天，大地在燃烧，幸存者寥寥无几。那时，人们喊道：‘消灭战争，拥立君王!’”接下来，他又说道：“拉夫连季预言说，这个君王就是敌基督。但是，我感兴趣的是：谁会去安排这些‘诱惑’呢？敌基督吗？不是。关于这一点，没有人提起过。安排这些事的是那些自诩为‘基督的追随者’或者在任何情况下都积极参与这件事的人。根据拉夫连季的预言，教会是无法阻止核战争的。那么，在您看来，人类宁愿在核战争的战火中被烧死，也不愿意承认救世主能够制止他们相互残杀吗？根据拉夫连季的预言，俄罗斯解决完冲突，就会在这个邪恶的世界里独善其行。”

“您难道是撒旦吗?”叶尼谢耶夫低声问道，然后用怀疑的眼光看了看坐在他周围的人。所有的人，包括斯图巴尔在内，在台灯昏暗的光线之下，突然与墙上舍米亚金画上的人物十分相像。

与共济会的问题不同，没有一个人对这个问题作出反应。办公室里一片沉寂。

“很明显，您明白什么，就往什么上‘贴标签’。”维克多·安德烈耶维奇终于开口说道，“共济会、撒旦……我们更倾向于把我们说成是‘真正的救世主降临’。”

“也是敌基督吗?”

“他们好像把拉夫连季·切尔尼戈夫斯基和您都称为‘敌基督’。”

“但是，根据圣父的教导，敌基督是撒旦的公使。也就是说，你们还是撒旦。然后，你们会像撒旦、激进的敌基督和类似的人们那样，肆意歪曲和篡改历史。您说，敌基督不会发动世界大战……那么，撒旦跟战争有什么关系呢？拉夫连季·切尔尼戈夫斯基在预言的前言里说：‘最近一段时间，地狱里将不会有魔鬼。所有的魔鬼都将出现在人间……’”

“人间的地狱不是魔鬼建的，而是基督徒建的。”雅科夫·阿伦诺维奇反驳道，“可是，您却认为，第一次世界大战是魔鬼发动的，第二次世界大战也是魔鬼发动的。不，第一次世界大战和第二次世界大战都是德国人——基督徒发动的。在前基督时代从未发生过如此血腥的战争！”

“但那时还没有机枪、大炮、坦克、飞机……”

“问题不在于机枪和大炮——用铁器也能残杀数百万人！试想，如果由魔鬼来掌管基督教国家的一切，那么他算什么基督徒呢？这些基督徒该如何与他们相处呢？也许维克多·安德烈耶维奇说的对……”

“请允许我相信拉夫连季·切尔尼戈夫斯基的说法，而不是您的说法。”

“可以。我也相信拉夫连季·切尔尼戈夫斯基的观点，但是由于他是个狂热的修士，所以他的预言总是会被狂热的基督徒们大肆渲染。但是，就其精神实质而言，他是个先知，准确地预言了宗教信仰的崩溃。瞧，他在自己的预言中，还补写了一个基督的‘大团圆结局’……毫无办法，是体裁使然。”

“末日审判——他也写了吗？”

“可能没写。他所展现的不是那次审判……”

“听见了吧，列夫·达尼洛维奇！”叶尼谢耶夫转向了斯图巴尔，“我一直怀疑您有些迟钝，但没有料到您迟钝到了这种地步。如果您需要撒旦的帮助，就悉听尊便吧！你们为什么认定……需要我的帮助呢？”

“因为善良的基督徒没有给您帮助。”斯图巴尔轻声答道。

“那么，善良的撒旦会给我帮助吗？”

“谁来帮助你，谁就是善良的——我是就事论事。”

“那么，你们为什么要帮助我呢？”

“我们需要先知。”法立德·萨比托维奇回答道。

“别笑话我了！你们不需要任何先知！没有人需要先知！你们相信的不是拉夫连季·切尔尼戈夫斯基的预言，而是对这些预言的解释！请你们自己给自己预言好了——去预言你们喜欢的一切！去做招魂术、黑魔法！你们要我做什么?”

法立德·萨比托维奇突然靠近了叶尼谢耶夫，把手放在了他的手上——他手上戴着一枚沉甸甸、亮闪闪的镶嵌着亚当头像的金戒指。叶尼谢耶夫马上就把手缩了回去，就像从癞蛤蟆身上把手缩回来一样。但是，这根本没让法立德·萨比托维奇感到难为情。

“我们已经跟踪您半年了，”他说，“从您预言卡钦斯基的专机失事时开始。我们命令斯图巴尔请您到咨询公司来……我们确信，您不是拉夫连季·切尔尼戈夫斯基那样的宗教狂，所以竭尽全力让法院对您从轻处理。要知道，故意杀人罪是很重的罪，是要判刑的。正因为您是先知，我们才需要您。救世主……也就是您所说的敌基督，不是独自来的，而是和先知一起来的。至少，像您的启示录里说的那样：未来的救世主时代需要先知。”

叶尼谢耶夫笑了笑。

“怎么，你们没有自己的先知?”

“暂时没有。”雅科夫·阿伦诺维奇认真地回答道，“问题就出在这里！结果是，预言的想法恰巧被基督徒借用了。招魂术、黑魔法——这一切都不是源于美好的生活。基督徒谎称《圣经》里的先知预言了救世主的到来，以此来诋毁那些不信仰基督教的人。正如您所说，我们讨论预言的事是为己所用。可是，基督徒们毕竟已经研究了两千多年，并且有固定的模式。拉夫连季·切尔尼戈夫斯基他们就是按照这种模式进行预言的！要知道，我们并不想让您为我们制定一个模式。您就像往常一样，给自己预言一下吧！只是，不要被琐事烦扰。现在，应该转移到全球性的话题上来了。”

“什么全球性的话题?”

“就是一个强大世界的秘密。”

“啊，是这么回事！要谈秘密了啊!”叶尼谢耶夫仿佛听到了某种回声，与斯图巴尔出现之前他自己思考的问题有关，“真是令人感到惊奇！不要以为只有你们需要这些秘密——叶夫列姆他们也需要这些秘密!”

“并不是所有人都善于利用这些秘密，也不是所有人都能够保守这些秘密。我们想了解能干扰真正的救世主降临的一切，尽管会涉及宗教、政治、文化等方面。举个例子：我不像维克多·安德烈耶维奇那样，用怀疑的眼光看待拉夫连季·切尔尼戈夫斯基关于‘俄罗斯的真正救世主降临到了东正教的王国’的预言。俄罗斯是一个不可预知的国家。因此，我想知道，什么会强化原教旨主义倾向，以便将来将其消除。被预言，也就是被武装。对我们而言，任何一个领域都不应该存在秘密，其中包括商业。”

“嗯，像往常一样!”

“挣钱——不是我们的主要目的。但是，钱是所有强大力量的数字表现形式，是一切权力的另一面……特别是秘密权力。我们的商业伙伴不是简单地和对手展开竞争——他们还进行着思想战，以自己在金融市场上的胜利来加强我们的联盟。熟知未来前景的这些人，做起事来自然是卓有成效的。这也会涉及同情我们的政客们……”

“听着，难道你们还不明白，只有信仰才能使预言变得精准吗?先知应该相信您的信仰。你们不需要我，因为我不相信你们。”

“这一点，我们明白。”维克多·安德烈耶维奇点头说道，“否则我们就不会在这里就同一话题进行交谈了。请您告诉我，伊利亚·彼得罗维奇，除了我们，您还能信任谁呢?在自己的祖国没有先知——波兰人成了第一个注意到您的人。嗯，这有他们波兰人自身的原因。在波兰人之后，就是我们了。我们在您毫不知情的情况下，就开始帮助您了。比如说，在法庭上……”

“啊哈！你们先把我引诱到了斯图巴尔那里。在他那儿，我因工作而吃了官司。然后，你们再在法庭上帮助我！”

“我想提醒您的是，没有人强迫您到斯图巴尔那里去工作，是您自愿去的。我们希望，您也能自愿地成为我们的同盟者。如果没有我们，在生活中等待您的将会是什么呢？是叶夫列姆，还是弗拉德连·康斯坦丁诺维奇和巴维尔·伊萨科维奇呢？如果有其他人面兽心的人找上门来，您能不劳神吗？在善良的基督世界里，谁会帮助您呢？没有人……因为他们只会在嘴上说要为别人牺牲自己的生命。可是，他们的生存原则是：今天你先死，明天才轮到我死。我们不是像绑匪那样互相帮忙，而是像亲人那样相互帮助。我们有基督徒那样的理念——这种理念在别人那里不是没有，而是被歪曲了。请告诉我，为什么基督徒会那么泰然自若地对待拉夫连季·切尔尼戈夫斯基关于核战争即将到来的预言呢？如果他们相信他，那么他们为什么不为了避免灾难而付诸行动呢？他们毫不在乎数亿人的牺牲——他们要的只是实现启示录中的预言……而被您称为‘撒旦’的我们，愿意与您合作，尽最大努力来拯救人类的后代。您决定吧！”

“当他信口雌黄的时候，他说的是自己的……”

“什么？”

“嗯，不被你们认可的救世主说：‘您的神父是魔鬼。您想实现神父的愿望。他起初就是个杀人狂，不捍卫真理，因为他心里就没有真理。他说谎，因为他是个骗子，是谎言之父。’他说得很好，不是吗？你们的父辈能做到吗？未必……当然，他们尝试过……据说，魔鬼是上帝的猢狲，那么敌基督大概就是基督的猢狲了。你们如果为自己的救世主寻找先知，‘以便使一切都像在基督那里一样’，那么你们是谁的猢狲呢？尽管你们并不承认基督本人的存在……真是风马牛不相及！”

“整个谈话都是围绕着基督徒进行的……”维克多·安德烈耶维奇叹了口气，用恶狼般的眼神扫视了一下自己的“撒旦战友”，“您提供给他们的是具体的东西，而他们回报您的却是引经据典和侮辱。”

“不，这是因为我对细节感兴趣。今天，我观察到，斯图巴尔在你们面前顺从地跑前跑后……原来，他是按照你们的旨意邀请我来咨询公司工作的。那么，我就要提出一个问题了：他是如何把我和客户之间的一切向弗拉德连和盘托出的呢？难道你们对此一无所知吗？我简直不敢相信，与弗拉德连相比，斯图巴尔更害怕你们。或者说，他是按照你们的旨意把我出卖给弗拉德连的，以使我陷入走投无路的境地，并让我投入你们的怀抱……”

“您刚才说，斯图巴尔温顺地跑前跑后——这是因为他知道自己做错事了。在与弗拉德连·康斯坦丁诺维奇的谈话中，他因表现得十分懦弱而受到了惩罚——请您相信我们！”

“我多么想相信你们啊！但是，我不能相信：‘当他说谎，表明自己的观点时，他就是个骗子，是谎言之父。’斯图巴尔是个善于随机应变的人，知道该如何来答复弗拉德连，并且不会泄露天机。”

“看来，我是无法说服您了。这是为什么呢？听您这么一说，就像叶夫列姆他们这伙人也是我们派去的似的。难道您不明白，就算您的生活里没有弗拉德连·康斯坦丁诺维奇来找麻烦，也会出现其他的麻烦事吗？”

“谢谢您对我的安慰。你们自己可能也惧怕弗拉德连三分吧！看看你们这阵势！很明显，他可以很容易地把你们撂倒，直到你们向他暗示自己的神秘权力！你们可以在我身上试验一下！不，我最好是和叶夫列姆或弗拉德连来做这个试验，而不是和你们……最起码，他们不会主动放弃基督……”

“这是您的最终决定吗？”法立德·萨比托维奇问道。

“不，不是最终决定。其实，我到这儿来另有目的。撒旦先生们，请协调好你们和弗拉德连、叶夫列姆的关系，否则我会把你们的斯图巴尔作为弗拉德连的同谋告到警察局去，反正你们也能把他从法院和检察院解救出来。在我看来，与叶夫列姆和弗拉德连达成协议并不是很难。因为出现了新情况，所以我把斯图巴尔的期限延长到了明天，到十七点整。在这之前除掉我毫无意义，因为给斯图巴尔的邮件并不是我发的，而是其他人替我发的。”

撒旦们被这种肆无忌惮的言词惊呆了。他们沉默了片刻，意味深长地彼此看了看。然后，法立德·萨比托维奇说：

“您可以回绝我们，但是我们不会回绝您。您最好是没有来过这里……您知道的太多了。我们将竭尽全力，要么把您争取过来，要么让您从地球上消失。至于斯图巴尔，请您不用担心，我们会关照他的。”

“你们没弄明白——我会把他和弗拉德连一起告到警察局去的。”

“您有什么证据呢？”

“无可奉告！会告赢的——我有一些材料。”

“弗拉德连·康斯坦丁诺维奇会自我保护的，不管您那里有什么把柄。”维克多·安德烈耶维奇有把握地说，“我们会保护斯图巴尔的。至于您嘛……当然了，只有经历了磨难，您才会成为一名真正的先知。不过，我们不会妨碍您成为先知。您必须先在弗拉德连·康斯坦丁诺维奇或者叶夫列姆那里遭受磨难，然后再找机会回到我们要谈的话题上来。况且，还有回旋的余地。请您顾及一下那些将要备受煎熬的亲人吧！您刚才说，要给斯图巴尔多长时间来着？到明天十七点整？这也是我们给您的期限。您一旦作出正确的决定，就和斯图巴尔联系！列夫·达尼洛维奇，请把叶尼谢耶夫先生送回家！”

“不用了，谢谢！我自己能回家！看不见列夫·达尼洛维奇，我的感觉会好一点儿。再见，撒旦的崇拜者们！你们帮助他，可他却不帮助你们。他将和所有人一起被打入地狱，没有特权。你们爱他，可他却不爱你们！这是我给你们提供的免费预言！”

6

叶尼谢耶夫刚从斯图巴尔那里出来，便喃喃自语道：“撒旦——谁想到过呢？”这时，手机铃声响了起来。他看了看屏幕，显示的是“未知号码”。叶尼谢耶夫想了想，然后接听了电话：“喂！”

“伊利亚·彼得罗维奇，您在那里和斯图巴尔他们玩儿的什么把戏？”这是弗拉德连·康斯坦丁诺维奇的声音，“您为什么不接电话？我联系不上斯图巴尔！他的接待室里都是些什么人？我好言奉劝您，可别跟我耍滑头！请您注意，我才不在乎斯图巴尔的人际关系呢！我会把他和他的交际圈一起灭掉。离开他吧，他帮不了您！他会在第一时间出卖您！”

“我知道。”

“您和他谈什么了？”

“谈的正是这件事。我想知道，他为什么要出卖我。”

“我们的谈话，您都告诉他了？”

“大体上讲了。”

“您为什么要做这种荒唐事呢？我们警告过您！”

“听着，别蒙我！即使我不说，他也能猜到我们谈话的内容。您到斯图巴尔那儿去，详细地询问了我的工作内容，现在又希望他什么都不怀疑……您就不应该去找他！”

弗拉德连对着话筒喘着粗气。

“您对斯图巴尔说了什么？”

“我问他：‘您是谁？是干什么的？’”

“您把我的提议对他讲了？”

“没有。不过，他猜到了。猜到这些并不难，尤其是在您详细地询问了我的情况之后。”

“你们还说了些什么？”

“让您担忧的事，我都没说。”

“我会去调查的。”

“请便吧！”

“还有，我想让您明白：如果您背着我在斯图巴尔那里讨论其他问题……就请您不要白白地浪费时间了。我不会让任何人把您从我身边抢走！您作出决定了吗？”

“期限一到，我自然会作出决定。”

弗拉德连·康斯坦丁诺维奇挂断了电话。

叶尼谢耶夫朝四周看了看。既然弗拉德连知道他去过斯图巴尔那里，就说明有人跟踪他。那个人现在还在跟踪他吗？他突然转过身，沿着马路朝相反的方向走去。迎面走来的行人中没有可疑之人——没有人停下脚步仔细地观察。

难道有人在乘车跟踪他吗？可是，在咨询公司周围停放的汽车里，叶尼谢耶夫并没有看见什么人。在公司附近，隐约可见四个“撒旦保镖”。对面也没有可以监视的场所——商店或是咖啡馆。从公司门口经过的行人，也都没有驻足观望。弗拉德连知道斯图巴尔的接待室里有很多人，但他不知道里面都有谁、在谈什么。接待室里有麦克风——难道斯图巴尔的技术人员没有检查接待室？

叶尼谢耶夫突然反应过来，窃听器并没有隐藏在接待室里，而是藏在了他的手机里。所以，弗拉德连的“甲壳虫”窃听器……通过没收的手机偷听到了叶尼谢耶夫在接待室里说的话。就在他和弗拉德连、巴维尔在别墅里谈话时，“甲壳虫”窃听器被他们插入了他那部被没收的手机！很明显，不仅仅是“甲壳虫”窃听器！弗拉德连怎么知道叶尼谢耶夫走出了斯图巴尔的办公室呢？他拿起手机和大衣，没有和任何人说话，甚至连“再见”都没说就走了。也就是说，除了“甲壳虫”窃听器，手机里还有可以记录叶尼谢耶夫行踪的定位仪。叶莲娜的手机里也有这样的定位仪，说不定她的笔记本电脑里也有。

叶尼谢耶夫转身向地铁站走去。

乘坐自动扶梯下到地下后，他关掉了手机，从里面取出“CIM 卡”，然后开始仔细观察站台上的人。地铁来了，车门前面十分拥挤。叶尼谢耶夫挤进地铁时，偷偷地把手机塞进了走在他前面的一个年轻人提着的大塑料袋中。叶尼谢耶夫在下一站下了车，然后坐上了开往相反方向的地铁——就让手机在地铁里旅行吧！鬼才知道他去了哪里！让弗拉德连的密探们绞尽脑汁地去猜吧！

叶尼谢耶夫在季米里亚泽夫站下了车，直奔文学研究所的宿舍。他不知道叶莲娜住在哪个房间，甚至连她的姓都不知道。他在书报亭里买了一张电话卡，但是没有打电话。他向在无轨电车站等车的一个小伙子走去。这个小伙子穿的衣服皱皱巴巴，头发乱蓬蓬地向上翘着，一看就是文学院的大学生。于是，叶尼谢耶夫对他说：

“老弟，帮帮忙！我和女朋友吵架了，所以她不想见我。麻烦你按我说的电话号码给她打个电话，告诉她有个叫叶尼谢耶夫的给她寄了包裹，让她下楼来取……她叫叶莲娜。如果她问你是谁，你就说你是‘DHL’快递公司的速递员。这是电话卡！”

“没问题。”“文学家”答应道，“可以！”

他们走到自动收费的公用电话亭前，小伙子按照叶尼谢耶夫的要求一字一句地说了那些话，连“DHL”快递公司都说了。叶尼谢耶夫递给他一百卢布的钞票，但是大学生一摆手，回绝了。

“别客气。再说，你也不是用我的手机打的。去约会吧！”

叶尼谢耶夫走进宿舍的前厅，看见了值班室的牌子。他等了没多久，叶莲娜就像他叮嘱的那样，穿着睡衣，光着脚丫，不是从电梯里出来，而是谨慎小心地从楼梯上走了下来。“好样的！”他在心里对她的谨慎十分赞许。姑娘见到叶尼谢耶夫，惊讶地挑起了眉毛，喜笑颜开地向他走来。

“有人叫我下来，说是……”

他把手指放到嘴唇上，小声地问：“你拿手机了吗？”

“拿了。”她用手拍了一下睡衣的口袋。他发现有一个小锤把儿从她的睡衣口袋里露了出来，立刻就笑了。叶莲娜对他的愉悦表情感到莫名其妙。

“你怎么了？”

“咱们走，去散散步！你上楼去换一下衣服！只是，不要带手机，也不要带笔记本电脑。但是，要带上护照！”

“为什么？”

“需要这样。”

“或许应该上楼，到我那里……”姑娘一边提议，一边整理着睡衣。

叶尼谢耶夫否定地摇了摇头。

姑娘只好说：“好吧，我马上就来！”

他站在大街上，等着叶莲娜。按照他的要求，她没有穿前一天晚上穿的那件外衣，而是穿了一件肥大的外套。

“出什么事了？”

“我们去移动通信专卖店！情况变得更加复杂了，出现了新的自称能够洞察未来的狂妄之徒。你肯定不会相信——是撒旦。他专横霸道，有武装警卫，还威胁人。我不让你带手机和笔记本电脑，是因为那里面被人放入了窃听器，还有定位仪。今天，我接到了一个陌生人的电话——好像就是跟踪我的人，这才反应过来。我们现在就去买新手机！在来的路上，我还绞尽脑汁地想，这几天把你藏到哪里比较安全。突然，我在你们宿舍的一楼看到了‘宾馆’的牌子。这是一家真正的宾馆还是通常所说的‘高级房间’呢？”

“是真正的宾馆。他们租下了学院宿舍的房子。”

“你能不用登记就入住或者用别人的护照入住吗？”

“这很简单——我认识在那里工作的女孩子们。但是，我没钱住宾馆。”

“我身上还有点儿钱。告诉那些女孩子，说你是为了躲避自己的前男友，不想再见到他了，请她们不要出卖你。按照我的理解，临街是不是还有一个出口？”

“是的。”

“太好了！你要住得尽可能离另一个出口近一点儿。如果突然听到有人威胁宾馆的服务员，并叫出了你的名字，你就悄悄地跑到大街上……拼命地跑向警察局。”

“可以把笔记本电脑带到宾馆来吗？”

“最好别带！即使电脑里没装窃听器或者定位仪，也有可能装上了能读取信息的其他软件——忍一忍吧！试着像俄罗斯的经典作家那样，用笔和纸进行创作吧！”

“我已经不会写字了！从中学开始，我就不用笔写字了！”

“不会的话，一学就会了。如果发生了灾难，电子产品都消失了，你怎么办？”

在移动通信专卖店，叶尼谢耶夫以每部八百卢布的价格买了两部“三星”手机（得给叶莲娜多留点儿钱住宾馆）和连接线等充电设备。

“好了，现在我们有自己的联系方式了。”他说，“我们得记下号码！当然，如果需要的话，也可以把电话号码注销了——毕竟是用我们的身份证办的，不过还是需要一点儿时间的。我想，在一两天之内，我们可以自由通话。把钱拿好了！除了住宿以外，留下一千五百卢布，给自己买些食品，塞进冰箱——那里会有冰箱吧！没有特殊需要，不要到大街上去！”

“那你打算怎么办？”

“我正在为此发愁呢！得想点儿办法！如果明天夜里十二点我还没联系你的话，就把弗拉德连·康斯坦丁诺维奇照片的事告诉警察局。把你知道的一切都告诉警察——当然，你知道的不多。不过，把警察引到阿纳托利和列夫·达尼洛维奇·斯图巴尔那里就足够了。记住了吗？”

“记住了。就是那个咨询公司的老板……”

他们回到了宿舍。

“娜佳怎么样了？”当他们在十字路口停下脚步时，叶莲娜问道。

“我现在就和娜佳联系。”

“你一旦与她和好了，我们就再也见不到面了！”

“如果能活下来的话，就有机会见面——我会时常想起你的。当你成名时，我会来参加你的读者见面会，索要你的签名。”

“我要把这一切都写下来。”

“我希望这一切都尽快结束。不管这一切以什么方式结束……认识你，我感到非常高兴。我一个人很难承受这一切——只有倒下，坐以待毙！”

“如果有什么情况，请记住，你不是一个人。我也知道，我并不孤单……”

他们站在那里，手牵着手——叶尼谢耶夫已经不记得他们是怎么拉起手来的了。他把姑娘拉向自己，抱在了怀里。

“好了，走吧！”她低声说。

叶尼谢耶夫一个人站在那里，望着叶莲娜的背影，问了同样的问题：下一步该怎么办？当他回应她说“会有办法的”时，连他自己都没想清楚，下一步该作何打算。首先应该知道，娜佳那边怎么样了。于是，他给娜佳拨了个电话。

娜佳很快就接听了，这很好理解：娜佳并不知道叶尼谢耶夫的新电话号码。

“娜佳，是我……这是我的新电话号码。”

“我知道了。”从电话的另一端传来了娜佳平静的声音。他甚至觉得，她是在故作镇定。

“娜佳，告诉我，你在哪儿？”

“在莫斯科。”

“什么时候起飞？”

“今晚八点左右。”

“什么时候回来？”

“你问这个干什么？”

“请回答我——这很重要。”

“后天早晨。你为什么要问我什么时候回来？想送给我东西吗？”

“想和你言归于好。”

她挂断了电话。叶尼谢耶夫一点儿也不感到懊恼，因为娜佳告诉他的是好消息。总之，她在必要的时候飞走了。现在应该明确，到第二天下午五点之前，他应该做些什么。叶尼谢耶夫朝家里走去。应该如何摆脱叶夫列姆及其同伙，他还不是很清楚。他甚至考虑要去报警……就在这时，一双和弗拉德连·康斯坦丁诺维奇、巴维尔·伊萨科维奇和撒旦怪物一样的毛茸茸的大手忽然朝他伸了过来。即使叶尼谢耶夫能砍掉一只魔爪，也难以应付其他的魔爪，就像是被毒蛇缠身的拉奥孔。

他玩儿的把戏很快就被识破了：杂乱无章、莫名其妙的嘈杂声……弗拉德连和巴维尔的人立刻就去跟踪了刚从地铁里出来的小伙子，抓到了他，并且进行了搜查。他们要想找到叶尼谢耶夫本人，更是易如反掌——他迟早都要回家。难道他能永远在大街上漫步吗?

叶尼谢耶夫想攥紧拳头，预见一下自己的未来（哪怕只有一天），但却没有奏效。于是，他开始祈祷，就像在斯摩棱斯克的机场一样，但却没有像当时那样，找到合适的话——只能用朴实无华的预言乞求上帝帮忙了。他向先知伊利亚和最后一个俄罗斯先知——拉夫连季进行了祈祷。他感觉轻松点儿了，虽然和原来一样，还没有想出最终的解救办法。

叶尼谢耶夫离自己的房子越来越近了。突然，一切都浮现在了眼前。他的心脏在毫无规律地怦怦跳着，城市里的马达声、汽笛声、叫喊声、脚步声……单调的声音不绝于耳，就像电视被迅速地调大了音量。世界在他身边快速地旋转起来。他停下脚步，眯缝起眼睛，突然看见了被炸成碎片的阿纳托利的咖啡馆。“明天，十七点十五分……”一个陌生人对叶尼谢耶夫说，并且用低沉的声音补充道：“按时行动!”

叶尼谢耶夫睁开眼睛之后，幻影消失了，世界停止了旋转，耳边的喧闹声戛然而止，城市又归于了平静。叶尼谢耶夫仍旧倚着电线杆，站在那里。上帝听到了他的祈祷！十七点十五分！十五分钟后，正是他向妄想利用他的才能的三伙人宣布自己决定的时间！他和叶夫列姆约定的见面地点正是阿纳托利的咖啡馆。如果他不来的话，那么这些无耻之徒——叶夫列姆、马克斯、阿纳托利便会被炸得粉身碎骨！咖啡馆里不会有外人——阿纳托利一定会以“特殊服务”为由关门停业。他们不需要多余的耳目，就连服务员都会被赶走。但是，谁会制造这起爆炸案呢？未必是弗拉德连和撒旦们去炸叶夫列姆他们那伙人，因为在叶尼谢耶夫宣布自己的决定之前，他们收拾这伙人没有任何意义。况且，他们知道，他们所觊觎的预言家就在这家咖啡馆里。所以，有可能是叶夫列姆的某个竞争对手安放的炸弹。

难道说，毁掉叶夫列姆和他的同伙，对叶尼谢耶夫来说就已经足够了吗？他的难题只解决了三分之一。这多半是帮了弗拉德连、巴维尔和撒旦们的忙：在争夺叶尼谢耶夫的角逐中除掉了一个竞争对手。难道就不能让叶尼谢耶夫事先预见些什么吗？只说了一句“按时行动”……

叶尼谢耶夫忽然觉得，他应该在十七点整把所有人——不仅包括叶夫列姆和马克斯，而且包括弗拉德连和巴维尔，以及撒旦们——全都约到咖啡馆里见面，让他们拼个你死我活，然后去见自己的神父——谎言之父。叶尼谢耶夫体验到了如此惊人的报复之后的快感，不由得浑身发抖。他用颤抖的双手掏出香烟，点着了火。把所有的人一举歼灭！可是，怎样才能迫使仪表堂堂的富翁弗拉德连·康斯坦丁诺维奇、巴维尔·伊萨科维奇和撒旦们到这个简陋的咖啡馆里来呢？不能强迫他们，应该消除他们与他见面的另一种可能性。因此，在第二天下午五点之前，要让他们知道，找到他是件遥不可及的事情——要让他们感到望尘莫及。可是，怎么办呢？没有护照就买不了飞机票或者火车票，可是如果他用护照买票的话，他们很快就会找到他。他们会在城际客车上拦截他——电气火车也走不远。他突然想起来了！有一次，他急着出差，又买不到飞机票，是娜佳求一个熟人把他带上了飞机，只是没有座。既不通过窗口，也不用护照就办妥了——他是与机组人员一起登机的。

只要娜佳同意就行！只要她同意！他要在飞机起飞之前给这帮恶棍打个电话，告诉他们自己的条件——在阿纳托利的咖啡馆见面——然后就关机。那时，他们要想找到他，就像大海捞针一样了！他们就像寻找心上人一样，四处去寻找他，而他却不在现场：已经在另一座城市里了。这样的话，警方就会怀疑这是一起爆炸事件。

只要娜佳同意就行！只要她同意！叶尼谢耶夫走进自己家的拱门，四处张望了一下，并在儿童小广场上选了一条板凳坐了下来。这里视野开阔，可以看见所有走进拱门的人和顺着楼房走动的人。没有发现可疑人员，于是他掏出手机，给娜佳打了个电话：“哎，接电话！快接电话！”听着长长的鸣音，叶尼谢耶夫祈祷着。

她接听了电话：“喂！”

“娜佳，我没有飞机票，你带我上飞机吧！”叶尼谢耶夫低声说道——在空旷的正方形院子里，大声说话人人都能听到，“你还记得那次你带我上飞机吗？我非常需要！”

她很少被他这样请求，因此沉默了几秒钟。

“叶尼谢耶夫，你疯了吗？为什么让我把你带上飞机？你又不是去出差！你还在缓刑期，胡思乱想些什么呀！”

“娜佳，娜佳！我很清醒！请相信我！你会相信我的！我不是平白无故地给你发短信，说我遇到了一件麻烦事！自从电视里狂轰滥炸地转播完对我的审判之后，便有人盯上了我，让我为他们进行预言，以满足他们的贪欲！我甚至受到了死亡的威胁！他们恐吓我说，要把我和你一起干掉！警察也被他们买通了！所以我才给你发信息，让你暂时别回家！但是，现在我十分危险！今天我必须远离他们，去他们不知道的地方，可是我不能买票，因为他们会根据护照跟踪我。我该怎么办呢？到火车站去找某个女乘务员，求她让我无票上车吗？可是，火车太慢了，上面还有乘警……他们有可能把我抓起来……娜佳！”

她沉默了，显然是在分析刚才听到的话。

“听着，伊利亚，说老实话！这些是不是你瞎编的，找借口想跟我和好？”

“娜佳，这样我才会幸福！是要和好，就是想办法要和好！在这个世界上，我最爱的人就是你。昨天，我是喝醉了酒才胡说八道的！很遗憾，这是真的！帮帮我吧！”

“好。”她用他所熟悉的柔和声音说道，“我会尽力的。你要在飞机起飞之前两个小时到达多莫杰多沃机场。起飞时间是晚上七点十五分。到了之后，给我打电话吧！”

“娜佳！……亲爱的……我们飞往哪里？”他突然想起来了，问道。

“叶卡捷琳堡。”

现在是下午三点钟，还有时间。剩下的一个小时，与其在闹市区干坐着，还不如在人满为患的机场待着。得赶快回趟家，取点儿钱，吃点儿东西，然后去多莫杰多沃机场！

7

“嗯，讲一讲吧！”娜佳说着，抚平了膝盖上的短裙。

多莫杰多沃机场有很多咖啡厅。他们找到一家对面是全景窗户的咖啡厅，坐了下来。窗外，飞机起落时的灯光在不停地闪耀着。见面时，叶尼谢耶夫试图亲吻娜佳，但是被她拒绝了。

他对她讲了很多，包括叶莲娜的事（当然，省略了前天和她在宿舍门前的谈话），只是没有讲脑海中出现的景象和想到的办法。娜佳有点儿拘谨地听着，然后挑起了眉毛，眼睛变成了三角形，脸上出现了惊慌失措的表情——从前，在伊尔库茨克时，飞机降落之后，他们在出口处相遇时，她的脸上就是这种表情。

叶尼谢耶夫沉默了。娜佳也不作声了，拽了拽耳环。

“如果他们聚集在咖啡馆里，会怎么样呢？”娜佳问道。

“嗯……让他们搞清楚，谁更有权利用我。”叶尼谢耶夫含糊地回答道，“也许他们会相互开火。在任何情况下，这样做都会发出争吵声和噪音，而哪里有争吵，哪里就有警察和记者。这对我们很有利，但是对他们不利，所以他们会有所收敛。”

“可是，他们怎么知道彼此是竞争对手呢？”

“我会打电话告诉他们，我无法立刻同三帮匪徒达成一致……让他们自己决定，他们之中谁更强。”

“他们马上就能谈妥……你同时为他们三方效力。制作一个时间表：今天你为这伙人工作，明天你为那伙人出力，后天再为第三方做事。要不然怎么办呢？”

“不，在这里——在飞机场，时间表是为不同的航空公司制作的。也许，弗拉德连、巴维尔要与撒旦们进行谈判，但是撒旦们不愿意，因为他们习惯于秘密行动。并且，无论是这伙人还是另外一伙人，都同叶夫列姆他们谈不拢——并不是因为他们对立，而是因为他们的层次不同。”

叶尼谢耶夫说着这样的话，心里却想着不向娜佳公开自己的全盘计划。可是，她好像已经猜到了。

“这么说来，也许你是对的……我和机长谈妥了。你先在这儿坐着，等着我叫你。”然后，她看着他的眼睛，问道：“嗯，这个叶莲娜……她怎么——漂亮吗？”

“漂亮。”叶尼谢耶夫没有回避她的目光，诚实地回答说，“只是，请你忘掉所想的一切。世上有很多女人——漂亮的不多。可是，从我看见你的那一刻起，我的生命里就只有一个女人——那就是你。如果你一点儿都不吃醋，那就怪了。我很高兴，你能吃我的醋。我从未背叛过你，相信你也不会背叛我。忘掉我过去说的那些蠢话吧！你比任何人都好，比任何人都漂亮。叶莲娜……她是个勇敢的姑娘，是个好同志。我酒后放肆，无意中让她卷进了这个可怕的事件。上帝没有保佑任何人！不管她愿不愿意，都应该和我一起脱身。因此，我们一起摆脱了困境。我们之间没有任何亲密的举动，将来也不会有。也许她很喜欢我，我也有可能喜欢她。要知道，人与人之间的好感是在不知不觉中产生的，而不是清醒地思考的结果。可是，好感是一回事，生活却是另一回事。我的幸福——就是你。这一点，我马上就告诉她了。”

娜佳低下头，掸了掸袖子上的灰尘。

“我该走了。”

她站起身来，整理了一下短上衣和短裙，然后欢快、轻盈地朝楼梯走去。

* * *

机长和机组人员都对叶尼谢耶夫出奇地尊敬，这对想要免费乘坐飞机的人来说，是一件相当奇怪的事。至于那个曾经追求过娜佳的威武雄壮的飞行员，叶尼谢耶夫一时还难以放下对他的成见。他想，等待他的可能是那个飞行员的嘲笑。但是，叶尼谢耶夫并没有感觉到嘲笑的意味——有的只是飞行员那毫不掩饰的好奇心。一切就这样简简单单地结束了。

到了登机的时候，在通过安检时，个子和叶尼谢耶夫差不多高的副驾驶员建议叶尼谢耶夫穿上他的制服大衣，他自己只拿了件风衣。

“为了我，您只穿一件制服上衣吗?”叶尼谢耶夫有些难为情。

“温度嘛，”飞行员笑道，“已经零上了，所以我不会觉得冷。我们要飞往科利佐沃。当然啦，在那里，他们会提供外套——气温已经零下了。”

通过安检时，副驾驶员让叶尼谢耶夫走在前面，但是出于礼貌，他又不得不和他并排通过走廊。

“您知道吗?”飞行员说，“我非常想和您认识！娜杰日达已经无数次在我们面前提起您了。她讲过在伊尔库茨克飞行的事，也讲过波兰飞机失事的事！当她和我们讲起对您的审判时，我们大家都很为您担心。我们都不相信您有罪，并且都为能为您尽微薄之力而感到荣幸。”

“娜杰日达提到过我?”叶尼谢耶夫感到很惊讶，含糊不清地问。

“当然！”飞行员笑了，“只要她一开始聊，就必然会提起您。姑娘们在休息时经常议论男人们的是非，而她却总是说‘可我的丈夫……’。她们笑着打趣说：‘你这是怎么了？所有的丈夫都一样……就像别人的丈夫就不值得一提似的！’这时，她便会回答：‘我的丈夫就是与众不同，这样的丈夫很难找到。’”

和其他空姐一起走在后面的娜佳听到了他们谈话的内容。

“瓦吉姆·安东诺维奇！”她喊道，“请您别在我丈夫面前编瞎话了！我怎么没谈论过别的男人了？姑娘们可以作证——我和她们谈论过！”

“好吧，娜杰日达！”他边走边转过身来，“如果他是你的先知，那么他就什么都能知道。其他乘务组的飞行员试图追求娜杰日达，都会徒劳无获。这时，他们会问：‘她为什么会这样？’于是，我们就告诉他们说：‘如果你们的妻子也有千里眼的话，你们就会变得和她一样了。’”

走在前面的机长笑了起来。

“伊利亚·彼得罗维奇，”瓦吉姆·安东诺维奇问道，“今天能正常飞到目的地吗？不会发生事故吧！”

“当然，一切正常。”叶尼谢耶夫毫不犹豫地说，“不可能有其他情况。”

但是，他却在想：“我怀疑过娜佳——真是个白痴！”

当他们并排走到摆渡车的门旁时，他不敢直视娜佳的眼睛，娜佳也把脸转向了别处。叶尼谢耶夫能够明显地感觉到来自娜佳的温暖，并且在心里接受了这种温暖。

* * *

叶尼谢耶夫坐在飞机尾部的一个座位上，靠近卫生间，没有邻座。“空中客车”启动了。叶尼谢耶夫拿起手机，插上旧的“SIM 卡”，拨通了斯图巴尔的电话。

“伊利亚·彼得罗维奇！”对方喊道，“喂，您在哪儿?！我把电话都打爆了！”

“听好了，斯图巴尔！明天下午五点整在季米里亚泽夫地铁站附近的‘拜访者’咖啡馆见面！”

“哪里？什么‘拜访者’咖啡馆？”

“不要打断我！是季米里亚泽夫地铁站的‘拜访者’咖啡馆！您不仅要邀请那些撒旦，而且要邀请弗拉德连·康斯坦丁诺维奇和巴维尔·伊萨科维奇，明白吗？可以带保镖！叶夫列姆及其同伙也会出现在那里！没有其他人了——咖啡馆会以‘特殊服务’为由停止营业。进去的口令是‘我们是从斯图巴尔那儿来的’。”

“请……”

“不，我不会允许……我只和叶夫列姆的人有联系，剩下的人得由您来邀请。不要只想着邀请撒旦们，因为我不会到场，并且拒绝与他们继续合作。我的条件是：您见到的应该是一个熟悉的面孔，那个人和我谈过话——无一例外。我会从侧面观察这一切。如果来的是其他人，或者没有全部到场，那么我就不会来了。是时候了！到了我们一起开诚布公地讨论合作问题的时候了！你们有很多人，而我却孤身一人！请转告他们，见面之前不要试图和我联系，这是徒劳无益的。我有自己的招数，他们从未怀疑过这一点。哪怕我的亲人有丝毫的损伤，我都会对他们宣战。虽然我没有‘手持武器的丑八怪’，但是我有预言的能力和诅咒他们的力量。知道这是什么吗？我是不会去怜悯敌人的！”叶尼谢耶夫说了个谎，“您都听明白了吗？”

“听明白了……”

“再见！”

娜佳在过道上走着，检查乘客们是否系好了安全带。她提醒叶尼谢耶夫："尊敬的乘客，飞机起飞时禁止使用手机！请您系好安全带！"

他对她笑了笑："是，抱歉！不过，我们还没有起飞！"

飞机开始在跑道上滑行了。

叶尼谢耶夫赶快拨打了阿纳托利的电话："阿纳托利，我是叶尼谢耶夫！请转告叶夫列姆：已经谈妥了，我明天下午五点整'开始发球'。还有两伙客户要争抢我的服务……很有实力，还带着保镖。"

"还有什么顾客？"阿纳托利惊慌起来。

"你想什么哪！只有叶夫列姆想借助我预言的力量发横财吗？电台广播之后，我就出了名，顾客多得挡都挡不住。所有人都威胁我说'我们要杀了你，我们要砍死你'——我怎样才能满足你们所有人的愿望呢？难道我会分身术吗？因此，我把球踢给了你们。你们应该达成一致……"

"这可是火并！！！"

"不，不是火并。我对那些严肃认真的大叔们说过，我很愿意帮助你们，但是有一群小伙子在捣乱——还没等你们反应过来就被灭了。你们想要这种结果吗？那就请便吧！如果不想，那就过来谈一谈。对了，请告诉叶夫列姆和马克斯：开弓没有回头箭，如果不愿意协商，同流合污的你们迟早会被赶尽杀绝……而你则首当其冲，因为你比其他人都出名。所以，请抓紧时间吧！下午四点半之前，请把顾客从咖啡馆里清走，还有服务员——你们自己端茶倒水！在门上挂一个'特殊服务'的大牌子，并且准备好手机！除了我的电话以外，谁的电话都不要接！我可能会晚一会儿到，会事先通知你的！"

"可是，我怎么知道谁是局外人、谁是重要人物呢？"阿纳托利的声音里充满了忧郁。

"你想得很对。他们会说'我们是从斯图巴尔那儿来的'。再见！"

叶尼谢耶夫他们结束通话时，"空中客车"全速滑行在跑道上，然后缓缓地离开了地面。叶尼谢耶夫在胸前画了个十字，然后关掉手机，从中取出了“SIM 卡”。

8

下午四点三十分，最先来到咖啡馆的是叶夫列姆、马克斯和其他四名匪徒。他们表情阴郁地靠墙坐下，眼睛紧盯着入口处，膝盖上放着手枪。下午四点三十五分，撒旦的安全警卫出现了。四个身穿黑色大衣的人站在了门口，其余的人对阿纳托利说“我们是从斯图巴尔那儿来的”，然后走了进去，并且立刻盯上了叶夫列姆他们那伙人。

“有武器吗?”特警指挥官问。

“有。”叶夫列姆紧锁着眉头回答说。

桌子底下传来了扣动扳机的声音。

“把枪交出来!”

“没有这样的约定。你们先把枪交出来!”

“是这样——明白了!”指挥官说，“你们四个人，用枪瞄准这些人！他们敢动一下，就全部干掉！其他人去检查一下，看有没有爆炸装置！守住后门！你是谁?”他转向了阿纳托利。

“是店……店主。”

“搜！这个人是谁?”他指着从厨房的窗户里探出的一张好奇的脸。

“是厨师拉希德……俄语知之甚少。”不知为什么，阿纳托利在说“拉希德”这三个字时，语调是上扬的。

“那也要搜！这里怎么会有厨师？我们得到的信息是，这里不会有任何侍应生!”

“我不会做饭。”阿纳托利低声说道，“我怎么招待客人——只吃炸薯条吗？他不会妨碍您的……他听不懂谈话的内容，做好饭之后就会离开。”

这时，有两个士兵用探测仪检测了一下咖啡馆的墙壁和地板。

十七点四十一分，门外发生了争吵：

“你们是什么人？”

“我们是从斯图巴尔那儿来的。”

指挥官打开了门：“放进来吧！”

门上的铃铛发出叮当声。弗拉德连和巴维尔的人戴着面具、手持武器进来了。

“缴械投降吧！”指挥官命令道。

弗拉德连所在的特种部队的头儿也像叶夫列姆那样说道：“你们自己先缴械投降吧！”

又出现了扣动扳机的声音。

“你们怎么，疯了吗？”弗拉德连那一方的头儿愤怒地说，“别在这儿瞄准儿了！我们来这里就是为了打仗吗？我们应该保护好自己的主人！让我们确定他们的位置，有效地进行保护……”

“我希望我的主人坐在这里。”撒旦的指挥官指着被刑事犯占据的墙边的位置说道。

“慢着！”叶夫列姆愤怒起来，“谁先占的，就是谁的！”

“先生们！”传来了阿纳托利的声音，“让我们像开会一样，把桌子摆成 U 形，各占一边，这样就谁都不会生气了。”

“好主意！”弗拉德连那一方的头儿同意了，“好吧，伙计们，我们挪桌子吧！你们也挪！”他转身对刑事犯们说。

那些人不情愿地把手枪插到腰上，搬起桌子，摆成了 U 形。

“这下好了，”撒旦的指挥官点头说道，“我的人坐在这里，他们坐在那里，你们的人坐在……咱们分别站在自己的主人身后。”

“最好不要火并，”弗拉德连那一方的头儿瞟了他一眼，“协调好自己的主人！也许，我们不应该让参加谈判的人带武器……等在外面的人呢?”

“我没有接到这样的指示。等领导们来了，让他们自己决定吧!”

“没有发现爆炸装置!”拿着探雷器的士兵汇报说。

“好!”弗拉德连那一方的头儿说，“为防万一，再去搜查一遍!”

与此同时，撒旦的指挥官通过无线电台汇报说：“已经清除了！不过，客人的保镖都带着武器，并且拒绝交出武器。您的指示是……明白，遵命!”于是，他向弗拉德连一方的头儿解释道：“上头命令我们在这里待命，并且把武器准备好。”

“这是命令——我们要拿好武器!”后者耸了耸肩。

差四分钟五点时，三个撒旦走了进来，斯图巴尔捯着碎步跟在后面。他们厌恶地看了看这个地方，坐在了U形短边的重要位置上。维克多·安德烈耶维奇、雅科夫·阿伦诺维奇和法立德·萨比托维奇的昂贵西服上衣鼓胀了起来，因为里边穿了防弹背心。保镖们手持自动步枪站在撒旦们的身后。

又过了两分钟，弗拉德连和巴维尔出现了。他们也穿着防弹背心，朝屋里的人们点了点头，坐在了桌子的右边。

“没有爆炸装置。”匪徒的老大站在弗拉德连·康斯坦丁诺维奇的身后，低声汇报说，“检查了两遍——我们和他们都检查过了。”

叶夫列姆和马克斯就像没有经验的典狱长驱赶着小偷去工作一样，缓慢、懒散地从靠墙的椅子上站起来，坐到了弗拉德连和巴维尔的对面。叶夫列姆脸上的肌肉动了动，而马克斯则像马一样，向前伸了伸脖子。

现在，大家各就各位，在保镖的环绕下围成了U形。阿纳托利尽量不弄出声响，悄悄地往桌子上摆放着盘子。头发灰白的维克多·安德烈耶维奇环视了一下出席者，又看了看手表。

“正好五点。叶尼谢耶夫本人在哪里?”

撒旦特种部队指挥官口袋里的手机突然响了，这是刚才从阿纳托利的身上搜出来的。

“就是他！”阿纳托利喊道。

“他是谁？”维克多·安德烈耶维奇惊奇地问道。

“叶尼谢耶夫！他说，如果耽搁了的话，五点钟会打来电话。把手机给我！”

“放肆！”法立德·萨比托维奇声音沙哑地说，“他竟然敢迟到！小兔崽子！”

“给他！”维克多·安德烈耶维奇向指挥官点了点头。

阿纳托利接过了手机。

“喂！”听完电话之后，他向出席者宣布：“他要问一下斯图巴尔，是不是所有人都到场了。”

“人都到齐了！”斯图巴尔捏了捏鼻子，证实道。

“人都到齐了！怎么了？现在，他让我向你们复述他讲的话。”

“真是个白痴！”维克多·安德烈耶维奇嘟囔道，“好吧，复述吧！”

“我得到了神的启示……说今天你们全都会死去……首先，我想到的是……不要阻止这件事……以便你们一下子全都死光……但是，有一个人对我说：‘按时行动！’……于是，我便拿定了主意……不事先警告你们是不对的……不管你们是谁……是杀手还是撒旦……并不是由我来给你们作出判决……谢谢你们救了我一命……你们永远也不要再骚扰我和我的亲人……你们会赞同的。生命……比从我的预言中得到益处更重要……这是你们在坟墓里得不到的……所以，下午五点十五分，这个咖啡馆会被炸成碎片，原因我尚不清楚……”

所有在座的人同时看了看手表，猛地站了起来。

厨师拉希德并不像阿纳托利认为的那样“俄语不怎么好”——他在厨房里好奇地把一只耳朵凑到窗口，偷听外面的谈话。这时候，他继续干着自己的活儿：打开了燃气灶，准备加热平底锅。就在这时，他听到了关于爆炸的事，于是赶快把燃气灶的开关往回拧，然后跑到了窗口。但是，开关的旋钮太紧，他没有拧到头。

“……你们有足够的时间……”阿纳托利用假声重复道，“……不要往门口挤……保安要让出一条通道，让主人先出去……然后，你们一个一个地离开……对弗拉德连·康斯坦丁诺维奇和巴维尔·伊萨科维奇的保安，我有个郑重的请求……你们过去是军官……大概还有责任感……请关心一下咖啡馆门前的广场上……行人的安全……以保证不出现人员伤亡……在任何时候、对任何人都不要说起……是我让你们聚在这里的……也不要提这次通话……我也不会提起你们……希望我们永远也不要再见面……无论是这辈子，还是下辈子，都不要再见！”

阿纳托利停下来，惊恐地四处张望了一下。

“你不是说检查过了，没有炸弹吗？”维克多·安德烈耶维奇用恶狼般的眼睛死死地盯着特种部队的指挥官。

“确实没有！他们也检查过了，连房顶都检查了！”

“也许，他是在耍我们。”维克多·安德烈耶维奇推测道。

“我不会铤而走险，”雅科夫·阿伦诺维奇平静地说，“他也不会空穴来风。”

这句话就像是“开始撤退”的信号！还没等保镖们让出一条通道，主人们便慌慌张张地奔向了门口。不知什么原因，跑在最前面的竟然是斯图巴尔！他大概是昏了头！到了门口，斯图巴尔就像在自己的公司一样，把门往自己这边拉。但是，那扇门是开着的。门上的铰链抖动着，门框发出哐哐的响声，同时传来了刺耳的门铃声。斯图巴尔急得在瓷砖地上直跺脚——他被卡住了。匪徒、撒旦、弗拉德连和巴维尔用尽全力想把他从门边拽开，但是斯图巴尔死死地抓住门把手，还用脚抵住了门框。

“不是那边！”弗拉德连、巴维尔、撒旦和匪徒们尖叫着，但是斯图巴尔仍旧充耳不闻。保镖们无论如何都没法儿越过主人的身体，去把他拽出来。

厨师拉希德张着大嘴，透过厨房的玻璃看到了发生的一切。他向后门跑去，但是门钥匙被保镖们抢走了。于是，他一脚就把门踹开了。门脱离了合页，门板平拍到了地上。和往常一样，拉希德戴着厨师帽，穿着白大褂，跑到了广场上。他逃到了冯维津大街上，边跑边对路人大喊：“救命啊！不好了！爆炸了！……”

但是，在咖啡馆里，斯图巴尔死死地把门拽住了，刺耳的尖叫声响成一片，所以没有人注意到拉希德的行为，也没有人注意到能让他脱身的紧急出口。所有人——无论是主人还是仆人——全都挤在被斯图巴尔堵住了的主要入口。穿着黑色大衣的保镖在外面拉门，但却救不出来门里边那位咨询公司的主人。叶夫列姆和马克斯怒发冲冠，拔出刀来，准备杀出一条血路。

最后，弗拉德连和巴维尔的保镖头领回过神儿来，抄起一把椅子，猛地一掷，砸碎了宽阔的落地窗。玻璃破碎的声音震醒了斯图巴尔，使他稍微松开了紧握的双手。这样，保镖才成功地从外面把门打开。紧握着门把手的斯图巴尔飞了出去，摔倒在地。铃铛恰逢其时，欢快地响了起来。主人和仆人们连滚带爬，纷纷向门口和窗口拥去，就像果戈理的作品《维》① 中的吸血鬼一样。

发生的这一切，看似时间很长，但实际上不超过两分钟。衣冠不整、满脸通红的弗拉德连、巴维尔、匪徒和撒旦们在广场上向自己的轿车跑去。保镖们勉强跟上了他们。与此同时，斯图巴尔坐上了自己的奥迪车，逃离了现场。弗拉德连的保镖头领在跑的时候想起了叶尼谢耶夫

---

① 《维》是果戈理的小说集《密尔格拉德》中的一篇。

的话。他停下来，冲着十分惊愕地看热闹的围观者大声喊道：

“向后退！大家都躲远点儿，这里要爆炸了！咖啡馆里有炸弹！”

充满了妇女和儿童的尖叫声的广场瞬间安静了下来。

燃气从厨师拉希德没关好的炉灶里冒了出来。旁边是烧得正旺的两个炉灶，被过堂风一吹，火苗更大了——灶上有一个大锅和一个三层压力锅。一米以内，在炉灶黑暗的角落里，竟然放着两个大煤气罐，显然是违反了消防安全规定。火从油锅的边缘烧到了锅盖，挂在炉灶上方钉子上的毛巾突然被烧着了。

十七点十二分，从厨房的烟筒里冒出了滚滚浓烟。十七点十五分，两个煤气罐一个接一个地爆炸了，将咖啡馆的预制板炸成了碎片。

撒旦和匪徒们，还有弗拉德连和巴维尔，已经开着车上了德米特罗夫公路。他们听到巨大的爆炸声，下意识地低下头，偷偷地看了一眼手表。这时，他们当中没有一个人说话。

*　*　*

叶尼谢耶夫拿起装满了酒瓶的袋子，扔到了垃圾桶里。

他回来时，娜佳正在房间里梳妆打扮。叶尼谢耶夫站在门口说：“得改变一下我们的生活了！”

“那就改变！”娜佳微笑着说。

“不，我是认真的——我们生个娃吧！我还回学校教书去，再也不关心预言的事了。挽救了你我性命的至关重要的预言已经应验了。再也不需要预言了——预言会毁了我们的生活。”

娜佳捋了一下额头上的一绺头发。

“我也是认真的。我一直在等你说这些话……”

“可是，你总是说，应该等一等再要孩子！”

“我只说你想听的话。你预测说‘到了莫斯科，你就会嫁给我’时，你就掌控了我的生活。从那时起，我就是你的人了……或许更早一些，在你预言说‘飞机的发动机会正常工作’的时候。当时，我非常惊慌，真的不想死。这时，你突然出现了，并且说我不会死掉。然后，我们在伊尔库茨克成了朋友，我就想嫁给你了。我当时想的还少吗？女孩子都想嫁给有趣的男人！再说，我们才认识了一个星期，你就说‘你会成为我的妻子’。我总算明白了，你——就是我的宿命。并且，宿命中发生的一切都不是在我说‘是’的时候，而是在你坚定地说‘是’的时候。是啊，你想要孩子，但是你想要孩子时的态度不像当年要娶我时那么坚定。你不想让我当空姐，也不想要孩子，因为你害怕真正的家庭生活。你折磨自己，根本没有准备好迎接我们的未来。当你自信地说‘二十分钟后，所有发动机都将恢复正常’和‘到了莫斯科，你就会嫁给我’时，你就准备好迎接未来了。那时，我也准备接受这一切了。”

娜佳朝他走过来，用纤细的手臂搂住了他的脖子。

“我不知道，你将如何对待自己的天赋。对我来说，你永远都是先知，你所说的都会成真。你说吧！”

“你听错了！”他笑了，“对我来说，也是一样：你永远都是先知的妻子！该说的，我都已经说了，现在就看你的态度了。”

“好！”她回答说。

НАЗЫВАЙТЕ МЕНЯ ПРОРОКОМ

Андрей Воронцов

本书译自《Наш современник》杂志 2012 年第 4 期